島崎藤村

――「個」と「社会」の相剋を超えて

陳 知清
Chen Zhiqing

アーツアンドクラフツ

序　章

藤村こと島崎春樹は一八七二（明治五）年三月二五日（旧暦の二月一七日）、現岐阜県中津川市馬籠[1]で父島崎正樹、母縫の四男三女（次姉、三姉は早世）の末子として生まれた。島崎家は木曽街道馬籠宿の本陣、庄屋、問屋を兼ねた名家で、正樹はその一七代だった。一八八一（明治一四）年九月、藤村は数え年一〇歳で長兄に連れられて、三兄友弥とともに上京し、以後、東京で少年時代、青年時代を過ごした。

一八八七（明治二〇）年九月、藤村はミッション・スクール明治学院の普通学部本科に入学し、キリスト教（プロテスタント）的な新しい世界に触れる。そして、翌年の六月に高輪台町教会の牧師、木村熊二により洗礼を受けた。一八九三（明治二六）年一月、彼は星野天知、北村透谷、馬場孤蝶、平田禿木、戸川秋骨らと共に文芸同人誌『文学界』を創刊し、浪漫主義文学運動の渦中に身を投じた。一八九七（明治三〇）年八月、藤村は第一詩集『若菜集』を春陽堂より刊行し、詩人としての名を馳せる。それに続き、彼は『一葉舟』（一八九八年）、『夏草』（一八九八年）そして『落梅集』（一九〇一年）を次々と刊行し、詩人としての地位を不動にした。

一八九九（明治三二）年四月、藤村は旧師木村熊二の主宰する小諸義塾の教師となり、信州小諸に赴任し、以後そこで約六年間暮した。そして、『落梅集』を最後にして彼は詩に決別し、小説家への転身をはかる。「旧主人」（『新小説』一九〇二年一一月）、「藁草履」（『明星』同一一月）、「爺」（『小天地』一九〇三年一月）、「老嬢」（『太陽』同六月）、「水彩画家」（『新小説』一九〇四年一月）、「椰子の葉蔭」（『明星』同三月）、「津軽海峡」（『新小説』同一二月）などの短編はその最初の成果だった。

一九〇五（明治三八）年四月、創作に専念するため、彼は小諸義塾を退職し、『破戒』の稿を携えて上京した。一九〇六（明治三九）年三月、藤村は『破戒』を「緑蔭叢書　第一篇」として自費出版した。部落差別という社会問題を取り扱ったこの小説は彼の最初の長編小説だったが、テーマが「過激」であったということもあって、話題となった。一九〇八（明治四一）年四月から八月にかけて、『東京朝日新聞』に『春』が連載された。彼の最初の新聞連載小説であった。この小説において、彼は自分の『文学界』時代を取り扱い、明治の青春を描いたが、藤村最初の自伝的小説であり、「自然主義文学」の礎を築く作品の一つでもあった。一九一〇（明治四三）年から一九一一（明治四四年）にかけて藤村は『家』を発表し、近代日本の「家」制度がもたらした悲劇を描いた。一九一三（大正二）年四月、彼はいわゆる「新生事件」の処理のためフランスへ渡った。パリで藤村は第一次世界大戦の勃発に遭遇し、一九一六（大正五）年四月、パリをたち、七月に日本に帰国した。一九一八（大正七）年五月に、彼は『新生』第一部を『東京朝日新聞』に連載し、世間を賑わした。一九二七（昭和二）年一月、最後の短編集『嵐』が新潮社より刊行された。私小説の色が濃い短編集だが、表題作の「嵐」をはじめ、「ある女の生涯」や「三人」などは当時の時代や社会と深く関わった作品でもある。

一九二九（昭和四）年四月から一九三五（昭和一〇）年一〇月にかけて、藤村は『中央公論』に『夜明け前』を連載し、自分の父親正樹をモデルにして時代（変革期）の状況に翻弄された人間の悲劇を描いた。日本近代の始まりとされる「明治維新」について、彼は自分なりの方法でアプローチしたといえる。一九四三（昭和一七）年一月、「東西の十八世紀の比較」という宿題をもって、彼は東西文化の交流点としての近代日本の過程を探ろうとして『東方の門』を『中央公論』に連載しはじめた（四月は第一章、九月は第二章、第三章は未完）。しかし、連載は同年八月の藤村の逝去によって中断された。未完の小説となった。

藤村文学についての研究は同時代評をはじめ、藤村生前にすでに多くなされてきた。著書として山崎斌『藤村の歩める道』（弘文社、一九二六年七月）や伊藤信吉『島崎藤村の文学』（第一書房、一九三六年二月）などがある。とは言え、藤村研究が盛んになったのは第二次世界大戦後のことだといえよう。戦後初期の藤村論をリードしたのが平野謙であることはよく知られるところである。その『島崎藤村』（筑摩書房、一九四七年八月）が出版されてから、同書の河出書房版（一九五三年）、五月書房版（一九五七年）、新潮社版（一九六〇年）が出されたことをみると、平野の藤村論が戦後の「藤村研究」にいかに大きな影響力を発揮したかを窺うことができる。同書に収められた『破戒』論（初出は『学苑』一九三八年一一月）の中で、平野は歴史的展望を踏まえた『破戒』の統合的評価を提唱した。しかし、『新生』論（初出は『近代文学』一九四六年一、二月）の中で、彼は『新生』の作因を「自己告白による自己救済」とするのは不十分で、それは「恋愛からの自由と金銭からの自由とを現実化する手段」にほかならなかったとし、芸術と実生活に横たわる藤村のエゴイズムを鋭く抉ったが、歴史的社会的広がりにおいて自我を捉えた『破戒』論の統一的視点はそこに見られなかった、と一般的には言われている。平野には『春』論と『家』論もある。彼はその論中で、作品とその書かれた時代や社会との関わりについて論じたが、しかしそれは印象風の批評に留まり、作品内容の詳細な分析には至らなかったといえる。また、平野はその著書の中で藤村晩年の大作『夜明け前』についてほとんど触れなかったのも残念な点の一つであると思われる。

その後、平野謙や中村光夫（『風俗小説論』河出書房、一九五一年）、亀井勝一郎（『島崎藤村論』新潮社、一九五三年）、伊藤整（「近代日本人の発想の諸形式」、『思想』一九五三年二月、三月）などの文芸思潮に重きを置いた藤村論が出される一方、近代文学研究者側からも早い時期に藤村論が提出された。その中で、瀬沼茂樹の『島崎藤村』（世界評論社、一九四九年四月）に始まり『評伝島崎藤村』（実業之日本社、一九五九年七月）に結実する仕事は特に重要といえよう。猪野謙二はその著『島崎藤村論』（有信堂、一九六三年）の中で「瀬沼茂樹の『島崎藤村』は、藤村の生涯とその作品とを綿密な文献資料の調査にもとづいてできるだけ客観的包括的にあとづけようとしたもので、基本的には、藤村における近代的自我の展開を、日本の半封建的な環境や社会的な動向との関連をも含めて克明にたどったものといえる[2]」。しかし、「評伝島崎藤村」というタイトルが示したように、瀬沼の仕事は作家論に重きを置いたものであった。

一九五四（昭和二九）年前後を境として、藤村研究の新しい展開の緒が見られたと言われる[3]。十川信介の概括「島崎藤村」（『日本近代文学研究必携』学燈社、一九七七年一月）によれば、「三好行雄・越智治雄らを中心として新しい藤村研究の機運が起こった。これによって戦後の研究はいわば第二段階に入る。それまでの研究が概して社会的、歴史的潮流における藤村の位置づけや、実生活と作品との相関関係に重きを置いたのにくらべて、彼等の主要な関心は、まず作品の分析に向けられ、その立論は作家の内面に密着する傾向が強い」という。いわゆる作品論の時代に入った結果であったといえる。和田謹吾の『島崎藤村』（明治書院、一九六六年三月）、三好行雄の『島崎藤村論』（至文堂、一九六六年四月）、そして十川信介の『島崎藤村』（筑摩書房、一九八〇年一一月）などが刊行され、藤村研究は一つのピークを迎える。

しかし、一九八〇年代以降、その反動か、また自然主義文学・私小説の不人気ということもあって、藤村研究は低迷していった。中山弘明が指摘したように、「八〇年代以降、テクスト論・都市論・ジェンダー論そして文化研究の時代にあって、藤村研究はそれらとまるで無縁であるかのように「超然」と振る舞って今日に至った[4]」。比較的近年に出された藤村研究の論著として、高橋昌子『島崎藤村』（和泉書院、一九九四年五月）、同『藤村の近代と国学』（双文社出版、二〇〇七年九月）、下山嬢子『島崎藤村』（明治書院、二〇〇八年二月）、中山弘明『戦間期の『夜明け前』――現象としての世界戦争』（創文社出版、二〇一二年一一月）、同『溶解する文学研究――島崎藤村と〈学問史〉』（翰林書房、二〇一六年一二月）、ホルカ・イリナ『島崎藤村　ひらかれるテクスト　メディア・他者・ジェンダー』（勉誠出版、二〇一八年三月）などがある。特にホルカ・イリナの著書は社会に開かれる藤村文学を論じたもので、注目すべきところが多い。ただし、その著書は藤村文学において重要な位置を占める『家』

と『夜明け前』を論じていないという「欠点」がある。

中国では、藤村に関する研究論文が二〇〇〇年以降漸次多くなってきたが、質の高い論文はあまり多くないのが現状である。論著は管見の限り、劉暁芳の『島崎藤村小説研究』（北京大学出版社、二〇一二年一〇月）しか見つからなかった。同書は「告白」と藤村文学との関係に注目し、藤村文学の自伝性を強調していて、作品と時代や社会との関わりを見落としている。

以上の研究史の概観からわかるように、戦後初期の藤村論では、「社会的、歴史的潮流における藤村の位置づけ」[5]が重視されたが、作品論の時代に入って、そのような姿勢は見られなくなったといえる。しかし、『破戒』はもちろん、『春』など自伝的小説の中にも『破戒』のテーマとなっている「部落（差別）問題」と似た、いわゆる「社会性」が伏流しているのは厳然たる事実である。否、むしろ藤村は常に「社会」に目を向けていたと考える。差別問題や男女平等問題、歴史問題などを抜きに考えることができない現代社会において、これらの問題と真摯に向き合った藤村文学を現代に活かすためには、藤村文学の「社会性」をさらに研究すべきではないかと考える。つまり、藤村文学は「抒情詩」を書くようになった時代から晩年まで、明治維新によってもたらされた個＝近代的自我が「近代社会」と対立するその場に成立した文学だったのではないか、ということである。

そこで、本論文ではこれまでの先行研究を踏まえながら、社会学の新しい知見に基づいて、明治期から昭和期にかけての藤村の主要作品『破戒』『春』『家』『新生』「嵐」『夜明け前』を分析し、その文学の「社会性」を明らかにしたいと考えた。つまり、各作品がその執筆された時代や社会とどのように関わったのか（対立したのか）を具体的に分析し、藤村文学の持つ批評性を検討したいと考えたということである。

なお、補章では藤村文学と国語教育との関わりに焦点をあてて論じた。つまり、藤村文学が後世の社会にいかに働きかけたのかについて分析したのである。藤村作品の教材化は一一〇年以上の歴史がある。この長い歴史の中で、藤村作品はその読まれ方がどのように変わり、どのような教材的価値が見出されたのか。また、現代において藤村教材をどのように活かすべきか。これらの問題意識をもって、補章では、まず戦後（一九四五年以降）の国語教科書における藤村作品の採録状況を考察し、採録状況の変化にもたらした要因について分析する。その例として取り上げたのは、戦後の高等学校において国語教科書に長く採録されていた「夜明け前」について検討した。

なお、最後に先に述べた「社会性」について説明しておきたい。「社会性」について述べる前に、まず「社会」について見てみよう。『平凡社大百科事典』（一九八五年三月）によると、日本語の「社会」という語は一八七五年に、『東京日日新聞』の主筆をしていた福地桜痴（源一郎）によって、英語societyの訳語として作られた。そして、当時は、ほかに「世態」「会社」「仲間」「交際」などの訳語も行われていたが、しだいに淘汰されて「社会」に一本化されていったという。つまりこの語は訳語として登場したのであって、それ以前の日本には概念としてなかったものであるとされる。さらに、「社会」ということばは、江戸時代までの日本になかった新しい造語である点で、またその抽象化された語感と相まって、西洋近代の中核思想をよく日本語の中に移す効力を発揮したと説明される。

江戸時代には「世間」という語があって、「人の世」「世の中」といった意味をあらわしていた。しかし、「世間」はsocietyと意味の重なる部分もあるが、根本的なところが違う。阿部謹也は両者の違いについて次のように指摘している。

西欧では社会というとき、個人が前提となる。個人は譲り渡すことのできない尊厳をもっているとされており、その個人が集まって社会をつくるとみなされている。したがって個人の意思に基づいてその社会のあり方も決まるのであって、社会をつくりあげている最終的な単位として個人があると理解されている。日本ではいまだ個人に尊厳があるということは十分に認めれれているわけではない。しかも世間は個人の意思によってつくられ、個人の意思でそのあり方も決まるとは考えられていない。世間は所与とみなされているのである。（『「世間」とは何か』講談社新書、一九九五年七月、一三〜一四頁）

また、柳父彰は『翻訳語成立事情』（岩波新書、一九八二年四月）のなかで、「社会」がsocietyの訳語として日本に定着するまでの経緯を考察し、「世間」ということばに対比されて、肯定的な価値をもち、しかも抽象的であることは、翻訳語「社会」の持つ重要な特徴だという。そして彼は、「「社会」という訳語が造られ、日本に定着した。しかしこのことは、「社会」―societyに対応するような現実が日本にも存在するようになった、ということではない」とも述べている。

「社会」は今日様々な場面で使われるが、その捉え方も多様である。前述の『平凡社大百科事典』の中にこの言葉の広義的捉え方について次のように記される。

社会は最も広い意味では人間に関する事象の総体（ただし自然としての人間、すなわち生理的・動物的レベルの事象を除く）、すなわち「自然」対「社会」という対比の文脈での社会を意味する。これはギリシア哲学以来のフュシス対ノモスという対比におけるノモスに当たり、人間にとって所与の自然に対して、人間がつくった習慣や法律や制度など人為の世界をあらわしている。これがここでいう広義の社会であって、自然科学に対する意味で、社会科学というときの社会は、この意味のものである。社会科学は、経済学、政治学、法律学、社会学をはじめとする多くの個別科目を含み、広義の社会というのは経済、政治、法規範、狭義の社会等々多くの諸事象を包含している。

続いて狭義の社会について、「広義の社会から区別されたものとしての狭義の社会とは、冒頭に定義した複数の人びとの持続的な集まりの、あらゆる種類のもの、あらゆる大きさのものを総称する。かくして小は恋人どうしの二人社会から、大は国民社会を経て世界社会にいたるまでのものが、社会である。」と説明される。本論文では「社会性」の「社会」を広義の社会の意味で捉えたいと考える。つまり、経済、政治、法規範、教育、慣習、文化（思想、歴史など）などの意味で使ったのである。

「社会」の意味を押さえた上で、次は「社会性」の説明に入る。この言葉の解釈として『広辞苑』（第六版）では、「（一）集団をつくって生活しようとする性質。（二）とじこもるのでなく、周囲の人々と交際しようとする生活態度。社交性。（三）社会的な問題への関心があること。また、社会的な問題を提起する力があること。」という三つの意味が記される。（一）番と（二）番の意味は上述の狭義の社会を使っているといえよう。（三）番の意味は広義の社会を使用していると思われる。本論文ではこの（三）番の解釈で「社会性」を捉えたいと思う。本論の内容に即して説明すれば、先にも記したように藤村文学が近代日本（社会）の抱えた問題にいかに取り組んだのかということに焦点をあて論じたということである。言い換えれば、「個」と「社会」が対立する近代社会において、藤村文学はその相剋をどのように描き、そしてその先に何を遠望したかということである。

注

（1）二〇〇五年二月までは長野県木曽郡山口村神坂馬籠だったが、越境合併により岐阜県中津川市馬籠となった。
（2）猪野謙二『島崎藤村』（有信堂、一九六三年九月）二二九頁。
（3）高橋新太郎「島崎藤村研究案内」（十川信介編『鑑賞日本現代文学　島崎藤村』角川書店、一九八二年一〇月）。
（4）中山弘明「シンポジウム「家族・女学生・ホモソーシャルな欲望」のコーディネーターの一人として」（『島崎藤村研究』四五号、二〇一八年九月）。
（5）十川信介「島崎藤村」（『日本近代文学研究必携』学燈社、一九七七年一月）。

目次

装丁◉林　二朗

凡例

・島崎藤村の作品・書簡等の本文引用は、『藤村全集』全一七巻・別巻上・下（筑摩書房、一九六六年一一月～一九七一年五月）に拠った。
・引用するにあたって、原則として漢字は新字に改め、ルビは適宜省略した。
・単行本・新聞・雑誌名は『　』で示し、それらの収録・掲載された作品名は「　」で示した。ただし、引用の際は使い分けせず原文に従った。
・引用文中に今日の人権感覚などからみて不適切な表現があっても、作品が書かれた時代背景や作品の価値を考慮し、基本的に原文のまま引用した。
・文中、敬称は省略した。

島崎藤村

――「個」と「社会」の相剋を超えて

第一章　『破戒』論——藤村の部落問題認識を中心に——

〈一〉『破戒』論の変遷

『破戒』は一九〇六（明治三九）年三月、「緑蔭叢書　第一篇」として自費出版された。藤村最初の長編小説である。この長編に対して「明治の小説として後世に伝ふべき名篇也。」[1]と漱石が森田草平宛の書簡の中で評したことはよく知られている。その刊行と同時に数多くの批評が現れた。平岡敏夫の「『破戒』試論」（大東文化大学『東洋研究』二三号、一九七〇年六月）によると、一九〇八（明治四一）年一一月まで三五種の同時代評が出されたという。そして、「一小説に対するこの反響は空前であり、また絶後と言ってもよいほどのものであるが、出版以前から文壇に待望されており、出現してはその待望にじゅうぶん答え得るすぐれた大作であったということがその理由としてまず考えられるだろう」と平岡はその反響の大きい理由について分析している。ただ、本当にこの長編が「文壇から待望され」、その出現は「その待望にじゅうぶんに答え得るすぐれた大作」であったかどうか、という問題はある。そもそもこの時代の「文壇」とはどういうものであったか、ということもある。

また、この小説は同時代評から既に「自意識上の相剋」か「社会的抗議」か、評価が分裂していて、そしてこの分裂は『破戒』研究の中で長く続いた。平野謙は「『破戒』を繞る問題」(『学苑』一九三八年一一月)の中で、「社会的偏見に対する抗議と自意識上の相剋とは、そもいかなる比重を以て絡みあつてゐたか。一方だけにアクセントをうつことも、アクセントぬきにふたつをハイフンでつなぐことも『破戒』にあつては許されまい」と述べ、統合的評価を提言した。しかし、平野の提言にもかかわらず、その後の研究の推移はむしろいずれかの方向に分極化していった。[2] 例えば和田謹吾は「『破戒』の史的位置」(『国語国文学研究』一九五一年五月)の中で、『破戒』は「「告白」に重点があるのであって、「部落民」はそれを重からしめるための方法として使われている」と主張している。その一方、野間宏は岩波文庫版『破戒』(一九五七年一月)の「解説」で、「藤村は明治の時代になってもなお差別される部落民丑松を主人公として選び、その心の悲しみを描いて日本の軍国主義、天皇制にするどくせまって行く」と指摘し、この小説の社会小説としての側面を重視している。

また、数は少ないが、この評価の分裂を克服しようとして総合的評価を目指したものもある。三好行雄「『破戒』論のための一つの試み」(慶應義塾大学国文学研究会編『近代文学　研究と資料』一九六二年九月)、平岡敏夫の先の論考、東栄蔵『「破戒」の評価と部落問題』正・続(明治図書出版、一九七七年九月、一九八一年七月)、そして川端俊英の一連の研究がそれである。[3] 三好はその論文の中で、「『破戒』をつらぬく小説の軸心は部落民丑松をおそう社会の迫害と宿命への恐怖、つまり外と内との二様の危機を描きながら、苦悩の心理的救抜としての告白に収斂する。[4]」と指摘している。平岡はその論文の中で、平野の提言を自分なりに言い換えて「社会小説か、告白小説かではなく、告白小説たることによって社会小説たり得たのであり、「自意識上の相剋」を痛切に描くことで、深い「社会的抗議」を示しているのである」と結論づけた。東は『破戒』の解釈は作品から受け取る感動――その憤りの秘密を作品の内と外から周到に解き明かすべきだと述べ、その鍵の一つは、この小説をその書かれた明治の重い社会状況の中に置いてみなければならぬと主張し、「社会的偏見」と「告白」とのダイナミックな関係を考察して、自我内面の苦悩の告白と社会的偏見への抗議の二つの契機を統合する新しい評価を導き出そうとした。[5] 川端は「『破戒』の社会性―評価統一のための問題提起―[6]」の中で、「『破戒』は、人間的な生き方を圧殺する明治社会の諸矛盾の一典型としての部落問題を一身に背負って生きる丑松を主人公として設定し、その丑松の眼醒めたるがゆえの悲しみが自意識上の相剋として内向する反面、社会的抗議として外向し、それが相互に作用し合う関係で一体化している」と指摘した。

これらの先行論を踏まえて考えてみれば、社会的抗議と自意識上の相剋とは絡みあっていて、どちらかを捨象しても『破戒』の全容を捉えることはできない。三好行雄がすでに指摘したように、「社会小説か自己告白かという設問自体が無意味なのである」(7)る。その後、この設問の問題点が広く認識されるようになったからか、この観点からの追求は少なくなったといえる。また、八〇年代以降、テクスト論、ジェンダー論、そして文化研究などが起こり、『破戒』研究の関心もそちらに傾いていった。小森陽一「自然主義の再評価」（日本文学協会編『日本文学講座六　近代小説』大修館書店、一九八八年六月）、紅野謙介「テクストのなかの差別――島崎藤村『破戒』をめぐって」（『媒』一九八九年一二月）、同「書物としてのリアリズム――『破戒』のメディア論」（『媒』一九九一年七月）、千田洋幸「読むことの差別――島崎藤村『破戒』」（『解釈と鑑賞』一九九四年四月、特集・近代文学と「語り」Ⅱ）、同「父性と同性からの解放――『破戒』の構図」（平岡敏夫・剣持武彦編『島崎藤村――文明批評と詩と小説と』双文社出版、一九九六年一〇月）、同「告白・教室・権力――『破戒』の構図」（『東京学芸大学紀要第二部門』四八集、一九九七年二月）、中山弘明「小諸という場所――島崎藤村における金銭と言説」（日本文学協会編『日本文学』一九九三年七月）、同「〈談話〉の中の暴力――『破戒』論」（『日本近代文学』五一集、一九九四年一〇月）、大井田義彰「丑松と職業――『破戒』論」（福岡女子大学国文学会編『香椎潟：国文学研究誌』二〇一二年三月）などはその代表的なものといえよう。

『破戒』は近代文学研究の方法が多様化するなか、様々な読み方が行われているが、この作品の持つ「社会性」についての追求は、管見の限り近年の研究ではあまり多くはないといえる。しかし、部落問題がいまだ完全には解決されておらず、様々な差別問題を抱える現代社会では、差別とそれへの対峙をめぐるこの小説を現代に活かすために、その方面からの研究が必要ではないかと考える。それで、本書ではこれまでの先行論を踏まえ、社会学の新しい知見に基づき、作中に描かれた部落問題に注目してこの小説に内在化している「社会性」について検討する。

〈二〉親の「戒」

「蓮華寺では下宿を兼ねた」。あまりにも有名な書き出しである。この小説は主人公瀬川丑松の蓮華寺への転宿から始まる。「丑松が転宿を思ひ立つたのは、実は甚だ不快に感ずることが今の下宿に起つたからで。」（一の一）と書かれる。彼が「甚だ不快に感ずること」とは、同じ宿に泊まっていた大日向という被差別部落出身の金持ちが身分をばらされて宿から追い出されたことである。丑松は実は大日向と同じ被差別部落出身だった。「病院から追はれ、下宿から追はれ、其残酷な待遇と恥辱とをうけ」た大日向の惨めな姿を目の当たりにして、丑松は父親の「戒」を思い出す。

> はじめて丑松が親の膝元を離れる時、父は一人息子の前途を深く案じるといふ風で、さま〴〵な物語をして聞かせたのであつた。その時だ――一族の祖先のことも言ひ聞かせたのは。東海道の沿岸に住む多くの穢多の種族のやうに、朝鮮人、支那人、露西亜人、または名も知らない島々から漂着したり帰化したりした異邦人の末とは違ひ、その血統は古の武士の落人から伝つたもの、貧苦こそすれ、罪悪の為に穢れたやうな家族ではないと言ひ聞かせた。父はまた添付して、世に出て身を立てる穢多の子の秘訣――唯一の希望、唯一の方法、それは身の素性を隠すより外に無い、『たとへいかなる目を見ようと、いかなる人に邂逅はうと決して其とは自白《うちあ》けるな、一旦の憤怒悲哀に是戒を忘れたら、其時こそ社会《よのなか》から捨てられたものと思へ』斯う父は教へたのである。
>
> 一生の秘訣とは斯の通り簡単なものであつた。『隠せ。』――戒はこの一語で尽きた。しかし其頃はまだ無我夢中、『親爺が何を言ふか』位に聞流して、唯もう勉強が出来るといふ嬉しさに家を飛出したのであつた。（一の三）

「『たとへいかなる目を見ようと、いかなる人に邂逅はうと決して其とは自白《うちあ》けるな、一旦の憤怒悲哀に是戒を忘れたら、其時こそ社会《よのなか》から捨てられたものと思へ』斯う父は教へたのである」。これは当時の被差別部落民に強いられた厳しい現実だった。「隠せ」の一語で尽きた「戒」は、丑松の父親や多くの部落民が自らの苦しい経験を重ねた末に、考え出した身を守る方法だったのだろう。この「戒」は当時の厳しい部落差別の現実を象徴しているともいえる。

一八七一（明治四）年八月二八日、明治新政府は太政官布告を発し、「穢多非人等之称被廃候条自今身分職業共平民同様タルヘキ事」と布告した。いわゆる「解放令」である。これにより、「近世社会を通じて長きにわたってつづいた賤民身分制はついに廃止されることになった[8]」。この「解放令」は、「封建的な身分からの解放や職業の自由を認めた限りでは、一定の進歩性をもっていた[9]」と言われている。しかし、上記文書に続く府県宛ての布告において、「穢多非人等之称被廃候条一般民籍ニ編入シ身分職業共都テ同一ニ相成候様可取扱尤地租其外除蠲ノ仕来モ有之候ハ、引直シ方見込取調大蔵省へ可伺出来」と記されている。安保則夫が指摘しているように、「この太政官布告はやがて部落差別という形態で顕在化するようになる社会的差別そのものを解消しようとするものではな」く、布告のねらいとするところは、「これまで一般民籍の外にあって宅地への課税が免除されていた「穢多非人等」を一般民籍に編入することによって、彼らに対しても地租その他の税を徴収することにする、という点にあったのである[10]」。そして、「解放令」の出された翌年に、「新らしい身分的族称として、天皇を頂点に皇族、華族、士族、平民が定められ、「平民同様タルベキ」ことになった穢多非人は新平民と呼ばれ、新たな差別を生みだしている[11]」。また安保則夫は、この「解放令」を評して、次のように述べている。

> 一八七一（明治四）年の賤民廃止令は、七三（明治六）年七月二八日の地租改正条例へとつづく明治政府の一連の財源確保政策の一環として発布されたものであり、これをもっていわゆる「解放令」と称するのは不適当といわねばならない。むしろ、賤民廃止令を貫く明治政府の一連の近代化政策の下に、部落・部落民は新たな支配・抑圧

の構造に組み入れられることになり、これを契機として、部落差別はこれまでの近世的な賤民差別とは異なった、近代日本における新たな社会的差別の基底的形態をなすものとして展開されることになるのである。（安保則夫「序章　日本近代化と部落問題」、領家穣編『日本近代化と部落問題』〈明石書店、一九九六年二月〉八頁）

このようにして、一八七一（明治四）年に出された「解放令」は「解放」令であったにもかかわらず、前時代まで続いていた「差別」を解消するものではなかった。そうした中で、「部落民の一部にも、いつまでも自分たちが差別されつづけているのは部落の側に問題があるからだと考えて、部落の生活改善に取り組もうとする運動が起こった。政府もこれを推奨して、慈恵的な形で融和主義の政策が実施されるようになった」[12]という。こうした融和主義に対して、人間平等思想に基づく部落解放運動を展開したのが一九二二（大正一一）年三月三日に発足した全国水平社であった。創立大会において採択された「水平社宣言」の中に次のような内容が書かれている。

長い間虐められて来た兄弟よ、過去半世紀間に種々なる方法と、多くの人々によつてなされた吾らの為めの運動が、何等の有難い効果を齎らさなかつた事実は、夫等のすべてが吾々によつて、又他の人々によつて毎に人間を冒瀆されてゐた罰であつたのだ。そしてこれ等の人間を勦るかの如き運動は、かへつて多くの兄弟を堕落させた事を想へば、此際吾等の中より人間を尊敬する事によつて自ら解放せんとする者の集団運動を起せるは、寧ろ必然である。

兄弟よ、吾々の祖先は自由、平等の渇仰者であり、実行者であつた。陋劣なる階級政策の犠牲者であり男らしき産業的殉教者であつたのだ。ケモノの皮剝ぐ報酬として、生々しき人間の皮を剝取られ、ケモノの心臓を裂く代価として、暖い人間の心臓を引裂かれ、そこへ下らない嘲笑の唾まで吐きかけられた呪はれの夜の悪夢のうちにもなほ誇り得る人間の血は、涸れずにあつた。そうだ、そして吾々は、この血を享けて人間が神にかわらうとする時代にあうたのだ。犠牲者がその烙印を投げ返す時が来たのだ。殉教者が、その荊冠を祝福される時が来たのだ。吾々がエタである事を誇り得る時が来たのだ。

吾々は、かならず卑屈なる言葉と怯懦なる行為によつて、祖先を辱しめ、人間を冒瀆してはならぬ。そうして人の世の冷たさが、何んなに冷たいか、人間を勦はる事が何なんであるかをよく知つてゐる吾々は、心から人生の熱と光を願求礼讃するものである。

水平社は、かくして生れた。人の世に熱あれ、人間に光あれ。（傍点引用者）

そして、水平社はその綱領において「部落民自身の行動によつて絶対の解放を期す」ことと、「経済の自由と職業の自由を社会に要求し以て獲得を期す」ことと、「人間性の原理に覚醒し人類最高の完成に向つて突進す」ことの三項目を決めた。

『破戒』の舞台は、信州下水内郡飯山町となっている。作中時間は明治三〇年代と推測できる[13]。水平社創立のはるか以前の封建遺制が色濃く残る明治三〇年代。小説の第一章に描かれた大日向の受けた残酷な仕打ちは、この「旧めかしい町」（一の一）の民衆に強い差別意識が残っていたことを窺わせる。丑松の親の「戒」は、部落差別が当然のこととされていた時代状況をきちんと踏まえたものであった。「解放令」にもかかわらず、被差別部落民は依然として過酷な差別を強いられていた、と作者藤村は認識していたと言っていいだろう。このことは、発表当時の『破戒』の評者たちの部落問題認識と比較すれば、藤村の認識の高さがはっきりする。

先にも記したように、『破戒』はその刊行と同時に多くの批評に出会った。たとえば、柳田国男はその評の中で次のように書いている。

といふのは書き方よりは結構の方に十分納得出来ない点が多いのです。その一つは新平民と普通の平民との間の闘争が余り劇し過ぎるやうに思ふ。信州の穢多は別に研究したことはありませんが、私が他の諸地方で多少観察した所からいへば、此様な非道い争ひはない、余程事実から遠ひ（ママ―引用者注）、尤も小説の中に飯山は旧弊な処でいかぬと書いてはありますが、それにしても初めの方にある、宿屋から「大日向」を追ひ出す時に、皆で「ざまを見やがれ」といふなどは、あんなことは実際なからうと思ふ。（中略）従つて親父の戒といふものが、若い者の心にあれほど大きなものでなからうと想像する。（楠緒子・柳田国男・白鳥・孤島・未明・秋江・抱月「『破戒』を評す」『早稲田文学』一九〇六年五月）[14]

当時も現在も部落差別の受け止め方は地方によってまた個人によってもその厳しさ・過酷さが異なっている。その意味で、柳田の批評は必ずしも間違っているとは言えない。しかし、柳田の「部落差別」に関する認識が「甘い」ものであったこともまた間違いない。また、近松秋江はその『破戒』評の中で次のように述べている。

北信の風俗習慣を知らぬから、断言は出来ないが、少く共自分の本国―岡山県―地方の状態を標準として観察するに、普通人が穢多に対する嫌悪の念はこれほど盛んでないと共に、穢多と親密にするの度もこれほどでない。（同上）[15]

この近松の評も部落差別の実態を知らない者のものと言ってよい。近松は、部落民一八人が多数の非部落民によって惨殺された岡山県北部地方の美作で起こった「美作騒擾事件」（一八七三〈明治六〉年）について知らなかったのだろうか。知っていて「岡山県には（『破戒』に描かれているような）穢多に対する嫌悪はこれほど盛んでない」と言ったとしたら、それほどに当時の「部落差別」は酷薄だったということになる。ここには二人の評だけを例にして取り上げたが、川端俊英は『破戒』同時代評の部落認識を分析して、「総じて、『破戒』における部落差別の実態は一地方的現象であって、一般性にかけるとともに、すでに薄らぎつつある過去の事実のことさらな誇張であり、現実性にも乏しいとする評が多かった。」[16]と指摘している。こうしてみると、部落差別を一般事として描き、そしてそれがまだ現実に生きていると考える藤村は、部落差別の現実についてははっきりした認識を持っていたといえるだろう。それだけ、信州（小諸地方）における部落差別が酷いものであったということなのだろう。

また、先に引用した、父親が「戒」を丑松に聞かせた部分に被差別部落の起源についての記述もあったが、そこは先行論の中でしばしば問題にされた部分である。[17]「東海道の沿岸に住む多くの穢多の種族のやうに、朝鮮人、支那人、露西亜人、または名も知らない島々から漂着したり帰化したりした異邦人の末とは違ひ、その血統は古の武士の落人から伝つたもの、貧苦こそすれ、罪悪の為に穢れたやうな家族ではないと言ひ聞かせた。」（一の一）からわかるように、部落の起源に関して作者藤村は明らかに異民族説を採っている。

異民族説が間違っていることはすでに多くの研究者によって指摘されている。例えば、山田光二は「古代社会において、異民族だからという理由で賤視された史的証拠がなかった」と指摘した上で、「民族差別の思想を部落差別の論拠としてきた政治的作為は、幕末・維新期から明治国家の資本主義体制においてなされたものである。それは海外への植民地主義的進出に部落大衆を動員し、帝国主義政策の先兵とすることで部落問題の解決をはかろうとした明治国家の支配思想にみごとにうらづけされている。[18]」と分析していた。

異民族起源説を採っている藤村の認識は確かに問題視しなければならない。しかし、藤村のこの認識は彼が小諸の「穢多町のお頭弥右衛門」から得たということを考慮に入れなければならないだろう。藤村は「山国の新平民[19]」の中で次のように書いている。

小諸の穢多町に弥右衛門さんといふお頭が住んで居る。このお頭のことを、私が始めて聞いたのは、小山英助さんからだつた。

ある日、そのお頭の所へ氏と二人で会ひに行つた。（中略）弥右衛門さんに言はせると、東海道に住む新平民と山国に住む新平民とは種族が違ふ。東海道に住む新平民は多く剽悍な性質を帯びて居る。それは彼等の遺伝性とも見られる。山国に住む方は漂着した露西亜人や朝鮮人の後裔ではなく、大抵大昔からの土着の人や武士の零落したものだから、随つて気質も違ふと云ふのが其の人の話だ。(「山国の新平民」、『文庫』一九〇六年六月、のち『新片町より』に所収)

藤村は小諸の穢多町の「お頭」から聞いた異民族説を正しいと信じ、それを『破戒』の中に書いたのだろう。これは藤村の限界にもよるが、この小説が執筆された時代の限界を問わなければならないだろう。東栄蔵がこの問題について、「藤村の観念のなかでそれを固定的にしたものは、当時の小諸の一般町民も藤村をとりまく知識人たちも、その俗説を当然として疑っていなかったという社会的環境によるものであろうと考えられる。このことは、藤村個人の問題としてだけでなく、明治の社会における部落史研究や部落解放運動が未熟であったという、日本の知的状況とのかかわりのなかで考えなければならない問題でもある[20]」と指摘しているが、納得できる意見だろう。

〈三〉「猪子蓮太郎」

小説の中で、丑松は子供の頃から父親の戒めを守り、素性を隠して暮らしてきたが、成人した彼は被差別部落民に過酷な差別を強いる「社会《よのなか》」の不条理を知り、それとたたかう先輩猪子蓮太郎に共鳴するようになる。彼は蓮太郎に自分の素性を打ち明けようと考えながら、親の戒めを強く意識して結局できなかった。最後に丑松は蓮太郎の死を契機に自分の素性を告白することを決心するが、そのように丑松に多大な影響を与えた蓮太郎は小説のなかで重要な位置を占めている。では、作品の中で蓮太郎はどのように描かれているのだろうか。

この本（『懺悔録』のこと―引用者注）の著者―猪子蓮太郎の思想は、今の世の下層社会の『新しい苦痛』を表白すと言はれて居る。人によると、彼男ほど自分を吹聴するものは無いと言つて、妙に毛嫌するやうな手合もある。成程、其筆にはいつも一種の神経質があつた。到底蓮太郎は自分を離れて説話をすることの出来ない人であつた。しかし、思想が剛健で、しかも観察の精緻を兼ねて、人を吸引ける力の壮んに溢れて居るといふことは、一度其著述を読んだものゝ誰しも感ずる特色なのである。蓮太郎は貧民、労働者、または新平民等の生活状態を研究して、社会の下層を流れる清水に掘り当てる迄は倦まず撓まず努力めるばかりでなく、また其を読者の前に突着けて、右からも左からも説明して、呑込めないと思ふことは何度も繰返しても、読者の腹の中に置かなければ承知しないといふ遣方であつた。尤も蓮太郎のは哲学とか経済とかの方面から左様いふ問題を取扱はないで、寧ろ心理の研究に基礎を置いた。文章はたゞ岩石を並べるやうに思想を並べたもので、露骨なところに反つて人を動かす力があつたのである。（一の四）

蓮太郎の思想について説明した重要な部分であるためやや長く引用した。蓮太郎は長野の師範学校で心理学の講師をしていた頃、その素性が人に知られ、「放逐、放逐、声は一部の教師仲間の嫉妬から起った」（一の四）。結局、彼は「身の素性を自白して、多くの校友に別離を告げ」、「師範校の門を出て、『学問の為の学問』を捨てた」（同上）。こうして「新しい思想家でもあり戦士でもある」（同上）蓮太郎は世に出たのである。その著書に、上の引用に出た『懺悔録』のほか、『現代の思潮と下層社会』『貧しきもののなぐさめ』『労働』『平凡なる人』などがある（九の二）。「貧民、労働者、または新平民等の生活状態を研究して、社会の下層を流れる清水に掘り当てる迄は倦まず撓まず努力める」蓮太郎は、なぜ「哲学とか経済とかの方面から左様いふ問題を取扱はないで、寧ろ心理の研究に基礎を置いた」のだろうか。この点に関して、瀬沼茂樹は次のように指摘している。

蓮太郎の思想は漠然としていて明確を欠くとはいえ、所謂下層社会の心理的研究によって、これらの人たちも高貴な人間性をもっていることを証して、人間の平等を主張しようとしていたものと推測することはできる。それは、ルソオの『告白録』のように、「今の世の下層社会の『新しい苦痛』を表白す」ことからはじまって、政治的には自由民権の思想につらなるものをもっていたことは壮烈な横死にいたるまでの彼の啓蒙活動をたどって見れば明らかである。かように個人意識の延長として社会意識をたて、前者に重点をおくから、社会意識が弱く曖昧になることは免れないが、むしろかような近代思想の具現において「人生の戦場」にのぼることが、同時に「階級差別の思想」を破って部落解放としても「開化」の歩をすすめる所以だと、すくなくとも藤村は蓮太郎の思想を措定していたのではなかろうか。（瀬沼茂樹『評伝島崎藤村』実業之日本社、一九五九年七月）

つまり、蓮太郎は「所謂下層社会の心理的研究によって、これらの人たちも高貴な人間性をもっていることを証して、人間の平等を主張しようとしていた」というのである。彼は、人間平等思想の立場にたって啓蒙活動をしたり、「不調和な社会」と戦ったりしていたのだ。蓮太郎が『懺悔録』で「我は穢多なり」と宣言できるのは、彼が人間平等の思想に目覚めたからではないかと思われる。もちろん、部落解放運動の経緯からみれば、部落民を啓蒙したり部落差別を激憤したりするにとどまり、実際的に部落解放運動を組織するまでには至らなかった蓮太郎の人物像は批判されるべきである、とも考えられる。がしかし、これは藤村個人の認識を問うだけでは十分ではないであろう。『破戒』が執筆されたとき、三好伊平次らの「備作平民会」（一九〇二年八月）に代表される部落改善運動は始まったばかりであり、人間の自覚に立つ水平社運動の始まりは、一九二二（大正一一）年三月まで待たなければならなかった。このような時代背景に照らしてみると、藤村が部落解放の運動を組織する蓮太郎を作れなかったのは主に時代の限界によることだと言っていいかもしれない。ただし、蓮太郎が水平社運動の先駆的存在になっていることを忘れてはいけない。これは、この作品が重要なものと考えられる理由の一つである。というのは、彼の人間的自覚に立つ「我は穢多なり」という宣言は、水平社の宣言「吾々がエタである事を誇り得る時が来たのだ」につながっているからである。

また、蓮太郎という登場人物には実際のモデルがある。前記した「山国の新平民」の中で次のような内容も記されている。

長野師範学校に教鞭を執つた人で、何んでも伊那の高遠辺から出た新平民といふことで、心理学か何かを担当して居た一人の講師があつた。私が小諸の馬場裏に居た時分、隣家に伊東喜知さんといふ小学教師をして居る人があつたが、氏は其人に会つたことがあるとの話だつた。頭脳が確かで学問もあつて、且つ人物としても勝れて居たといふ。それから私は種々な人に会つて、其人のことを聞いて見たが、孰れも賞賛して居た。（中略）其人に私は会つたことはないが、新平民としては異数な人で、彼様云ふ階級の中から其様な人物の生れたといふことが、ひどく私の心を動かした。それで其人のことを聞き得らるゝ限り聞いて見て、実に悲惨な生涯だと想ひ浮べた。其人が亡くなつたのは、私がまだ小諸に居た頃で、心あるものには惜しまれたといふことも聞いた。

それから私は新平民に興味を有し、新平民の――信州の新平民のことを調べて見ようと思立つたのだが、それに就いて種々の不審を打たれた人もある。（「山国の新平民」）

藤村の言っている「伊那の高遠辺から出た新平民」の「心理学か何かを担当して居た一人の講師」は被差別部落民出身の教師大江磯吉[21]（通称）のことである。彼が蓮太郎のモデルであることはすでによく知られている。大江磯吉については、すでに小林郊人「『破戒』のモデル――猪子蓮太郎こと大江磯吉」（『信州及信州人』一九四七年三・四月合併号、五月号、八月号に連載）、水野都沚生「『破戒』に登場する猪子蓮太郎のモデル大江磯吉」（『國學院雑誌』一九六二年七・八月号）、青木孝寿「『破戒』のモデル大江磯吉の新資料」（『信州白樺』一七号、一九七五年四月）、東栄蔵『大江磯吉とその時代―藤村の『破戒』のモデル―』（信濃毎日新聞社、二〇〇〇年一月）、水野永一『大江儀吉考――新資料による実像追及』

（ほおずき書籍、二〇〇八年四月）などがある。これらの資料からみれば、「ひどい部落差別のなかでじっと耐えて黙々と勉強し力をつけること、そして力のある立派な教師になることが、大江の生き方の基底を貫いていたの[22]」であったといえる。これは作中の部落解放の運動家の蓮太郎像とかなり違っていることがわかる。それでは、大江磯吉から猪子蓮太郎への形象化は何を意味するのだろうか。この点に関して東栄蔵は次のように指摘している。

今からおよそ八〇年前の当時は、一般社会にも被差別部落の側にもまだ部落差別を問題にし解放運動を組もうという意識は成熟していなかったのである。そのような時代に、大江磯吉をモデルにしてこれに北村透谷のイメージなどを加えて、かかる熱血の先駆的運動家を作り出したのは、ほかならぬ藤村その人であったことを見落としてはならないと思う。作者藤村の意識に内在していた社会への抗議が、ここに強い形象となって反映しているのである。（東栄蔵「『破戒』の成立とその発想[23]」）

つまり、東はこの形象化の過程において、部落差別への抗議という作者の意識が強く働いていたというのである。注目すべき意見だと思う。もし藤村が『破戒』を執筆するにあたって「自意識上の相剋」にだけ重点を置いたならば、おそらくこのような蓮太郎像は作れなかっただろう。

また、この蓮太郎の人物像にしばしば問題にされた箇所がある。選挙の資金のため、被差別部落出身の金持ちである六左衛門の娘と結婚した政治家の高柳利三郎のことについて、蓮太郎は丑松に次のようなことを言っていた。「だつて、君、考へてみて呉れたまへ。あの高柳の行為を考へてみて呉れたまへ。あゝ、いくらわれわれが無智な卑賤しい者だからと言つて、踏付けられるにも程が有る。どうしても彼様な男に勝たせたくない。」（十一の二）というセリフである。野間宏は岩波文庫『破戒』一九五七年刊の解説で、このセリフを取り上げて、「この言葉でわかるように蓮太郎さえが部落民を卑しいものとして認めているのである。それゆえにこの小説は、部落の問題を本質的にはなんら解決しないところに結末を見い出さなければならなかったのである。[24]」と厳しく指摘した。

このセリフだけをとってみるなら、野間のように指摘されても仕方がないと思うが、しかし小説の中に、「同じ人間であり乍ら、自分等ばかり其様に軽蔑される道理が無い、といふ烈しい意気込を持つやうになつたのも、実はこの先輩の感化であつた。」（一の四）という叙述も記される。この二つの部分は矛盾しているのだろうか。おそらく作者藤村の中では矛盾がなく捉えていたはずである。それはどうしてであろうか。

小説の地の文に次のような叙述がある。「屠手として是処に使役はれて居る壮丁は十人計り、いづれ紛ひの無い新平民――殊に卑賤しい手合と見えて、特色のある皮膚の色が明白と目につく」（十の二）。屠牛の場面で丑松の目を通して屠手の姿が語られた部分である。この叙述に先の蓮太郎のセリフと通じている部分があることは明らかだろう。これを作者藤村の差別意識の表れと捉える意見が多いが、川端俊英は次のように解釈している。「後者（地の文のこの記述―引用者注）は後天的環境が表情や所作を支配する厳しい現実を裏付けずにおれぬ作家ならではの観察眼によるスケッチだった。時代に生きた作者の事実に基づくリアルな描写を、一概に責めてすむとは思えない。[25]」という。注目すべき意見だと思うが、私はさらに別の観点からもこの問題を考えたい。

私の見た処では、信州あたりの新平民を大凡二通りに分けることが出来ると思ふ。high classとでも言はうか、開化した方の新平民と、それからlow class,（ママ―引用者注）開化しない方の新平民と、斯う二通りだ。開化した方の新平民は、容貌も性癖も言葉づかひなぞも凡ての事が殆んど吾々と変わる所はないと思ふ。譬へば左様いふ階級の中には弥右衛門さんのやうな人があつたり、中学校長にもなり得る力を有つて居る人が出来たりする。開化しない方では、野蛮人でも下等の野蛮人は野性が顔に現はれて居るやうに、第一、容貌も何となく粗野で、吾儕の恥かしいと思ふことを別に恥かしいとも思はない風である。顔の骨格なぞも吾儕と違つて居るやうに見える。（「山国の新平民」）

先に引用した藤村の「山国の新平民」の一部である。ここにも川端の指摘した藤村のリアリストとしての観察眼が働いていたと思われるが、私が注目したいのは、藤村が「信州あたりの新平民を大凡二通りに分ける」という基準を、「開化した」と「開化しない」とに置いているというところである。つまり、藤村においては、被差別部落民だから「卑しい」というのではなく、「開化しない」から「卑しい」と考えていたのではないかと思われるということである。『破戒』における屠牛の場面の叙述も蓮太郎のセリフも、作者藤村のこの考え方に基づいて書かれたものだと考えられる。こうしてみると、先に述べた矛盾のように見えた二つの部分は、作者藤村の中で矛盾がなく捉えられていた理由がわかってくるだろう。つまり、藤村は小説の中で、「文明開化」の中で西洋から入ってきた平等思想をもって前近代的な差別とだけ思われた部落差別に対して抗議を訴えていたが、しかし彼は同じ「文明開化」の中で行われた「開化した」と「開化しない」という区分自体が新たな形の部落差別を生み出していることを自覚していなかったのである。

ひろたまさきは『差別の視線—近代日本の意識構造—』(吉川弘文館、一九九八年一二月)のなかで、「社会的差別は近代の「人間平等」観念の光によって初めて照らしだされ社会に自覚されるが、その光はまたあらたな影を生みだすのであり、そこに近代社会独自の性格なり構造なり運動なりが現出する」[26]と述べ、「日本近代社会成立期においても、前近代的な差別が克服されないままに近代独自の差別が重層的に現出する」と指摘した。部落差別は社会的差別の一種として同書の中で論じられた。彼は近代社会の成立期に焦点を当て、近代社会が内包している種々の差別を近代とそれが生みだす「文明」というキー概念をもって論じた。ひろたによると、廃藩置県を契機に全面的に開化政策が展開されていった中で、「『文明開化』は時代の合言葉なり、明治前期を主導し支配するところの思潮であり雰囲気であった」。そのような雰囲気の中で、「西洋近代文明は何者もあらがいえない圧倒的な優越性をもって、かつ天皇による先導を伴って、当時の支配層と中間層を捉えたのであり、そして野蛮は否定さるべきものとなったのである。社会のすべての価値は、文明か野蛮かに二分され、野蛮は否定さるべき排除さるべき価値となったのである」[27]という。そして、ひろたは啓蒙思想家西周の「人世三宝説」（一八七五年）に説かれた「三宝」（健康、知識、富有）を指標として文明と野蛮の分割を具体的に分析し、「文明」がいかにあらたな形の差別を生み出したかを明らかにした。

『破戒』のなかで「あゝ、いくらわれわれが無智な卑賤しい者だからと言つて、踏付けられるにも程が有る。」（十一の二）と発する蓮太郎、そして「山国の新平民」の中で「開化した」と「開化しない」という基準で「信州あたりの新平民を大凡二通りに分ける」藤村は、ひろたまさきが指摘した「文明」の価値観を共有していたことは明らかだろう。これをもって藤村の差別意識を指摘するのはたやすいが、しかし、「国民国家による解放は抑圧を、平等は格差を、統合は排除を」伴うとみなされた「国民国家」論が、日本に現れたのはようやく一九九〇年代に入ってからのことでことである[28]ことを考慮に入れるべきだろう。というより、そうだとしたら一一〇年以上も前に書かれた『破戒』は、部落差別が「国民国家」が普遍的に孕んでいる矛盾の産物であるという側面を[29]、蓮太郎という人物の造形を通してすでに問題にしている貴重なテクストとしても読めるのではないだろうか。

〈四〉「親」との対決

あゝ、何を思ひ、何を煩ふ。決して他の人に告白けるのでは無い。唯あの先輩だけに告白けるのだ。日頃自分が慕つて居る、加も自分と同じ新平民の、其人だけに告白けるのに、危い、怖しいやうなことが何処にあらう。

『どうしても言はないのは虚偽だ。』

と丑松は心に耻ぢたり悲しんだりした。

そればかりでは無い。勇み立つ青春の意気も亦た丑松の心に強い刺激を与へた。譬へば、丑松は雪霜の下に萌える若草である。春待つ心は有ながらも、猜疑と恐怖とに閉ぢられて了つて、内部の生命は発達ることが出来なかつた。あゝ、雪霜が日にあたつて、溶けるといふに、何の不思議があらう。青年が敬慕の情を心ゆく先輩の前に捧げて、活きて進むといふに、何の不思議があらう。見れば見るほど、聞けば聞くほど、丑松は蓮太郎の感化を享けて、精神の自由を慕はずには居られなかつたのである。言ふべし、言ふべし、それが自分の進む道路では有るまいか。斯う若々しい生命が丑松を励ますのであつた。

『よし、明日は先生に逢つて、何もかも打開けて了はう。』

と決心して、姫子澤の家をさして急いだ。（九の四）

父親の葬儀のため帰郷する途中で、丑松は偶然に市村弁護士の選挙運動をしていた猪子蓮太郎に出会った。「蓮太郎の感化を享けて、精神の自由を慕はずには居られなかつた」彼は、せめて蓮太郎だけには打ち明けようと思う一方、父親の戒めを意識して躊躇わずにはいれらなかった。結局、帰郷中に彼は告白を果たすことができなかった。丑松は父親の葬儀が終わって学校に帰る途中、高柳利三郎夫婦に出会った。高柳は市村弁護士の政敵で、政治資金のために被差別部落の金持ちの娘と密かに結婚した人である。丑松と出会ったのはその結婚帰りの旅の途中だった。丑松が自分の秘密を知っていたと悟った彼は蓮華寺を訪ね、自分の秘密を守ってほしいと丑松に協力を求める。実は高柳は妻の口からすでに丑松の素性を知っていたのである。しかし、丑松は協力の態度を見せなかった。高柳は復讐として丑松の素性を噂として流した。そして、名誉心が強く、丑松をかねがね快く思っていなかった校長は、丑松から首座教員にとって代わろうとする郡視学の甥の勝野文平と手を組んで噂を広げる。噂は教員室でも街中でも広がっていった。

歓し哀しい過去の追憶は丑松の胸の中に浮んで来た。この飯山へ赴任して以来のことが浮んで来た。師範校時代のことが浮んで来た。故郷に居た頃のことが浮んで来た。それはもう悉皆忘れて居て、何年も思出した先蹤の無いやうなことまで、つい昨日の出来事のやうに、青々と浮んで来た。今は丑松も自分で自分を憐まずには居られなかつたのである。軈て、斯ういふ過去の追憶がごちやごちや胸の中で一緒に成つて、煙のやうに乱れて消えて了ふと、唯二つしか是から将来に執るべき道は無いといふ思想に落ちて行つた。唯二つ——放逐か、死か。到底丑松は放逐されて生きて居る気はなかつた。其よりは寧ろ後者の方を択んだのである。（十九の七）

「放逐か、死か」、ただこの二つしか「是から将来に執るべき道は無い」丑松は、「放逐されて生きて居る気はなかった」と考える。それほど彼は「社会《よのなか》」の無言の圧力に追い詰められたのである。ちょうどそのとき、蓮太郎は市村弁護士の選挙を応援する演説会のため、飯山に来ていた。丑松はせめて自分が死ぬ前に蓮太郎に素性を打ち明けようと考えたが、蓮太郎は高柳の雇った壮士によって殺されてしまった。

其時に成つて、初めて丑松も気がついたのである。

自分は其を隠蔽さう隠蔽さうとして、持つて生れた自然の性質を銷磨して居たのだ。其為に一時も自分を忘れることが出来なかつたのだ。思へば今迄の生涯は虚偽の生涯であつた。自分で自分を欺いて居た。あゝ——何を思ひ、何を煩ふ。『我は穢多なり』と男らしく社会に告白するが好いではないか。斯う蓮太郎の死が丑松に教へたのである。（二十の四）

蓮太郎の死を目の前にして、丑松は自分の素性を隠していた「今迄の生涯は虚偽の生涯であった。」と考えるようになり、先輩のように男らしく告白して新しい生涯に入ろうと決意する。このようにして、小説の中で丑松の告白に至るまでの葛藤や苦悩がリアルに描かれる。彼はなぜこんなに悩んでいたのであろうか。それは、言うまでもなく彼が当時の過酷な部落差別を恐れていたからである。丑松の悩みが深ければ深いほど、当時の部落差別がいかに過酷であるかがわれわれ読者に伝わる。藤村は、主人公の内心の葛藤や苦悩を描くことで、部落問題を生んだ社会に対する抗議を表したと考えられる。そして、このような葛藤を描いたからこそ、『破戒』は勃興しつつあった自然主義文学の嚆矢であり傑作として高い評価を受けることになったのである。

告白を決意した丑松は生徒の前で素性を打ち明け、「全く、私は穢多です、調里です、不浄な人間です。」（二十一の六）と詫びる。そして、彼は「まだ詫び足りないと思つたか、二歩三歩退却して、『許して下さい』を言ひ乍ら板敷の上へ跪いた」（二十一の六）。この告白の場面は小説のクライマックスといえる。加えて、ここは藤村の部落問題認識が端的に表されるところでもあり、論者のそれへの捉え方によって小説自体の評価が変わるため、先行論の中でさまざまな議論がなされてきた。例えば、野間宏は前述した岩波文庫版『破戒』の「解説」の中で、

丑松は自分の教える生徒たちの前に土下座して自分の出身を告白し、その後、新天地を求めてテキサスに渡るというのだ。藤村が部落民の問題を人間の問題として、充分考えつくすことができなかったことをあらわにしているのである。

と厳しく批判している。生徒の前で「全く、私は穢多です、調里です、不浄な人間です」と告白し、土下座した丑松は、先輩蓮太郎の教えを無にし、被差別部落民に対する世間の差別的価値観を受け入れる人物として捉えられがちである。これが野間のような批判が出た主な理由でもあるだろう。しかし、これまで考察してきたように、藤村は人間平等の思想を唱え、部落民の啓蒙活動や社会との闘いを展開していた蓮太郎像を作った。そして、彼は丑松の内面の葛藤をリアルに描き、部落差別への抗議を強く訴えた。同じ作者が作品の終盤になって、人間平等の立場を貫けなくなったと考えるのは、むしろ不自然だろう。

小田切秀雄は『藤村全集』（筑摩書房、一九六六年—一九七七年）の月報の中で、『破戒』の映画化やテレビ化に当たって、「これまでの多くの例のように土下座場面をはぶいてしまうというやり方は、ほんとうにこの作品を現代に生かすことになるであろうか」と述べ、「卑屈な言い方で告白をはじめて、ついには土下座するまでにいたる丑松の姿は、そうい

う時代の重圧との関係で描き出されたものである。」[30]と指摘していた。また、平岡敏夫は『破戒』の初版本と、土下座場面が削除された改訂本とを比較して次のように述べている。

　ここでも丑松の立ち上がりは明らかで、額を塵埃の中に埋めるのと、ただ頭を垂れて両手を堅く組み合わせるのとは非常な違いである。どちらを支持するかで『破戒』評価が分かれるといってもよいが、丑松が立ち上れば立ち上るほど、「外部の圧迫」は軽くなって行くのである。丑松をして塵埃の中に埋めさせたもの、かれの頭をおさえて床ににすりつけたものは何か。それこそ「部落民」という社会的偏見であったはずだ。その重圧が強ければ強いほど告白は困難かつ痛切なものとなり、逆に、丑松が頭をあげればあげるほど告白も軽くなる。そのことはとりもなおさず、偏見の重圧が軽くなることである。（平岡敏夫「『破戒』私論」、大東文化大学『東洋研究』二三号、一九七〇年六月）

　もっともこのような丑松像を小田切秀雄は作者藤村の意図したものとして捉えているが、平岡は、「かりに、藤村に「社会的抗議」の意識がなかったと仮定しても、この告白の場面は作者の意図を裏切って、痛切な告白がはげしい抗議を結果的には語っていることになるはずのものである。」と考えている。部落差別を単に「社会的偏見」と捉える平岡の部落問題に対する認識には問題があるが、注目すべき指摘だと思う。小田切秀雄の分析にしても平岡の論にしても、丑松の卑屈な告白から部落差別への強い抗議が読み取れることは明らかだろう。こういうふうに解釈したら、先に述べた『破戒』の最終部分における「不自然さ」はなくなるのではないか。

　また、この告白場面でもう一つ注意したいのは生徒たちの反応である。生徒たちは「最早十五六――万更世情を知らないといふ年齢でも有ません」。そして教師の丑松は、「皆さんが立派な思想を御持ちなさるやうに、毎日其を心掛けて教へて上げた」のである。しかし、丑松が土下座して謝るとき、生徒たちはどう反応したのであろうか。

何事かと、後列の方の生徒は急に立上つた。一人立ち、二人立ちして、伸しかかつて眺めるうちに、斯の教室に居る生徒は総立に成つて、あるものは腰掛の上に登る、あるものは席を離れる、あるものは廊下へ出て声を揚げ乍ら飛んで歩いた。(二十一の六)

丑松が毎日心かけて教えてあげた「立派な思想」の中には、おそらく人間平等の思想もその一つとして存在していたはずである。しかし、自分の先生である丑松が「実は、私は其卑賤しい穢多の一人です」と告白して、生徒たちの前に土下座したとき、驚きとまどっていたのかもしれないが、生徒の中に誰一人彼を引き留める者はいなかった。もしかして、生徒の中には古い習慣や考え方に囚われる自分の親の教えを強く意識して、丑松を引き留めなかった者もいたのではないかと思われる。藤村は生徒たちのこの反応を描くことで、部落差別はなかなかなくすことができず、部落解放が「夢」であったことを暗示したのかも知れない。

告白を終えた丑松がアメリカのテキサスへ新天地を求めることで『破戒』は終わる。この結末をめぐってまた様々な批判的な意見が出された。例えば、部落解放運動の指導者であった北原泰作は次のように指摘している。

丑松は、身分を告白して許しを乞う卑屈な態度であり、不合理な差別をなくするために闘おうとせず、新生活をテキサスで築くために日本を離れようとするのである。このようなロマンチズムの逃避によって部落問題は解決されない。われわれが期待する丑松の人間像は、猪子蓮太郎の思想を継承し、されにそれを実践的に発展させて、自分一人の問題ではなく全国に散在する同じ運命の部落民大衆の解放のために挺身する真の民主主義者である。(北原泰作「『破戒』と部落解放運動」、『文学』一九五四年三月)[31]

また、野間宏は先の岩波文庫版『破戒』の「解説」の中で、「テキサスへ新天地を求めるなどというのは、逃げて行くことを示すものにほかならない」と述べ、北原と同じく否定的に捉えている。

部落解放運動の経緯から見れば、丑松のテキサス行きは確かに「逃避」と言わざるをえない。しかし、『破戒』をその書かれた時代に戻して読むと、この結末に対してまたちがう見方が見えてくるだろう。明治期において部落問題の解決について様々な議論がなされた。その中で言及されることの多い解放論として、杉浦天台（重剛）の『樊噲夢物語』（一八八六年）や中江兆民の『新民世界』（一八八九年）、柳瀬勁介の『穢多非人——社会外の社会』（一九〇一年）、南部露庵の『教育私考』（一九〇二年）などが挙げられよう。中江の論の中では具体的な解決策を示さなかったが、他の三者の論の中では、部落問題の解決策の一つとして海外への移民が取り上げられた。この三者の論は「いずれも日本の社会を民主化する方向を目指すものではなく、植民地侵略政策と結びついている点に特徴がある」[32]とされる。

そして、明治の部落問題文芸もこれらの解放理論と無縁ではなかった[33]。川端俊英は『破戒』に先行する部落問題文芸の中に見られる特徴を検討し、海外雄飛論はその特徴の一つだと分析して、「差別的現実からの脱出と海外雄飛との結合は、当時の社会情勢からみて、かなり常識的・現実的なものであった」と指摘した。さらに、川端は社会主義者片山潜が渡米協会を作ってアメリカ移民運動を進めたことと、水平社を設立した坂本清一郎や西光万吉らが南洋行きを計画した事実があることをふれた上で、次のような意見を示している。「内田魯庵の『くれの二十八日』（明治三一）や木下尚江の『良人の自白』（明治三七—三九）などとともに藤村の『破戒』においてテキサスに新天地を求めたことは、歴史的時点に還元して考えてみるなら、時代の風潮に沿う結末であり、従ってその逃避的な解決の方向も時代的限界とかかわるものなのである」[34]という。妥当な指摘だといえよう。

また、この結末の時代的限界を認識した上で、テキサス行きに積極的意義を認めようとする論もある。前述の川端は丑松の行き先がほかならぬテキサスの地であったことに注目し、「当時のテキサスが特に米作地として注目を浴び、しかもそこでの米作は多額の資金を要する大がかりな事業として有望視されていたこと」を明らかにした。その上で、川端は内田魯庵の社会小説『くれの二十八日』（一八九八年一月）に登場した「財力を資本に知識人が新天地に構想した農業中心の村づくりの計画」と関連して、「このテキサスの日本村も、いわゆる差別のない理想社会実現の条件を備えた村として想定されたもの」と分析した。そして彼は、丑松のテキサス行きに「未開の大地に農業を拓くことを通して、自由と平等の村づくりという社会的実践に直接携わろうとする積極性があった[35]」と結論づけた。

しかし、高榮蘭は明治期に行われた、テキサスをめぐる言説を丹念に分析して、「『下層社会』を解消した『自由社会』―『理想社会』が実現すべき土地」だと考えられた「テキサス」のイメージを覆した。高は「『テキサス』は、在ニューヨーク領事、後期の自由民権運動家、時事新報の記者、社会主義者といったまったく立場もイデオロギーも異なる面々の言説によって織りなされたもので、『平和的』日本膨張の対象とすべき未踏の領土という一個の表象として機能したとした。『日本の膨張地』としての「テキサス」。そしてそのなかの『日本村』を『新日本』として表象することにおいて、まったくかけ離れた言説が相互に協力補完関係を結んでいたのである。」と指摘した。そして、彼は続けて次のように述べている。

まさに「テキサス」行きが「平和的」日本膨張として意味づけられていた時期に、『破戒』は執筆され、世に出される。『破戒』には、大日向や丑松が「新日本建設」という自覚をもって「テキサス」に渡ろうとしているとはどこにも語られていない。しかし、被差別部落の移動の言説圏においてみても、また渡米あるいは「テキサス」の移動の言説圏においてみても、丑松の最後の跳躍が『日本』という『国家』からの脱出」を意味するとはいえないだろう。なぜなら「テキサス」は『国家』という堅固な秩序体系とは無縁」な場であるどころか、まぎれもなく「新日本」建設の場にほかならなかったからである。（高榮蘭「「テキサス」をめぐる言説圏――島崎藤村『破戒』と膨張論の系譜」、金子明雄等編『ディスクールの帝国―明治三〇年代の文化研究』〈新曜社、二〇〇〇年四月〉）

こうしてみると、作者藤村が意図したか否かにかかわらず、丑松のテキサス行きは結局「平和的」日本膨張と関連づけて読まれる可能性を持っていたということになる。そうだとしたら、丑松のテキサス行きに積極的意味を求めようとする川端の意見け修正されなければならない。また、最後に指摘しておきたいのは、丑松のテキサス行きは例外として「日本」という「国家」に組み込まれなくても、「自由と平等の村づくり」という理想は空想で終わることが避けられないというこ とである。というのも、前述したように「開化した」と「開化しない」という近代の価値観が新たな差別を生み出さざるを得ない当時の社会状況を考えるならば、丑松がそうした考え方を捨てない限り、「自由と平等の村づくり」の実現はできないからである。さらに言えば、丑松が「希望の地」として渡航を夢みた「テキサス」（アメリカ）は、当時人種差別を象徴する「黒人差別」が盛んであったということも忘れてはならない。

〈五〉『破戒』後の藤村と部落問題

なお、『破戒』が刊行されたあと、藤村は部落問題を取り扱う小説を書き続けるということはなかったが、部落問題に関する感想などを書いていた。前述した、『破戒』の刊行の直後に書いた「山国の新平民」のほかに、比較的早いものとして、水平社が創立された翌年に書いた「目醒めたものの悲しみ」（『読売新聞』一九二三年四月四日、のち『春を待ちつつ』に所収）がある。その中で彼は、「あの山国で聞いた一人の部落民出の教育者の話、その人の悲惨な運命を伝へ聞いたことが動機になつて、それから私があゝいふ主人公を胸に画くやうになつて行つたのでした。」と語ったり、部落民生活や部落の歴史に関することを小諸の被差別部落の「お頭」から教えられたことを述べたりしたあと、水平社運動について次のように述べている。

私は水平社の運動といふものに就いて詳しいことは知りませんから、立ち入つた意見も述べられませんが、その主張を正しくないとは誰か云ひ得るものはあるまいと思います。もつとずつと前から来るべき筈のものが、当然我々の眼の前にやつて来たやうな感じが致します。少なくとも他から働きかけられたものでなしに、もつと自発的に、人として眼醒めた新時代の人達が、長い虐げの経験から今度の運動が生まれてゐる事を信じたいと思ひます。(「目醒めたものの悲しみ」)

藤村は「私は水平社の運動といふものに就いて詳しいことは知りませんから」と断っておきながら、水平社運動を肯定的に見ていたことがわかる。そして、それは先の川端によれば「精神の目醒めによって内なる格闘をひき起こしたあの丑松のように、水平社に結集した人々にも〈自発的〉な目醒めを認めようとする『破戒』的な発想を見ることができる」[36]とされる。

一九二八(昭和三)年一月号の『融和時報』に藤村の談話「融和問題と文芸」が掲載された。そこで彼はまず「私などは融和問題などといふことを考へたくない。そんなことはもう過去の話だといふ風に考へたい」が、「これは実に深刻な生きた問題である。これは長い年月と共に生れて来てゐる社会の欠陥であ」ると記し、部落差別の現実について『破戒』の時と同じ認識を持っていた。そして、「部落民の生れでない私などの書いたものでも、もしそれが真実を以て書いたものならば、融和問題と文芸といふことを考へる人達にとつて尠くともある暗示を与へたことにはなつたらうと考へるからである。」と語り、『破戒』の果たした役割に触れている。また、「今日の様に水平社の運動が盛んになり、また融和問題に就て心を潜める人達が多くなつたといふことは何と言つても悦ばしい」とも述べ、これらの運動を積極的に評価している。

以上二篇のエッセイや談話から見ると、藤村には被差別部落問題についての関心や部落差別への抗議が依然として見られたということである。しかし、ことはそう単純ではない。よく知られるように、『破戒』は自費出版されて以来、再版、絶版、改訂、初版復元という屈折に富んだプロセスを経ている。一九二二(大正一一)年二月二〇日、『藤村全集』

第三巻として藤村全集刊行会により再刊されたが、川端俊英の考察によると、この時行われた改訂はおよそ一五〇箇所ある。「そのほとんどが〈御維新〉を〈維新〉に、〈癖〉を〈癖であった〉に」といった類のもので、直接内容にかかわるほどのものではなかった。しかし、この時の最も大きな改訂は「二歩三歩退却して、『許して下さい』を言ひ乍ら板敷の上へ跪いた」という告白場面の一部カットであったという[37]。

それから七年を経た一九二九（昭和四）年、『破戒』は『現代長編小説全集』第六巻（新潮社）に『家』と共に収録されたのを最後に絶版となった。この時の改訂は、「穢多」を「部落民」に、「この書」を「この本」に直したに留まっている[38]。藤村が絶版にした理由について、前述の川端は戦後、部落解放全国委員会が出した「『破戒』初版本復元に関する声明」（一九五四年四月）に記された「勿論「破戒」を絶版にしたのは、藤村及び新潮社の自主性によるものであった。」という内容を疑問視し、「当時の解放運動の高揚には目を見張らせるものがあり、『破戒』の絶版そのものが、藤村と新潮社の自主性によったものであったとしても、その背景をなした解放運動の波濤が藤村や新潮社を包囲する状況を呈していたことは、十分に考えられるところである[39]」と指摘した。

一〇年間にわたる絶版を経て、一九三九（昭和一四）年八月、『定本版藤村文庫』第十巻（新潮社）として改訂の上、刊行された。今回の改訂は前述した二回の改訂とちがい、大幅な書き換えが行われた。この改訂に関する考察は、梅沢利彦の「『破戒』史の意味[40]」（『東京部落解放研究』一六・一七合併号、一九七八年一〇月）と川端俊英の「『破戒』の絶版および改訂について[41]」（『同朋国文』一二号、一九七九年三月）が重要だと思われる。梅沢は改訂によってなされた初版本の意味変更を、「①身分蔑称と差別的表現の置き換えと削除　②人種起源論の取り下げ　③部落差別の曖昧化、過去への追いやり　④社会批判の後退　⑤猪子蓮太郎の社会思想家から慷慨家への格下げ　⑥（①の効果として藤村の計算外の）差別者のオブラートでの包みこみ」という六つの項目にまとめた。その一方、川端は主な改訂箇所を、差別用語の書き換え、丑松の父が語る部落の起源にかかわる記述部分の全面的カット、屠牛場で働く被差別部落の若者についての描写部分の書き換え、丑松の告白場面の書き直し、「権利」及びそれに関する叙述の書き換え、「労働」または「労働者」などの語のカットや書き換えなどにまとめ、そこからうかがえる藤村の部落問題認識や改訂の性格を分析した。

川端の論考は梅沢のそれよりやや遅れて発表されたものであるが、両論文の発表時間が近いためか、川端はその論文の中で梅沢の論について言及しなかった。身分蔑称と差別的表現の書き換えと削除について、梅沢は肯定的に捉えているが、蓮太郎の著作『懺悔録』の書き出しの「我は穢多なり」が「我が部落民なり」にかえられたことで、水平社宣言を思わせる格調が消えたことなどを例にして、改訂のもたらしたマイナス効果をも指摘した。川端はこの点に関して梅沢と同じく肯定的にみているが、「表現上のトーンダウンや、臆病にさえ思えるカットなどは、差別観の払拭・克服とは何のかかわりもない。ただ巧に隠蔽した器用さを感じさせるだけである。」とその問題点を分析した。また、屠牛場で働く被差別部落の若者についての描写部分の書き換えについて、梅沢は取り立てて論じなかったが、川端はこの点に関して、「表現を薄めぼかすことによって、かえって差別観を内に隠した」と指摘した。おそらくあたっているだろう。本章の「猪子蓮太郎」の節で分析したように、この地の文の描写は「開化した」と「開化しない」という作者の価値判断の基準に基づいて書かれたものである。藤村がこの基準の問題点に気づかない限り、表現を書き換えても、彼の差別意識は残されるだろう。しかし、それは部落問題に関して持続的に考察してこなかった藤村にとっては無理な要求といえるかもしれない。

人種起源論の取り下げについて、梅沢は「種族」「同族」「宗族」などの表現が改められたが、「藤村の考え方まで変わったとする見解に同調できない」を述べている。一方、川端は「これらの異人種説あるいは異邦人説は、当時の部落認識の誤りによるものであるが、それに気づかされた藤村はカットで切り抜けることに忙しく、それを封建的身分関係という歴史的説明に正しく書き換えるまでにはいたらなかった。」と指摘している。人種起源論の取り下げ自体は、藤村がすでに自分の問題点に気付かされたことを証明していると思う。そう考えると、川端の指摘はむしろあたっているといえる。

今回の改訂によって部落差別の曖昧化をもたらしたことは、梅沢も川端もともに指摘したところであり、この点に関しては論者も異論がない。ただ、「過去への追いやり」という梅沢の見解には同じ難い。梅沢は、「曾てかういふ時もあつた」という改訂本の巻頭に置かれた「再刊『破戒』の序」の叙述、および丑松の告白の場面の「其程卑賤しい階級としてあるのです。」という文章が「そんな身分としてあつたのです。」に改められたことを引き合いに出して論じた。しかし、梅沢の引用した箇所を「再刊『破戒』の序」の全体の文脈において考えると、それは水平社運動など部落解放運動によって、被差別部落民の置かれた状況は『破戒』の執筆した当時と比較してかなり変わってきたことを、藤村が積極的に評価した叙述だと読める。「過去への追いやり」と考えるのは明らかに誤読であろう。丑松の告白の場面の文例の分析も梅沢は同じ間違いを犯しているといえる。関連箇所を詳しくみてみよう。「穢多といふものは、其程卑賤しい階級としてあるのです。もし其穢多が斯の教室へやつて来て」（傍点引用者）という初版の文章は、改訂本では「部落の民といふものは、そんな身分としてあつたのです。もしそんな人々の子孫が斯の教室へやつて来て」（傍点引用者）に書き換えられた。「そんな身分としてあつたのです。」だけをとってみれば、確かに梅沢のように読めるかもしれないが、しかしそのすぐ後ろに続く「もしそんな人々の子孫が」をあわせて考えると、読み方はおのずと変わるだろう。つまり、「穢多」という身分は一八七一（明治四）年の「解放令」によってすでに廃止されたものだったという文脈で、藤村は過去形を使ったのではないかと推測できる。

「権利」及びそれに関する叙述の書き換え、そして「労働」または「労働者」等の語のカットや書き換えなどは作品の社会性の後退をもたらしたことは、両氏が一致して指摘したことである。川端がいっているように、「藤村は差別的賤称を書き替えたその手で、〈権利〉をも抹消してしまった。（中略）〈権利〉意識の希薄化と並行して、賤称の書き替えを含む大幅改訂がすすめられたところに問題の本質がある。（中略）原作のもつ文学性と批判精神の大幅な低下後退を余儀なくさせた」。ただ、梅沢の論では改訂の背景となる当時の時代状況についての目配りが足りなかったといえる。今回の改訂は戦時体制下という時代状況の中で行われたことを考慮に入れるべきだという川端の意見は納得できよう。

続いて、梅沢は今回の改訂で猪子蓮太郎が社会思想家から慷慨家へと格下げされたという意見を示しているが、川端は「蓮太郎の強烈な個性とイメージは影をひそめてしまった。」と指摘することにとどまっている。改訂によって蓮太郎の著作から『労働』が消え、『現代の思潮と下層社会』が『現代の思潮』に姿を変えられたことは、確かに蓮太郎の社会思想家のイメージを曖昧にしたが、「社会思想家から慷慨家への格下げ」というほどではないだろう。ただここで考えなければならないのは、この改訂が戦時下（十五年戦争下）の一九三九（昭和一四）年に行われたということである。周知のようにこの時代はプロレタリア文学運動への弾圧が象徴するように、反体制的言説に対して治安当局の取り締まりがますます強化されていた。また、「（①の効果として藤村の計算外の）差別者のオブラートでの包みこみ」というのは梅沢の見解であるが、彼の指摘した通り、おそらくそれは藤村の計算外のことだといえよう。

丑松の告白の場面は前述したように、『藤村全集』第三巻（一九二二年二月二〇日）として再刊されたとき、告白の直後に、生徒たちの前で「板敷の上へ跪いた」ところはすでにカットされたが、それに続く「同僚の前に跪いて、恥の額を板敷の塵埃の中に埋めていた」という部分は、今回の改訂版では「同僚の前に頭を垂れ、両手を堅く組み合せて、一生の決意を示して居た」と書き換えられた。この部分の書き直しについて梅沢はあまり触れなかったが、川端は次のように述べている。「藤村は差別の助長をもたらすことへの配慮からやむなく改訂したのであろう。しかし、胸の底の〈言ひがたき秘密〉を告白することに自己救済のテーマ追求しようとした藤村であっただけに、おそらくここは、最も手をつけたくない箇所であったに違いない」という。納得できる意見といえよう。

風雨三十余年、この作の中に語つてあるやうなことも、又その背景も、現時の社会ではない。曾てかういふ人も生き、曾てかういふ時もあつた。芸術はそれを伝へていい筈だ。さうわたしは思ひ直した。

思へば、過去は何時活き返らないともかぎらない。わたしの「破戒」の中には二つの像がある。あるものは前途を憂ふるあまり身をもつて過去を掩はうとし、あるものはそれを顕すことこそまことに過去を葬る道であるとした。この二つの間を往復するものもまた人の世の姿であらう。ともあれ、わたしはむかしを弔はうとする人のために墓じるし〉を新しくするやうな心持で、もう一度この部落の物語を今日の読者にも読んで見て貰はうと思ふ。(「再刊「破戒」の序」)[42]

この時の再刊に際して藤村が書いた序文の一部である。川端俊英が指摘しているように、「〈過去の物語〉を敢えて再刊することこそが、差別の〈墓じるし〉を新しくし、二度と活き返らぬようにする仕事であるというのが、『破戒』改訂再刊に当たっての藤村の態度表明であった[43]」のである。以上考察してきたように、戦時下体制の中で行われた今回の改訂は多くの問題を孕んでいるが、昭和一〇年代の硬直した軍国主義体制が大きく立ちはだかっていた中でも、被差別部落問題に関わろうとする藤村の姿勢はまだ崩れていなかったといえよう。

注

(1) 夏目漱石「森田草平宛書簡」(一九〇六年四月三日)。引用は三好行雄編『漱石書簡集』(岩波文庫、一九九〇年四月)一五八頁。
(2) 高橋新太郎「島崎藤村研究案内」(十川信介編『鑑賞日本現代文学 島崎藤村』角川書店、一九八二年一〇月。
(3) 川端俊英には『『破戒』とその周辺』(文理閣、一九八四年一月)、『『破戒』の読み方』(同、一九九三年一〇月)、『『破戒』と人権』(同、二〇〇三年三月)などの著書がある。
(4) 三好行雄、前掲論文。引用は『三好行雄著作集 第一巻 島崎藤村論』(筑摩書房、一九九三年七月)による。
(5) 東栄蔵「『破戒』の評価と部落問題」(『信濃教育』一九七二年九月号、のち『「破戒」の評価と部落問題』(明治図書、一九七七年九月)に所収)。
(6) 初出は日本文学協会編『日本文学』(一九七九年八月)。のち川端俊英『『破戒』とその周辺』(文理閣、一九八四年一月)に所収。引用はその同著書による。
(7) 三好行雄「『破戒』論のための一つの試み」(慶應義塾大学国文学研究会編『近代文学 研究と資料』一九六二年九月)。

（8）安保則夫「序章　日本近代化と部落問題」（領家穣編『日本近代化と部落問題』明石書店、一九九六年二月）七頁。
（9）北川鉄夫「解説：明治の文芸作品と部落問題」（『部落問題文芸・作品選集』第一巻、世界文庫、一九七三年三月）一六九頁。
（10）安保則夫、「序章　日本近代化と部落問題」（領家穣編『日本近代化と部落問題』明石書店、一九九六年二月）八頁。
（11）北川鉄夫「解説：明治の文芸作品と部落問題」（『部落問題文芸・作品選集』第一巻、世界文庫、一九七三年三月）一六九頁。
（12）安保則夫「序章　日本近代化と部落問題」（領家穣編『日本近代化と部落問題』明石書店、一九九六年二月）二二頁。
（13）丑松の受け持ちに高等科四年生の国語がある。「国語科」は一九〇〇（明治三三）年に改定された「小学校令」に従って再編された教育課程である。それは、それまでの「読書」、「作文」、「習字」の三教科を、「読み方」、「綴り方」、「書き方」に改め、さらに「話し方」を加えて成立した教科である。
（14）引用は『藤村全集』別巻上（筑摩書房、一九七一年五月）による。六九頁。
（15）引用は『藤村全集』別巻上（筑摩書房、一九七一年五月）による。七五頁。
（16）川端俊英「『破戒』同時代評の部落認識」（『同朋国文』一六号、一九八三年三月）。引用は『『破戒』とその周辺』（文理閣、一九八四年一月）による。
（17）例えば、土方鉄は『破戒』に叙述された部落起源説について、「部落問題を主要テーマとしてえがきながら、その部落問題のとらえ方が、その起源に関して、重大で決定的な誤りをもっている」と指摘している（土方鉄「小説にみる部落差別の表現」、『人間として』一一号、一九七二年九月）。
（18）山田光二「古代賤民制と部落起源説」（部落解放研究所編『部落問題概説』解放出版社、一九七六年四月）七八〜七九頁。
（19）原題は『破戒』の著者が見たる山国の新平民」である。『新片町より』に収録するにあたって、「山国の新平民」に題を改められた。引用は『藤村全集』第六巻（筑摩書房、一九六七年四月）による。
（20）東栄蔵『『破戒』の成立とその発想』（『「破戒」の評価と部落問題』明治図書、一九七七年九月）九九頁。
（21）大江磯吉の名前の表記は二通りある。「磯吉」あるいは「礒吉」である。水野永一によると、生まれた時の名前は「磯吉」だったが、一八八五（明治一八）年頃「磯」を「礒」に改められたという（水野永一『大江礒吉考――新資料による実像追及』ほおずき書籍、二〇〇八年四月、五七頁）。「大江磯吉」のほうは広く知られているため、本論文では「磯吉」で論を進める。
（22）東栄蔵「『破戒』の成立とその発想」（『「破戒」の評価と部落問題』明治図書、一九七七年九月）九一〜九二頁。
（23）東栄蔵「『破戒』の成立とその発想」（『「破戒」の評価と部落問題』明治図書、一九七七年九月）一〇四頁。

(24)　野間宏「『破戒』について」（岩波文庫『破戒』所収、一九五七年一月）。
(25)　川端俊英『『破戒』の今までとこれから――自費出版一一〇周年に寄せて」（『部落問題研究』二〇一七年五月）。
(26)　ひろたまさき『差別の視線―近代日本の意識構造―』（吉川弘文館、一九九八年一二月）七五頁。
(27)　ひろたまさき『差別の視線―近代日本の意識構造―』（吉川弘文館、一九九八年一二月）九四頁。
(28)　黒川みどり「近代「国民国家」と差別」（『部落解放研究』一三五号、二〇〇八年）。
(29)　黒川みどり「近代「国民国家」と差別」（『部落解放研究』一三五号、二〇〇八年）。
(30)　小田切秀雄「『破戒』――日本近代文学の基本的意味」（『藤村全集』第二巻付録月報、筑摩書房、一九六六年一二月）。
(31)　引用は日本文学研究資料刊行会『日本文学研究資料叢書　島崎藤村』有精堂、一九七一年二月）による。
(32)　川端俊英「『破戒』と先行部落問題文芸」（『同朋国文』一九八一年三月）。引用は『『破戒』とその周辺』（文理閣、一九八四年一月）による。
(33)　川端俊英「『破戒』と先行部落問題文芸」（『同朋国文』一九八一年三月）。
(34)　川端俊英「『破戒』と先行部落問題文芸」（『同朋国文』一九八一年三月）。
(35)　川端俊英「『破戒』の結末をめぐって（一）」（『部落問題研究』一二三号、一九九〇年五月）。引用は『『破戒』の読み方』（文理閣、一九九三年一〇月）による。
(36)　川端俊英「『破戒』の絶版および改訂について」（『同朋国文』一二号、一九七九年三月）。引用は『『破戒』とその周辺』（文理閣、一九八四年一月）による。
(37)　川端俊英「『破戒』の絶版および改訂について」（『同朋国文』一二号、一九七九年三月）。
(38)　『藤村全集』第二巻（筑摩書房、一九六六年一二月）に付録した各版本の校異を参照した。
(39)　川端俊英「『破戒』の絶版および改訂について」（『同朋国文』一二号、一九七九年三月）。
(40)　のちに梅沢利彦・山岸嵩・平野栄久編『文学の中の被差別部落像―戦前篇―』（明石書店、一九八〇年三月）に所収。以下梅沢利彦論文の引用は全部同書による。
(41)　のち川端俊英『『破戒』とその周辺』（文理閣、一九八四年一月）に所収。以下この論文の引用は全部同書による。
(42)　引用は『藤村全集』第二巻（筑摩書房、一九六六年一二月）による。
(43)　川端俊英「『破戒』の絶版および改訂について」（『同朋国文』一二号、一九七九年三月）。

第二章　『春』論―岸本捨吉の成長をめぐって―

〈一〉『春』の刊行

島崎藤村の『春』は一九〇八（明治四一）年四月七日から同年八月一九日まで『東京朝日新聞』に一三五回にわたって連載された小説である。その後、手を加えられて一三二章となり、同年一〇月に「緑蔭叢書　第一篇」の『破戒』に次ぐ「緑蔭叢書　第二篇」として自費出版された[1]。もちろん、新聞連載小説『春』の出版は、書き下ろしの形で出版された『破戒』の時の自費出版と違う。

『春』の同時代評はだいたい単行本になってから出たものである。中村星湖「『春』を読む」（『読売新聞』一九〇八年一一月一五日）、秋田雨雀「島崎先生の『春』に就いて」（『読売新聞』一九〇八年一一月一五日）、生方敏郎「『春』を読む」（『読売新聞』一九〇八年一一月二九日）、長谷川天渓「『春』を読む」（『太陽』（文芸時評）一九〇八年一二月）、御風生・生方敏郎・服部嘉香・雨雀・銀漢子「『春』と『生』と」（『早稲田文学』一九〇九年二月）などがその代表といえる。同時代評の中に既にこの小説と時代や社会との関係を指摘した評もあった。たとえば、中村星湖は次のように書いていた。

著者は、第一に、所謂其頃の「文学界」同人を透して其時代を示さうとしたらしい「人生問題」「恋愛神聖論」――さう云ふ物を担ぎ回つた当時の若い文学界が、其四五の人々を透してよく飲み込める。この著者の第一の企（？）は要するに或特殊の一時代と云ふ事であるが、第二に（この第一、第二と云ふクラシフィケーションは無論僕の独断だ）第二に、其特殊と云ふ事から進んで全体としての「生」と云ふやうな物を現はさうとしたやうに思ふ。「生」と云へば一番全体的で一番大きな物だが、読んで行くと、「特殊の時代」が次第に消えて、「全体の生」が正面に、全景に浮いて来る。（「『春』を読む」）

また、秋田雨雀の『春』評は次のようなものであった。

『春』は文学上の『運動《ムウヴメント》』を描いた歴史である。僕は世の中の人が『春』と『破戒』を比較したのを見て驚いた。島崎先生は『運動《ムウヴメント》』から生れて『問題《プログレム》』に執した人。彼は今自分達の『運動』の歴史を書いたのだ。既に歴史となつた『運動』を『運動』の一員が書くのだ。其一種の悲哀さへ出て居たら此作は幾分成功したものと言つてい い。（「島崎先生の『春』に就いて」）

この小説に対して不満を漏らした評もある。たとえば、服部嘉香は「『春』の欠点は、其の青年の反抗的なショックの向べき対象が明瞭に描かれて無いことである。彼等が何が為めに、又何に向つて反抗し懊悩したるかは『春』に依つて未だ染みじみと味ふ事が出来ない。[2]」と述べている。また、徳田（近松）秋江、「『春』の青木は、甚く読者の予備知識に訴へる所がある。[3]」といっている。このように『春』の「欠点」を指摘した評もあるが、この小説は概して文壇では肯定的に受け入れられたといえよう。

先に列挙した同時代評をはじめ、戦前にも幾多の考察が残されているが、『春』に関する本格的な研究は戦後になってから始められたと言っても過言ではない。特に中村光夫が「風俗小説論――近代リアリズムの発生」（『文芸』一九五〇年二月）で「此の間に（一九〇六―〇七年の間―引用者注）『破戒』と『蒲団』との決闘が行はれ、その戦ひは少なくも同時代の文学に対する影響については、『蒲団』の完全な勝利に終つたのです。『春』はこの点から見れば、藤村の花袋に対する降伏状であつたわけです。」と指摘したことに刺激されて、『破戒』と『春』の間の「断層」に関して多くの論考が提出された。その中で特に有名なのは三好行雄の「人生の春」（『文学』一九五五年九月）といえよう。三好は、「断層は『破戒』と『春』のあいだにあったのではなく、むしろ『春』の執筆過程で、作者の小説理念に動揺と屈折が生じ、その反映が作品の構造に明瞭な痕跡をとどめたことになる。」と指摘した。

また、なぜ「人生の春」が描かれなかったかという問題についても多くの研究がなされてきた。その中に、十川信介の「『春』の構図」（『文学』一九七〇年五月、のち『島崎藤村』〈筑摩書房、一九八〇年一一月〉に所収）が重要といえる。十川は、「『春』は混沌たる未発の契機のうちにとらえられなければならない。だから『春』の世界は、ついに『春を待つ心』で終る。」と指摘している。

一九七〇年代以降、『春』論はさらに活発になり、様々な角度から論じられるようになった。しかし、大井田義彰が九〇年代に『春』の研究状況を概観した時指摘したように、「『春』に関する研究の多くは、『蒲団』やモデル問題の影響を絡めた成立論を中心として、『破戒』や『家』との関連を論じたもの、作者自身の解説を試みたもの、描写の特質に焦点をあてたもの、青木の後継者としての岸本の生き方を強調したもの等、いくつかのパターンに分類できるように思われる。つまり、それだけ『春』に切り込む切り口が、固定化しかけている(4)」ということである。そのような状況は三〇年近く経った今でもあまり改善されていない。

近年の研究としては、ホルカ・イリナの「『春』における〈狂気〉のパラダイム――〈引用〉という叙述方法を視座に」（『奈良教育大学国文教育と研究』三一号、二〇〇八年三月、のち『島崎藤村　ひらかれるテクスト』〈勉誠出版、二〇一八年三月〉に所収）があげられる。ホルカ・イリナは青木と岸本の「狂じみたところ」の相違に注目して、明治四〇年代における〈狂気〉に関する知のパラダイム・チェンジと関連して論を展開し、「『ハムレット』、『我牢獄』、『人生に相渉るとは何の謂ぞ』というテクストの『春』における扱い方は、一見透谷像を形成する様々な要素を〈狂気〉のモチーフへと収斂させる。しかし同時に、これらの「間テクスト」的な関係は、〈透谷＝狂人〉というイメージの相対化を促し、〈英雄〉・〈預言者〉という次元を加えることで立体性を与え、〈狂気〉からの逸脱の回路をも提示するのである」と結論づける。作品執筆当時の社会状況と関連して論じる点、及び藤村の「兄貴分」であった北村透谷の「精神性」との関連で論じる点で示唆に富んでいるといえる。

『春』を、作品時間の明治二〇年代、そして執筆された明治四〇年代の時代や社会状況と関連して論じるのは先行研究の中で既になされていたが、私見ではまだ不十分である。本章では、『春』を「岸本捨吉の成長譚」[5]と考え、捨吉の成長過程に大きな影響を与えた青木駿一と安井勝子の人物像、そして岸本捨吉の「煩悶」の持つ意味について分析し、この小説と当時の時代や社会との関わりを明らかにしたいと考える。

〈二〉「青木駿一」（北村透谷）という存在

半年間の関西放浪の旅から帰ってくる岸本捨吉を、青木、市川、菅ら友人たちが東海道吉原の宿で待ち受けるところからこの小説は始まる。『春』が藤村の『文学界』時代の実生活に基づき、多くの友人たちを登場させていることはよく知られている。その主なモデルの名を示すと以下の通りとなる。岸本捨吉―島崎藤村、青木駿一―北村透谷、市川―平田禿木、菅―戸川秋骨、足立―馬場孤蝶、岡見兄弟―星野天知・夕影兄弟、福富―上田敏、勝子―佐藤輔子、峰子―広瀬恒子。

『春』が連載される前に、藤村によって語られた「先づ『理想の春』にあざむかれて死ぬ青年を書き、次に『芸術の春』を求めて失敗する青年を書き、最後に『人生の春』に到達した青年を書かうと思ふのである。[6]」という有名な自著解説がある。『理想の春』にあざむかれて死ぬ青年」が青木俊一のことを指すことは、多くの評家がほぼ一致して指摘するところである。青木は岸本や市川、菅などが共同で出している文芸同人雑誌の仲間の一人である。彼はグループの中では岡見とともに年かさで、ただ一人、早く結婚していた。彼と妻の操（石坂ミナ）は熱烈な恋愛で結ばれ、周囲の反対を押し切って結婚したが、すぐに子供が生まれ、夫婦は生活苦に追われ、その結果、「惨として相対するやうな日」（二四章）を送ったこともある。

青木に言はせると、それもこれも深い因のあることで、自分が多年の辛苦は漸く水の泡に帰した。殆んど蓄へるという余裕が無い。唯空しく独立の出来ない仕事に苦役して居る。斯様な風にして、奈何して精神が乱れずに居られよう。確かに自分は不安な原因を知つて居る。然し乍ら其を奈何ともすることが出来ない。斯う青木は嘆息した。彼は多くの物に欺かれたのであると考へた―希望にも、生命にも。

で、従来耐へて来たことを一切打破しよう、妻に対することも、妻の家に対することも、自分の家に対することも、事業に対することも、すべての事に彼は忍耐持久の精神を破らうと考へた。自分の好むことより外には何事も為すまいと考へた。自己の独立―其為には愛をも犠牲にすべしと考へた。最後は三界乞食の境界に没入る覚悟があれば、それで可。『嗚呼男児、何ぞ斯の如く長く碌々として遠慮をのみ事とすべけんや。』斯う考へるほど青木の精神の内部は暗かつたのである。（二一章）

家、妻そして世の中の様々な束縛が青木を悩ませる。「自己の独立」のためには愛をも犠牲にすべしとも考えた彼だが、それが実現できないことで常に懊悩を抱えている。小説の中で、悩む青木の姿が印象深く描かれている。

また、「青木は最早世の戦ひに疲れて、力屈したといふ人のやうであった」（四四章）とも語られる。青木をはじめとする青年たちの戦いの方向がどこであるのかについて先行論の中でしばしば問題視された。例えば、同時代評の中で先述した服部嘉香は、『『春』の欠点は、其の青年の反抗的なショックの向べき対象が明瞭に描かれて無いことである。彼等が何が為めに、又何に向つて反抗し懊悩したるかは『春』に依つて未だ染みじみと味ふ事が出来ない。」(『早稲田文学』一九〇九年一月）と述べている。しかし、青年たちの戦う対象についての記述は作中に散りばめられているのではないかと考える。例えば次の箇所である。

酒が始まつてから酷く青木は真面目に成つて、沈痛慷慨な語気でもつて、旧い習慣と形式とに束縛された多くの思想を攻撃し始めた。彼は当時の似而非愛国者、自分で知らずに居る楽天家、他界の観念に乏しい宗教家、それから浮世の英雄なぞを数へて、荘厳な威容を備へた人間の為ることも、多くは憐むべく悲しむべき戯れに過ぎないと嘆息した。青木に言はせると、今の祖国は唯青年の墓である。何等の新しい生命を認めることが出来ない。何等の創意も無い。唯、浅墓な泰平の歌を聴くのみである。

破壊！破壊！破壊して見たら、あるひは新しいものが生れるかも知れない。今日までの自分が苦戦は、すべてその精神から出た努力に過ぎなかつた。斯う青木は言ひ出した。（四四章）

明治維新以来、ヨーロッパの先進的な文明を積極的に取り入れて成り立った「外発的開化」（夏目漱石）と、その文化的エッセンスを摂取することの「内的開化」との矛盾から、青年たちの煩悶が生じたのである。青木は「不調和な社会」（二九章）と戦っていたといっていいだろう。そして、それは次の箇所にさらにはっきり示されているといえよう。

斯様な談話をして、二人は三十間堀の方へ歩いて行つた。菅は青木と一緒に其町々を歩いた時のことを思ひ出した。其時の青木が云ふには、見給へ、ペンキ塗りの家もあれば、煉瓦造りもある、昔風の日本造りもある、今の時代は物質的の革命で其精神を奪はれつつある、外部の刺激に動かされた文明である、革命ではなくて移動である、斯う亡くなつた友達の言つたことを思ひ出して、菅はそれを岸本に話して聞かせた。

『左様だ、革命ではなくて、移動だ。』

と岸本も繰返して見た。二人は三原橋の畔に眺め佇んで、やがてそこで別れた。（九四章）

北村透谷の「漫罵」というエッセイにもとづく叙述であることはよく知られている。十川信介は、この部分の叙述の問題点について次のように述べている。「菅の話を聞いた岸本は、「左様だ、革命ではなくて、移動だ」と「繰返して見」るだけで、そのまま菅と別れてしまうのである。彼の敗因についても、彼の生の自爆が描かれたにとどまり、その社会的ないし時代的原因は、「吾儕はすこし早く生まれて来過ぎた」という市川の言葉を除いて、具体的にはほとんど説明されない。[7]」という。この小説の叙述に限定して読むなら、十川の指摘は当たっているかもしれない。しかし、『春』は藤村の自伝的作品で、作中人物にそれぞれモデルがあることを考える必要があるだろう。

池上研司によると、当時の文学読者が新聞小説『春』の執筆前に関して得た情報は、主に次のようなものがある。「よみうり抄[8]」（『読売新聞』一九〇六年一一月八日）、藤村による談話「春と龍土会」（『趣味』一九〇七年四月）、「春を書きつつある島崎藤村氏」（『新思潮』一九〇七年九月）、「読売新聞記事[9]」（『読売新聞』一九〇七年九月二三日）、正宗白鳥「昨年の文芸界[10]」（『読売新聞』一九〇八年一月二日）、そして連載の前日の「春」予告（『東京朝日新聞』一九〇八年四月六日）である。そして、池上は、『春』そのものの予告、そして『並木』を中心としたモデル問題が生んだ事実関係、さらに、それを一歩進めた型の明治学院、文学界、関係の時代的な証言等、を文学読者が積みあげていく中で、『春』にたいし、かなり明確な知識を文学読者はもてたのである[11]」という。もちろん、作品のモデル情報もその「明確な知識」の一部である。そして、小説の中に透谷の評論や詩などが原文そのままあるいは形を変えて引用されている。これらの引用はいっそう『春』がモデル情報に結びつけて読まれることを促すものになった。小説に引用された透谷の文章は多くの場合全文ではないが、一部の読者たちがそれらをきっかけに当時既に出版された『透谷集』（島崎藤村編、文学界雑誌社、一八九四年一〇月）あるいは『透谷全集』（文武堂発行・博文館発売、一九〇二年一〇月）を紐解くことになったであろうことは容易に想像できる。それらを読むことで、『春』に具体的に記述されていない情報が補われるだろう。作者はむしろそれを想定していたとも考えられる。

「是等の青年の団体は相集つて或仕事（文学雑誌の発行—引用者注）をしてるのであるが、其仕事の方は成るべく裏にして、表面には余り書かない積りである——みんなが集つて談笑してるやうな処ばかり書くつもりだ」と、前述した「『春』執筆中の談話」で藤村は語っていた。「表面には余り書かない積りである」が、彼らの仕事のことを知るための手がかりを作中に配置する、と藤村は考えていたのではないかと思われる。

そして、同談話の中で「いくら書いた処で、作家と読者との間に意志の疎通が無ければ駄目だと思ふ。いくら骨を折つて説明して見た処で分からない人には分からない。意志の疎通さへあれば、多言を要せずに、作家の感じが直ぐ読者に伝へられると思ふ。」とも述べられる。作家と読者との間の「意志の疎通」、それは読者が自ら前述の『透谷集』や『透谷全集』を紐解いて作中の空白を埋めることも含んでいるだろう。

よく知られるように、透谷は『女学雑誌』や『国民の友』の常連執筆者であり、明治二〇年代以降の大ジャーナリスト徳富蘇峰がライバル視していた文学者だった。藪禎子は同時代の透谷評価を掘り起こし、明治四〇年頃には近代文学の創設者としてほぼゆるがぬ評価が出来上がっていたと指摘している。[12]そして、永渕朋枝によると、没後から明治三〇年代においても透谷は相当幅広く読まれていたという。[13]これらのことを考えると、青年らの戦いの向かう対象が作中に具体的に描かれなくても、読者は透谷の作品を読んでわかっていたはずだと思われる。

青木は世間との戦いに疲れ、徐々に精神に異常をきたし始めていた。国府津の家をたたんで、元数奇屋橋にある母の家に戻ってもよくなるどころか、むしろその病はますます進行し、妻や母とのいざこざもあってものを書く気力も失ってしまった。最後に、彼は「生の荒廃」に堪えきれず、月明の下で縊死してしまった。彼の死の直後、その死因について、「世間でけいろいろ言触した。『食へなくて死んだんぢやないか』と言ふものもあれば、『厭世だらう』と言ふものもあり、『芸術の上の絶望からだ』と解釈するものもある。」（九三章）と書かれる。菅と岸本も、「何故青木は自殺したらう。斯問は二人の友達が答へようとして答へることの出来ないものであつた。」（九三章）という。ところが、青木が死んでからしばらく経った時点では、彼の死についての叙述に変化が見られる。

青木が奮闘して倒れたといふことは、連中に取つて大きな打撃であつた。友達は皆考へた。しかし、仲間中から一人の戦死者を出したといふことが、反て深い刺激に成つて、各自志す方へ突進まうとしたのであつた。（九四章）

自分は自分だけの道路を進みたいと思つて居た。自分等の眼前には未だ未だ開拓されて居ない領分がある――広い潤い領分がある――青木はその一部分を開拓しようとして、未完成な事業を残して死んだ。斯の思想に励まされて、岸本は彼の播種者が骨を埋めた処に立つて、コツコツその事業を継続して見たいと思つた。（一一二章）

上述した世間でさまざまな取り沙汰がここでは否定され、青木は「未完成な事業を残して死んだ」「播種者」として再評価される。没後の青木像は〈狂人〉からある種の〈予言者〉へと転換されたの[14]である。

〈三〉「勝子」（佐藤輔子）との恋

一九〇七（明治四〇）年四月の雑誌『趣味』に載った藤村の談話「春と龍土会」の中に次のような『春』に関する発言がある。「然し題が『春』といふのですから矢張若い血の湧いてゐる男女を主人公とする考へですが、小栗君の『青春』や小杉君の『魔風恋風』のやうな若い男女学生を主として写したのではないのです。といつて此辺の女をかいたのではさらさらないのです」。「若い男女学生を主として写したのではない」というのは、「若い男女学生」の恋愛を「主として写したのではない」と藤村は言いたかったのだろう。若い男女学生の恋愛の描写に重きが置かれた『魔風恋風』や『青春』に比べ、『春』は「同じ恋愛でもじみな書き方だ[15]」と評されても仕方がないものを描いたのである。

小説の中には、岸本と勝子の恋愛、菅とお君の恋愛、市川と涼子の恋愛、岡見と磯子の恋愛、そして恋愛して結婚した青木と操夫婦のことが描かれている。また、関西漂泊中の岸本に懐剣を贈った峰子との関係を加えれば、恋をする若い女性は作中に五人登場する。その中に勝子と涼子、峰子は麴町の学校（モデルは明治女学校）の高等科卒業あるいは在学中である。そして、青木の妻操は「教育もあり、知識もあ」る女性である。ここで言う「教育」は、当時としては「新しい女子教育」のことをいっているのだろう。菅の恋愛の対象で女中として登場するお君を除いて、残りの四人は女学校と関わっている。ここで注意したいのは、なぜ青年たちの恋愛の対象に高等教育を受けた「女学生」が選ばれたのかということである。それは、藤村はじめ当時の知識人の多くが明治期の女子教育と関わっていたからであった。

明治期の女子中・高等教育は早く一八七〇（明治三）年から始まった。横浜にフェリス和英女学校（現在のフェリス女学院大学）の前身がこの年に開校したのである。翌年には、同じ横浜に共立女学校ができ、一一月には津田梅子（帰国後、現在の津田塾大学を開校する）や山川捨松（帰国後、元老となった大山巌の妻となり、看護師教育、女子教育に尽力した）らの少女五名が米国留学に出発した。一八七二（明治五）年になって学制が発布されると、東京女学校、開拓使女学校が、三年後には東京と金沢に女子師範学校も開校し、明治二〇年までには全国に公立、私立を合わせて五〇校ほどの女学校が設立されたという[16]。

では、「女学生」は「恋愛」にどのように結び付けられていったのだろうか。それは明治期における「恋愛」観念の流行と関わっていたのである。柳父章はその『翻訳語成立事情』（岩波新書、一九八二年四月）の中で、「恋愛」という翻訳語が日本に輸入された過程を考察した。柳父によると、「恋愛」観念の普及に大きな役割を果たしたのは巖本善治が主宰していた『女学雑誌』だった。一八九〇（明治二三）年一〇月、巖本はこの雑誌に翻訳小説『谷間の姫百合』（クレイ・バルサ原作）について書いた批評の中で「恋愛」論を展開した。巖本はその文章で「ラーブ（恋愛）」ということばを登場させ、それを「恋」などのような「不潔の連感に富める日本通俗の文字」とは違うものと考えた。「恋愛」は価値が高いとされている、という。その違いは「恋愛」の方が、「清く正しく」「深く魂（ソウル）より愛する」ような意味を持っているからだ、と柳父は分析した。「恋愛」を真正面から肯定した、巌本のこの「恋愛」論は「恋愛」史上、画期的な出来事だという。そして、「恋愛」は巌本のこの紹介の頃以後、彼の指導と支持で、『女学雑誌』の一つの中心テーマとなっていった[17]と柳父は述べている。

「恋愛」は、巌本のこの紹介の頃以後、彼の指導と支持で、『女学雑誌』の一つの中心テーマとなっていった。[18]

また、平石典子によると、この雑誌は、「「清潔高尚」な「男女交際」や「恋愛」を「進歩」とも結びつける形で積極的に評価するとともに、そのヒロインとして「女学生」という女性像を設定した。フィクションの中で女学生が「恋愛」と結び付けられる素地を用意し、実際の読者である知識人たち（女学生をも含む）にも「清潔高尚」という、精神面を強調したロマンティック・ラブ・イデオロギーの理念を浸透させた[19]」のである。そして、一八九二（明治二五）年二月、『女学雑誌』に後世に名高い恋愛賛美の文章を掲載することとなる。北村透谷の「厭世詩家と女性」である。「恋愛は人世の秘鑰なり、恋愛ありて後人世あり、恋愛を抽き去りたらむには人生何の色味かあらむ。」から始まるこの評論が藤村や木下尚江に大きな影響を与えたことはよく知られている。

ここでもう一つ注意したいのは、明治二〇年代の恋愛論には巌本善治がそうであったように、キリスト教の影響が大きかったことである。透谷も藤村も若い時に洗礼を受けキリスト者であった。文芸同人誌『文学界』は、そのような若手のキリスト者たちによって発刊された雑誌があった。ただ、同じキリスト者でも巌本善治や透谷らの主張とはかなり違う恋愛論を展開する場合もあった。たとえば、当時最も世間に受け入れられていた雑誌『国民之友』（一八八七年創刊。発行当時は「平民主義」を標榜していた）を主宰していた徳富蘇峰は、その「非恋愛」（『国民之友』一八九一年七月二三日）で次のように述べている。

人は二人の主に事る能はず、恋愛の情を遂げんと欲せば功名の志を抛たざる可らず、功名の志を達せんと欲せば、恋愛の情を抛たさる可らず、（中略）恋愛は人を動かす一大槓桿なり、此槓桿の為には一世の英雄も、転動せらるる也、唯だ英雄たるは槓桿の外に立つのみ、ナポレオン云はすや、要するに恋愛は、怠者の職業也、帝王の暗礁也、（徳富蘇峰「非恋愛」）

黒古一夫がその『北村透谷論——天空への渇望』（一九七九年、冬樹社刊）の中で指摘したように、「恋愛を英雄ナポレオンの口を借りて批判するのはいいが、その前提に、ひとは恋愛と功名のどちらかにしか執着せず、恋愛は功名にとって躓の石であるとするのは、蘇峰の意識が旧時代的であったことを証すものであった」[20]。蘇峰と比較してみて、恋愛の至上性を高唱した透谷の恋愛論がいかに画期的なものであったかがわかる。

先にも述べたように、『春』の青年たちの恋愛の対象の多くは麴町の学校（明治女学校）と関わった人物として設定されているが、作品の青年たちもこの学校と深く関わっていた。作中人物のモデルが実際そうだったから、そのような設定になったと考えられる。「勝子」のモデル佐藤輔子がそうであったように、ミッション・スクールであった明治女学校は東京はもちろん地方の名士の子女が学ぶ場であり、教師陣も藤村のように開明的な青年が多かった。その意味で、明治女学校は明治二〇年代の若い男女の恋愛を描くのにふさわしい場であったといえよう。次に、作中に印象深く描かれた岸本と勝子の恋愛を見てみよう。

『一体、宗何いふ量見で其様に長く遠方へ行つて居たんだね。』

斯の老祖母の問は、誰も聞いて見たいと思ふことであつた。

『浮世を捨てたんでせうサ。』

斯う叔父は叔父らしい解釈を下した。

岸本は無言である。彼が無言なのは、言へて言はないのではない、言へなくて言はないのである。漂泊のそもそもは民助に告げた通り。彼が勝子に逢つてから、激しい精神の動揺を感じて来たのは事実だ。自分の家が自分の家でなくなつて来たのも事実だ。物の奥底に隠れた意味を考へるやうに成つたのも事実だ。洪水が溢れて来たやうに押出されて行つたのも事実だ。彼が其日まで経て来たことは、すべて、遽に起つた『新生』の光景である。何の目的があつて、其様な長旅をしたかと問ひ詰められても、それは口にも言へず、目にも見えない。（五二章）

上の叙述には透谷の「各人各個に人生の奥義の一端に入るを得るは、恋愛の時期を通過しての後なるべし」（「厭世詩家と女性」）という考え方の影響を見ることができる。岸本は勝子との恋愛を通して、「物の奥底に隠れた意味を考へるやうに成つた」とされる。このような考え方は、まさに「厭世詩家と女性」の主張に通じるものである。また、「自分の家が自分の家でなくなつて来た」という表現は、同じく透谷の「恋愛ありて後人世あり」（「厭世詩家と女性」）を踏まえたものといってよいだろう。岸本は「自分の家が自分の家でなくなつて来た」と思ったのは、おそらく恋愛のことで彼が「家」の束縛を強く意識するようになったからである。これは、小説後半三分の一の内容が「家」のモチーフによって占めるようになっていることからも了解できる。作中に描かれた恋人たちは、結婚にたどり着いた岡見と磯子の恋愛を除いて、全て挫折の形で終わっている。岸本の場合は勝子に許嫁がいたことで、菅の場合は自分の家族に反対されたことで、市川の場合は涼子の家族に反対されたことで皆挫折した。青木と操の夫婦は恋愛結婚であったが、生活苦のため、「若い夫婦は惨として相対するやうな日を送つた」（二四章）という状態にあった。これら挫折した恋愛の模様から、当時の封建的観念や規範がいかに強い力で個人を束縛していたかがわかる。

もともと自分は文学といふことを左程好みもしなかつたのであるが、君故に、好になつた。而して今迄知らずに居た世界のあることを知つた、是も君の賜物である、斯う書いてある。清い交際も続け難いものとか聞いて居るが、君の心を力にして、自分も女らしい道を歩みたい、斯う書いてある。（中略）『ああ、わが身はすでに死せるなり、残るはただ君を慕ふ心あるのみ。』斯う書いてある。（三一章）

上の引用は勝子から岸本に送った手紙についての叙述である。「君の心を力にして、自分も女らしい道を歩みたい」とか、「わが身はすでに死せるなり、残るはただ君を慕ふ心あるのみ」という内容から分かるように、勝子は岸本との恋愛の精神的意義を重く考えていた。

その後、勝子は「許嫁」の人を前に総ての事を告白して、「『しかし、私は貴方の言ふ通に成ります』」と許嫁の人に向かって言ったとのことであった」（八二章）。結局、結婚した彼女は妊娠したことで重い心臓病を患い世を去ってしまった。勝子の死はモデルの佐藤輔子の死という事実に基づいたものであるが、それは彼女の恋愛が「霊肉の分裂」を伴うものであったことを意味していた。「霊肉の分裂」は死をもたらす。これは岸本が勝子との恋愛から学んだことの一つであろう。藤村のこの霊肉についての認識は彼に強い影響を与えた透谷のそれとかなり隔たっているといえる。透谷の恋愛論について前述の黒古一夫は、「彼の恋愛論は、「粋」が基礎とした肉欲（獣欲）を徹底して批判し、恋愛の霊性を極端に強調するあまり、エロス的側面を完全にそぎ落とし、頭部から下は全く無視するという精神性の重視に偏っていた[21]」と述べている。『春』が連載される一九〇八（明治四一）年の時点で、藤村は透谷の恋愛論の問題点を明確に認識していたといえよう。

〈四〉「岸本」の煩悶

其日も、青木は『ハムレット』の悲劇を持出した。彼は横浜で西洋の俳優が演じたのを見たといふ。その舞台面の話から始めて、ハムレットに扮した男の身振手真似までやり出した。さあ、他の友達は眼を瞠る。中には口をモガモガさせて物を食ひ乍ら彼の方を観て居るものもある。力の籠つた青木の声は彼の名高い独語を暗誦するに適して居た。彼は西洋人の寝言を借用して、実は自分の胸の底に蟠る言難い思を伝へようとするらしかつた。其時、胸を踊らせたは岸本で、青木の云ふことが一々思ひ当たる。岸本は斯の友達に導かれて、今迄自分が考へて居たよりは、更に深く狂皇子の悲壮な精神を感得したやうな気もした。青木に言はせると、ハムレットは最も悲しい夢を見た人間の一人である。斯の最も悲しい夢を見たといふ言葉が、妙に岸本の胸に響いた。青木は科白を遣つて居るのか、自分を白状して居るのか、解らなかつた。彼の眼――狂熱の光を帯びた彼の眼は燃え輝いた。彼は冷たくなつた酒を飲んで、希歔くやうに笑つた。

菅は足を投出し乍ら見て居る。（四章）

青木・市川・菅ら友人たちが、関西放浪の旅から帰ってきた岸本を迎えるために投宿した東海道吉原の宿で、青木が『ハムレット』の話を持ち出す場面である。青木の話を聞いている三人の中で、「菅は足を投出し乍ら見て居る」。市川は「口をモガモガさせて物を食ひ乍ら彼の方を観て居るもの」とされている。岸本だけは「胸を躍らせ」、「青木の云ふことが一々思ひ当たる」。このように、岸本と市川や菅との違いが描かれる。そして、小説の二四章では、語り手は青木の妻操の口を借りて、「真実に、岸本さんは貴方に克似ていらッしやる」と言わせ、岸本が青木に似ていることを印象づける。

『機運遂に止むべからず。』

と言ひ乍ら、市川は手に持つた雑誌を繰つて見て、やがて福富が書いた文章の一節を面白く読んだ。

『ピウス二世が法王の位に上らざりし時、其甥に送るうちに、「少年の時はめでたきものなり、人生の五月も歓ばしきものなり、されど学芸はそれよりもめでたく、知識はそれよりも歓ばし。」』

市川は岸本の顔を眺めて、味深さうに、其文句を繰返した。

『されど学芸はそれよりもめでたく、知識はそれよりも歓ばし——はははは。僕は矢張斯の主義だ。』

菅は市川に同意を表した。『岸本君の旗色は、どうもすこし鮮明でないやうだネ。』と言はれて、岸本は頭を垂れた。彼は何か言はうとしてグッと詰つて了つた。唯彼は肩を揺つて居た。(一〇七章)

青木の死んだ後、同人雑誌の仲間たちが「各自志す方へと向ひつつある」(一〇七章)ようになり、岸本が他の仲間から孤立していく姿が描かれた部分である。ここに取り沙汰されている福富と岸本の評論は、『文学界』二九号(一八九五年五月)に載った上田敏の「美術の翫賞」と藤村の「聊か思ひを述べて今日の批評家に望む」に基づいていることはすでに多くの評家によって指摘されてきた。また、作中の年代は実際に発表された一八九五(明治二八)年より一年繰り下げられていることもよく知られている。そして、その理由について、十川信介は「仲間からも取り残される彼の姿を描き、彼の苦しみを決定的にするためだった[22]」と述べている。納得できる意見だろう。

「青木は死ぬ、岡見は隠れる、足立は任地を指して出掛けて了ふ、市川、菅、福富は相次いで学問とか芸術の鑑賞とかいふ方へ向いた。連中は共同の事業に疲れて来た」(一一二章)という。同人の仲間たちはそれぞれの道を進んでいくが、岸本だけは取り残される。学問とか芸術の鑑賞の方へ向かっていった市川や菅、福富などと違い、岸本は「自分等の眼前には未だ〳〵開拓されて居ない領分」があると考え、「開拓しようとして、未完成な事業を残して死んだ」青木の遺志を継いで、「コツコツその事業を継続して見たい」(一一二章)と決意する。ここで「事業」とは「文学表現＝詩や小説創作」の世界を指すことは明らかだろう。

友人たちとも隔絶してしまった岸本は、やがて自暴自棄になり、養子の話に心を動かしたり、せっかく復職した学校をやめて陶工になろうとしたりとしたが、どちらもうまくいかなかった。「生活の重荷」に追い詰められた彼は、不義理を重ねた峰子にまで借金の申し込みをしたが、断られたのち遂に寝込むようになる。彼は絶望の中で、「親はもとより大切である。しかし自分の道を見出すといふことは猶大切だ。人は各自自分の道を見出すべきだ」（一二七章）と悟る。

汽車が白河を通り越した頃には、岸本は最早遠く都を離れたやうな気がした。寂しい降雨の音を聞きながら、何時来るとも知れないやうな空想の世界を夢みつつ、彼は頭を窓のところに押付けて考へた。

『あゝ、自分のやうなものでも、どうかして生きたい。』

斯う思つて、深い深い溜息を吐いた。玻璃窓の外には、灰色の空、濡れて光る草木、水煙、それからションボリと農家の軒下に立つ鶏の群などが映つたり消えたりした。人々は雨中の旅に倦んで、多く汽車の中で寝た。

復たザアと降つて来た。（一三二章）

いうまでもなく、あまりにも有名な小説のラストシーンである。「苦しさのあまり旅行を思ひ立つた」（一二七章）岸本に、幸運にも、その時仙台の学校（東北学院・現東北学院大学）への就職の話が持ち上がった。岸本が寂しい雨の中を仙台へ向かって旅立っていくのをもって小説は終わり、「人生の春」はついに作中に描かれなかった。「『春』執筆中の談話」（『新思潮』第一号、一九〇七年一〇月）の中で、藤村は「理想の春」と「芸術の春」と「人生の春」の三つの「春」を描くつもりだと語っていたが、先行研究では「人生の春」はなぜ描かれなかったのかがしばしば問題視されてきた。十川信介は、『『春』は混沌たる未発の契機のうちにとらえられなければならない。だから『春』の世界は、ついに『春を待つ心』で終る。[23]」と指摘しているが、作者の藤村にとってはおそらくそうであろう。しかし、読者がそれからの岸本を『若菜集』や『破戒』で成功を収めた藤村に重ねて読むことは想像に難くない。

〈五〉『春』と日露戦争後の日本社会

巌頭之感
悠々たる哉天壌、遼々たる哉古今、五尺の小軀を以て此大をはからむとす。ホレーショの哲学竟に何等のオーソリチィーを価するものぞ。万有の真相は唯だ一言にして悉く、曰く、「不可解」。我この恨を懐いて煩悶、終に死を決するに至る。既に巌頭に立つに及んで、胸中何等の不安あるなし。始めて知る、大なる悲観は大なる楽観に一致するを。(24)

これは、一九〇三（明治三六）年五月二二日、一高の学生藤村操が日光の華厳の滝に投身自殺するが、その時残した「巌頭之感」と題する遺書である。彼の自殺は本来個人的なものだった「煩悶」を社会問題レベルに引き上げ、当時の日本に「煩悶」の流行語を生み出した。(25)そして、日露戦争後、「煩悶青年」は社会のさらなる注目を集めるようになった。その背景に戦争後の青年の間における「個」の意識の成長があったと思われる。

岡義武によると、日露戦争後、青年層の間において「個」の意識はそれ以前に比して一段と著しい発展を示した。そして、それは高い次元、低い次元において様々の形をとって現れたという。(26)岡は論文の中で三つの形を取り上げた。「第一に、日露戦争後「成功」という言葉が世上で流行するようになり、「成功」に憧れる風潮が青年層の間において一層顕著になった」、「第二に、戦後青年層の間においては享楽的傾向が従前に比して著しく強まった」、そして、「第三に又、青年の間にけ人生の意義を求めて懐疑、煩悶に陥るものが少なからず生じた」とする。その第三の形は即ち「煩悶青年」のことをいっているのだろう。そして、これまでの作品分析から分かるように、『春』に描かれた青木や岸本ら青年の姿は「煩悶青年」とかなり重なっているのである。

一般の社会から言つて見ると、日露戦争など云ふ大なる意味のあることも、存外簡単なことに解釈されて居るし、現代の青年に色々の煩悶があると云ふことも、割合に単純なことに思はれて居るし、其間に色々思想界の方で苦闘して敗れ斃れた人々のあることも、それ程深くは省みられて居ないし、また例へば明治の学者や詩人が二十代か三十代で多く死んで居るなどと云ふことも、そんなに深い注意を惹かないし、それから教育事業に従事する人達も、色々世の中に複雑した現象が起つても、それを極く単純なことに考へて居ると云ふ風で、いろんな点から考へて見て、充り現代の日本と云ふものが、未だ充分に解釈されて居ないやうに思へる。（「批評」、『新潮』一九〇九年三月）

『春』が刊行された翌年に、藤村が書いた文章であるが、彼は日露戦争後の社会についてどのように考えていたかを考えるとき、この文章は多くの示唆を与えてくれる。『春』は藤村が「現代の日本」について行った彼なりの「解釈」といってもよいだろう。

また、『春』と日露戦争後の社会との関連を考えるとき、もう一つ注意しておきたいのは作中における日清戦争（中国では「中日甲午戦争」）についての叙述の問題である。小説は一八九三（明治二六）年から一八九六（明治二九）年にかけてのほぼ三年間の時間を扱っているが、日清戦争（一八九四年—一八九五年）はもちろんその時間内に含まれる。しかし、語り手はどうしてか当時の人々にとって大事件であったはずのこの戦争について叙述を惜しんでいたようである。岸本とその仲間たちの話の話題にも上がっていない。唯一この戦争と関わりのある人物として登場したのは菅である。その関わりは、彼は戦争中、「ある新聞社の知己を通して、通信員として出掛けたいと思ひ立つた」（一〇一章）が、「話の纏まる頃には最早平和の世であつた」（一〇七章）という程度の話にとどまっている。以下、日清戦争に関わる『春』内の記述を列記してみる。

それは東洋の大機と云ふやうな言葉が繰返されるころのことであつた。その月の十三日には最早大本営は広島にあつた。平壌の戦は既に戦はれた。日英新条約の報も伝はつた。日々の新聞は殆ど戦争の記事で満たされる。それを読んで発狂する人さへある。文筆に従事する人々、画家なども多く従軍した。（一〇〇章）

富士見町の通まで行くと、絵草紙屋の前には、男女が集つて、血腥い戦争画を争つて見て居た。

『北京へ。北京へ。』

と往来の人々の眼が言ふやうに見えた。街火を焚いて祝ふのは何の日だ、それは怒つた肩が言つた。水を打つやうに静まり返つた。真剣な目付をした歩兵の一隊は、靴音を揃へて、熱狂した傍観者の前を通り過ぎた。その靴音が遠く聞こえる頃に、また他の靴音が近いた。（一〇一章）

『秋風蕭条の記。日清の戦争に世は武士のものとなりぬ。市川学窓に古賢を友とし、岸本僅かに余喘を保ち、菅また悄然、ひとり足立の意気軒昂たるは如何なるまぎれにや、風の便りに聞けば隣家の庭に野花一輪の咲出でしなりといふ。』

こんなことを菅が書いてから、一年ばかり過ぎた。

明治二十八年の十一月に成つた。支那の俘虜を満載したガタ馬車が幾台となく東京の市街を通つたのも、最早二月程度前のことである。その隣国の兵士等が馬車の窓から手を振つて、帰郷の喜悦を示した時、こちらも同じやうに歓呼を揚げた群衆は、今、平和を祝ひ乍ら歩いて居る。其年の地方の収穫は平作以上に予想される。本郷切通の坂を往来する人々の顔にも何となく喜悦の色がある。」（一〇二章）

作中の日清戦争に関する叙述は大体以上のようなものであろう。岸本とその仲間たちは日清戦争についてあまり興味・関心を持たず、かなり冷静にそれを眺めていることが読み取れる。このことは、作家になる前の国木田独歩が『国民新聞」の特派員として日清戦争に従軍し、その見聞を「愛弟通信」という記事にして送りつけてきたことと比べてみれば、『春』の青年たちとの違いをよく示されていることと同義と言っていいだろう。彼らのこのような国家への無関心の傾向は、日露戦争後の青年のそれと似ているといえる。日露戦争前または戦争下において青年層の国家的忠誠心の減退あるいは国家への無関心の傾向が往々に指摘され、戦後になって一段と際立つようになったとされる。(27)

〈六〉『破戒』から『春』へ

第一章でも少し触れたが、『破戒』から『春』への展開についてはこれまで様々に議論されてきた。その中で特に有名なのは前述した中村光夫の「風俗小説論——近代リアリズムの発生」(『文芸』一九五〇年二月)であろう。「一方において、部落民に対する偏見といふ生々しい社会正義の問題を捉へ、他方これを新時代の覚醒した個人と旧思想との衝突の苦悶に結びつけて、社会の生きた問題を内面から描破しようと」する『破戒』のリアリズムが、その翌年に出現した田山花袋の『蒲団』の自己告白的リアリズムと「決闘」して敗れ、そのために『春』が自己告白、あるいは自伝体の小説として成立した、という中村光夫の説である。この中村光夫の説に対して、『春』と『蒲団』との影響関係を否定する勝本清一郎の説(28)なども出されたが、十川信介のいうように、「両者の影響関係はともかく、『破戒』から『春』への過程で藤村の小説概念に大きな変化が起き、『破戒』流のフィクションが捨てられたことだけはたしかである」(29)。「小説概念に大きな変化が起き」たという点に限っていえば、たしかに『破戒』と『春』の間の「断層」を認めざるを得ない。しかし、この「断層」をもって、『破戒』より『春』の社会性が後退したというような指摘は必ずしも妥当といえないだろう。

なぜなら、『春』では自我に目覚め、「個」の確立を目指しながら「不調和な社会」に阻まれて煩悶する青年たちの姿が描かれているからである。本章の第五節で述べたように、作中に描かれた煩悶する青年たちの姿は日露戦争後に社会の大きな汗目を集めた「煩悶青年」の姿と重なっている。岸本捨吉が青木駿一のことを先駆者と認めていたように、作中に描かれた青年たちは日露戦争後の「煩悶青年」の先駆的存在と言えるだろう。被差別部落問題を扱った『破戒』に比べ、自己告白的リアリズムの方法をとった『春』は社会性が後退したように見えるが、しかし、作者においては、『破戒』に劣らぬ社会性を『春』に持たせたつもりなのではないかと考える。

回顧すれば「破戒」を出せし後の文壇は、驚くべき勢を以て変遷したり。（中略）文壇の動揺実に予想の外に有之候。されど、この変遷は小生等にとりて一種の「誘惑」に過ぎず、宜しく小生等は架空の論議を避け、深き根底を作物の上に築き、所謂「若き日本」の為に多少の貢献を為すべきに候。今日の動揺に処して小成に安んずるは、反つて心を悩ますわざに候。いつまでも書生らしき量見を持ち、斯る動揺の外に立ち、更に更に遠き水平線のかなたを望みて、「今日」の岸辺を出発することそ、なかなか心安くも勇ましく思ふ次第に有之候。（一九〇七年七月二六日付神津猛宛書簡[30]）

これは、藤村が『春』の自費出版の資金を友人の神津猛に求める手紙の一部である。「架空の論議を避け、深き根底を作物の上に築」くというのは、『春』において近代日本の根底に関わる問題に取り組むつもりだったことを意味するだろう。この文章に対して瀬沼茂樹は次のように指摘している。「これは「精神の自由」の要求が「肉体の自由」とともに「自在」を発揮するためには」（『新片町より』）、「この近代的個性的な自我に出発して、「生活革命」にまでむかわなければならないことを自覚しながら、これが現実的に不可能なために、こういう建設が阻まれているがために、現実的な改造の外に立って、日本の近代社会の本質と発展とにむかって「書生らしき量見」をもって批判しつづけなければならないという自覚であろう[31]」。これは納得できる意見であろう。

また、藤村には、「外界のことを思ひ煩ふ勿れ。先づ自己に力を得よ。さすれば外界のことは自然と解決がついて行く。[32]」

という文章がある。『春』連載の二年後に書いたものだが、彼のいう「自己に力を得よ」とは近代的個人に成長することを指していると考えられる。個々人が自立した「個人」に成長すれば、「外界」つまり社会が自然と変わって行く、と彼は考えていたのだろう。そこには封建遺習がまだ様々な形で残っていた社会を変えることの困難さへの諦めが含まれるが、「個人」の力の増長で「外界」が徐々に変えられるという期待も込められていると思われる。これは先に紹介した書簡に表れた藤村の考え方と通じているといえよう。

社会問題は単に貧富の争ひでなく、個人対社会、理想対現実の争ひである。個人の理想と之を制縛する現実社会の約束と、到底相容れざる現勢を如何と解釈すべきか。（中略）人生は現実の社会的生活を拋棄する外、その最高理想に近づくの途はないのか。この疑問にふれることにより、精神的社会問題に到達した。問題的文芸は解決ではなくて、第二の疑問だった。社会問題、道徳問題、人生問題の奥に何者かの別の目的があると感じさせて、この目的物は何物だらうかとの第二の問題に達せしめた。（島村抱月「精神的社会問題、個人の寂寥」・『早稲田文学』一九〇六年三月）

当時の自然主義文学を理論の面で支えていた島村抱月は、「個人対社会、理想対現実の争ひ」を「貧富の争ひ」に劣らぬ「社会問題」とみている。「精神的社会問題」を取り扱い、青年たちの煩悶を描いた『春』は十分に社会性をもっている小説だといってよいだろう。

なお、おのれの「悩み多き青春」と同人雑誌「文学界」に集まった北村透谷らとの交遊を描いた『春』とは別に、藤村には「文学」へのあくなき情熱と年上の女性との「失恋」や教え子「勝子」との恋愛を描いた『春』以前の青春の在り様を主題とした『桜の実の熟する時』（一九一三・大正二年一月から断続的に各章を発表し、一九一九年一月に単行本）があるが、この長編と『春』をあわせ読むことによって藤村の青春が立体的に浮かび上がってくることも指摘しておかなければならない。

注

（1）ここでいう「自費出版」の意味は現在とでは異なることを注意すべきだ。「緑蔭叢書」は藤村自身が興した出版社である。
（2）御風生・生方敏郎・服部嘉香・雨雀・銀漢子「『春』と『生』と」（『早稲田文学』一九〇九年二月）。
（3）徳田秋江「文壇無駄話」（『読売新聞』一九〇九年三月七日）。
（4）大井田義彰「島崎藤村『春』」（『解釈と鑑賞』一九九二年四月）。
（5）大井田義彰「『春』におけるコミュニケーションの問題」（『媒』一九九一年七月）。
（6）島崎藤村「『春』執筆中の談話」（『新思潮』第一号、一九〇七年一〇月）。
（7）十川信介「『春』の構図」（『文学』一九七〇年五月、のち『島崎藤村』（筑摩書房、一九八〇年一一月）に所収）。引用はその著書による。
（8）この「よみうり抄」の中に、「島崎藤村氏の『春』は、青年の熱烈なる恋愛を中心としたる者なるべしと。」という記事がある。
（9）「十二三年前戸川秋骨氏が箱根へ行つて或旅館の娘を愛した事がある、而も遂に其恋が失恋に終つて非常に悶悶した当時の光景を其儘に描写したのが、島崎藤村氏の「春」の発端である相だ。」という内容の記事。
（10）『春』についての言及は次のような箇所。「但し今年は兼て読書社会の待設けたる藤村氏の『春』出づべく、花袋氏も長編を起稿するさうだ。」
（11）池上研司「新聞小説『春』の読者層」（『島崎藤村研究』九・一〇合併号、一九八二年八月）。
（12）藪禎子「透谷評価の跡をめぐって」、「透谷評価のあと（続）」（『藤女子大学文学部紀要』一九六三年三月、一九六六年七月）。
（13）永渕朋枝「透谷の読者─藤村『春』が出るまで─」（『京都大学文学部国語国文』二〇〇三年三月）。
（14）ホルカ・イリナ「青年と〈狂気〉――『春』における〈引用〉の力学」（『奈良教育大学国文教育と研究』二〇〇八年三月、のち『島崎藤村――ひらかれるテクスト』（勉誠出版、二〇一八年三月）に所収、原題は『春』における〈狂気〉のパラダイム――〈引用〉という叙述方法を視座に」）。
（15）「文壇時言（野口春影記）」（『文章世界』一九〇八年一〇月）。

（16）青山なを『明治女学校の研究』（慶應通信、一九七〇年一月）を参照。ただし、設立まもなく廃校になった所や、他校と合併した所も多く、同時期に五〇校が並存していたとは考えにくい。
（17）柳父章『翻訳語成立事情』（岩波新書、一九八二年四月）八九～一〇五頁。
（18）柳父章、前掲著書、九七頁。
（19）平石典子『煩悶青年と女学生の文学誌』（新曜社、二〇一二年二月）九五頁。
（20）黒古一夫『北村透谷論――天空への渇望』（冬樹社、一九七九年四月）二一二頁。
（21）黒古一夫『北村透谷論――天空への渇望』（冬樹社、一九七九年四月）二〇八頁。
（22）十川信介「春」（十川信介編『鑑賞現代日本文学　島崎藤村』角川書店、一九八二年一〇月）一五一頁。
（23）十川信介「『春』の構図」（『文学』一九七〇年五月、のち『島崎藤村』（筑摩書房、一九八〇年一一月）に所収）。引用はその著書による。
（24）引用は平石典子前掲著書、二二頁。
（25）平石典子、前掲著書、二八頁。
（26）岡義武「日露戦争後における新しい世代の成長（上）」（『思想』一九六七年二月）。
（27）岡義武、前掲論文。
（28）勝本清一郎「『春』を解く鍵」（『文学』一九五一年三、四月）。
（29）十川信介「春」（十川信介編『鑑賞現代日本文学　島崎藤村』角川書店、一九八二年一〇月）一三五頁。
（30）『藤村全集』第一七巻（筑摩書房、一九六八年一一月）一三六～一三七頁。
（31）瀬沼茂樹『評伝島崎藤村』（実業之日本社、一九五九年七月）一九八頁。
（32）島崎藤村「外界と自己」（『読売新聞・日曜附録』一九一二年四月七日、のち『後の新片町より』に所収）。

第三章　『家』論——小泉三吉の「新しい家」をめぐって——

〈一〉『家』の成立とその研究史

『家』の上巻は、「家」のタイトルで一九一〇（明治四三）年一月一日から五月四日まで、一一二回にわたって『読売新聞』に連載されたものである。下巻の「一」から「五」までは翌一九一一（明治四四）年一月一日発行の『中央公論』に「犠牲」の題名で発表され、同じく「六」から「九」までは、同年四月一日発行の『中央公論』に「犠牲続編」として発表された。そして、単行本の出版にあたって、初稿に修正を施し、新たに終章の「十」を書き加えて上下二巻とし、「緑蔭叢書　第三篇」（一九一一年一一月三日）として出版された。

『家』について、広津和郎は「恐らくこれは藤村の最大傑作なのであらうと思つた。単に藤村の傑作であるばかりでなく、日本自然主義時代の代表的傑作の一つに違ひない。」[1]と高い評価を与えていた。戦後の平野謙が日本自然主義の代表作として藤村の『家』と長塚節の『土』と有島武郎の『或る女』とを挙げたことはよく知られる。[2]一九七〇年代までの『家』の研究状況について中島国彦は、その顕著な方向は「『家』の中心点を近代日本の制度としての〈家〉ではなく、より男と女の関係の〈関係性〉や〈家族〉のレベルで考えて行こうとするあり方である。歴史社会学的視点からではなく、作品世界により忠実に眼を注ごうというわけであ」[3]ると述べている。そして一九八〇年代以降、テクスト論・都市論・ジェンダー論そして文化研究の時代にあって、「それらとまるで無縁であるかのように「超然」と振る舞って今日に至った」[4]といわれる藤村研究の全体的状況の中、『家』論も影響を受けた。

八〇年代以降の『家』論を列挙すれば、以下の論文が重要だといえよう。高橋昌子「『家』の叙述」(『名古屋近代文学研究』一九八四年一二月)、藪禎子「『家』ノート」(『国語展望』(別冊)尚学図書、一九八五年五月)、大井田義彰「『家』の時間――父との邂逅」(『文芸と批評』一九八六年三月)、関谷由美子「換喩としての『家』」(『国語と国文学』一九八九年三月)、下山嬢子「『家』の〈近代〉―〈新しい家〉について―」(『国語と国文学』一九八九年九月)、渡辺廣士「『家』の多義性」(『国語と国文学』一九九一年一〇月)、紅野謙介「女の会話/男の会話――『家』における会話の技法」(初出は『国文学』一九九四年六月、平岡敏夫・剣持武彦編『島崎藤村　文明批評と詩と小説』〈双文社、一九九六年一〇月〉に収録時大幅に改訂)、中山弘明「『家』の視角―〈事業〉と〈観念〉―」(『国文学研究』九八集、一九八九年六月)、同「血統の神話―『家』の〈病い〉論―」(前記『島崎藤村　文明批評と詩と小説』)、小仲信孝「『家』の治癒力」(『日本近代文学』一九九五年一〇月)、山崎一穎「『家』――まだ暗い屋内」(『解釈と鑑賞』二〇〇二年一〇月)、出光公治「島崎藤村『家』論――「新しい家」の可能性」(『島崎藤村研究』三五号、二〇〇七年一〇月)、友重幸四郎「『家』論――破壊したいということ」(同上)、鈴木啓子「両性具有の模索――島崎藤村『家』を読む」(『島崎藤村研究』四五号、二〇一八年九月)、中丸宣明「「家」論―物語を紡ぐ女たち―」(『国語と国文学』二〇二一年四月)などである。これらは、『家』の表現の分析、作品と時代との関係に関する言説、及び作中の男女関係など様々な角度から言及したものである。本書ではこれらの先行論を踏まえて、この小説と明治期に流通していた「家・家庭」言説との関わり、そして三吉の「新しい家」の不成立をもたらした原因を分析し、『家』の新しい読み方を提示したいと考える。

〈二〉旧家の没落

小泉家と橋本家を代表とする二つの旧家が明治維新後、没落していった過程を捉えることが、『家』のテーマの一つであることは多くの論者が指摘しているところである。(5)その過程が作中にどのように描かれたのかを考察する前に、まず明治の家を規定した「家」制度について触れてみる。ここで言う「家」制度は、一八九八(明治三一)年に公布された明治民法に規定されたものである。明治民法は、一八九〇年に公布されながら実施されることのなかった旧民法においても既にみられた「家」制度を明確に体系化して規定したものであるとされる。その主な特徴について『平凡社大百科事典』(一九八四年一一月)は、「人はすべていずれかの〈家〉に属し、〈家〉の統率者である戸主に従う。戸主は、戸主権を持つが、その内容は、家族の居住を指定する権利、家族に対して婚姻、養子縁組、分家などの身分行為を許諾する権利およびこれらを担保する権利(離籍権、復籍拒絶権)、さらに祖先祭祀の権利である。この戸主権は、家督相続によって、戸主の財産とともに長男に継承されるのが原則である。戸主の地位の継承者がいない場合に備えて養子制度などが定められた。戸主の地位は、上述のように強大であるが、その反面、戸主は家族に対して最終的な扶養義務を負った(6)」とする。また、この「家」制度の形成の過程について、有地亨は次のように述べている。

明治政府はいちはやく天皇制を国民統合の機軸におき、徳川武家社会に存在していた儒教主義に拠った「家」をもって天皇を頂点とする絶対主義体制の基底に措定し、同時に家族国家観、家族主義イデオロギーを民衆の末端にまで浸透させる政策を精力的に展開していった。明治政府による「家」制度の形成の過程は、戸長制度・徴兵制度・戸籍制度の設定、憲法・教育勅語の発布、旧民法の公布、民法典論争を経た後の明治三一年民法の公布・施行という法制度により着実に秩序化され、他方では、国家神道、天皇制、公教育制度の諸制度を通して家族主義イデオロギーが強化され、見事に近代国家体制内に「家」制度を挿入する作業を実現したのである（有地亨「近代日本における民衆の家族観」福島正夫編『家族：政策と法7、近代日本の家族観』〈東京大学出版会、一九七六年一一月〉五三頁）。

なお、「家」制度は長いあいだ、「封建遺制」と考えられてきたが、しかしそれが明治民法の制定による明治政府の発明品であることは、既に家族史研究の知見によって明らかにされた。たとえば上野千鶴子は「日本型近代家族の成立」（『近代家族の成立と終焉』岩波書店、一九九四年三月）の中で、「厳密に排他的な父系直系家族は、なるほど明治以前に武士階級のあいだには見られたが、庶民には知られていなかった。江戸時代の武士は人口の三%、家族をふくめてせいぜい一〇%を占めるとみなされているが、のこりの九〇%の人口は多様な世帯構成のもとに暮らしていた」と述べ、「家」制度は「近代化が再編成した家族、すなわち近代家族の日本型バージョンであった」と指摘している。そして、「仮に「家」のプロトタイプが前近代にあったにせよ、それは歴史を通じて変容している。明治政府によって新たに採用された「家」は、多様な文化のマトリックスから時代に適合的に選び直されたものである」[7]とも上野は言う。

続いて、作中に描かれた両旧家が没落していった過程をおってみよう。小説は主人公の小泉三吉が木曽福島にある旧家橋本家へ避暑を兼ねて詩作にやってくるところからはじまる。三吉のモデルとされる藤村自身の年譜に即してみれば、これは一八九八（明治三一）年七月のことである[8]。橋本家は三吉の姉の嫁ぎ先で、薬種問屋を家業としている。家長の達雄は「青年の時代には、家の為に束縛されることを潔しとしなかつたので、志を抱いて国を出た」（上の一）ものであったが、都会での事業が失敗して、再び山の中の家へ帰ってきたのである。現在の彼は「高い心の調子で居る時であつた」（同上）。家業に励むばかりでなく、「達雄は地方の紳士として、外部から持込んで来る相談にも預り、種々土地の為に尽さなければ成らない事も多かつた。」（同上）、「達雄の奮発と勉強とは東京から来た三吉を驚かした位である。」（同上）とある。

橋本の家の台所では昼飯の仕度に忙しかつた。平素ですら男の奉公人だけでも、大番頭から小僧まで入れて、都合六人のものが口を預けて居る。そこへ東京からの客がある。家族を合せると、十三人の食ふ物は作らねばならぬ。三度三度斯の仕度をするのは、主婦のお種にとつて、一仕事であつた。とはいへ、斯ういふ生活に慣れて来たお種は、娘や下婢を相手にして、まめまめしく働いた。

炉辺は広かつた。其一部分は艶々と光る戸棚や、清潔な板の間で、流許で用意したものは直にそれを炉の方へ運ぶことが出来た。暗い屋根裏からは、煤けた竹筒の自在鍵が釣るしてあつて、その下で夏でも火が燃えた。斯の大きな、古風な、どこか厳しい家造の内へ静な光線を導くものは、高い明窓で、その小障子の開いたところから青く透き徹るやうな空が見える。（上の一）

いうまでもなく、この小説の書き出しである。台所でまめまめしく働いていたお種の姿を叙述したあと、語り手はその視点を炉辺に移す。広い炉辺、「暗い屋根裏」、「煤けた竹筒の自在鍵」とその下で燃えている火、これらのものによって旧家の雰囲気が醸し出されたといえよう。旧家の囲炉裏が持つ象徴的意味について、網野善彦・宮田登の対談『歴史の中で語られてこなかったこと』（洋泉社、初版は一九九八年一一月、同社により刊行）の中で、「囲炉裏の火は竈の火とも通じて家の象徴です。その火を支配している神様、つまり竈神は「三宝荒神」という道教的な陰陽道の神格です。」[9]と説明される。また、西川祐子はその『近代国家と家族モデル』（吉川弘文館、二〇〇〇年一〇月）の中で、戦前家族を「家」家族と「家庭」家族に分け、この二つの家族モデルに対応する住まいのモデルとして「いろり端の家」と「茶の間のある家」を取り上げた。[10]もちろん、「いろり端の家」であろうと、「茶の間のある家」であろうと、「家」制度と無縁ではなかったが、「炉」が存在するということはそれだけ大きな家であったということで、「旧家」にはみな囲炉裏が切ってあった。『家』の作者（藤村）は、この点に関して旧家をうまく捉えていたといえる。

手桶を担いだお春は威勢よく二人の側を通つた。百姓の隠居も会釈して通つた。隠居の眼は正太に向つて特別な意味を語つた。『若旦那様――お前さまは唯の若いものの気で居ると違ふぞなし……お前さまを頼りにする者が多勢あるぞなし……行く行くはお前様の厄介に成らうと思つて、斯うして働けるだけ働いて居る老人もここに一人居るぞなし……』とその無智な眼が言つた。

正太は一種の矜持を感じた。同時に、斯の隠居にまで拝むやうな眼で見られる自分の身を煩く思つた。

漠然とした反抗の心は絶えず彼の胸にあつた。『奈何して斯う家のものは皆な世話を焼きたがるだらう、奈何して斯うヤイヤイ言ふだらう――もうすこし自分の自由にさせて貰ひたい。』是が彼の願つて居ることで、一一自分のすることを監視するやうな重苦しい空気には堪へられなかつた。（上の二）

橋本家の長男正太にとって、「家」はそこから「一種の矜持を感じた」ものであると同時に、自分の自由を束縛するものでもあった。「彼は森林の憂鬱にも飽き果てた。『斯うして――一生――山の中に埋れて了ふのかナア。』それを考へて見たばかりでも、彼には堪へ難かつた」（同上）。正太は三吉の書いたものが好きで、よく読む青年だったから、明治以降の近代思想から影響を受けていたと考えていいだろう。彼が「家」を煩く思うのは、「個」を基本的単位と考える近代思想を身に着けていたからにほかならない。しかし、歴史のある旧家に育った人間として、旧家の全てを否定するまでにはどうしても至らなかった。彼は隠居の眼から「一種の矜持を感じた」青年でもあった。正太の中では、旧家に対する矛盾した感情が存在していたのである。

橋本家と違い、小説において小泉家はすでに没落した形で登場する。家長の実は橋本の達雄とは「義理ある兄弟の中でも殊に相許して居る仲で、旧い家を相続したことも似て居るし、地方の『旦那衆』として知られたことも似て居るし、年齢から言つても左様沢山違つて居なかつた」（上の三）。彼は「達雄のやうに武士として、又薬の家の主人としての阿爺を持たなかつたが、そのかはりに、一村の父として、大地主としての阿爺を持つた」（同上）。しかし、その「阿爺」

が国事のために奔走していて、家は徐々に傾いていった。実は一七歳で家長を任せられ、「地方に居て、郡会議員、県会議員などに選ばれ、多くの尊敬を払はれたものであつたが、其後都会へ出て種々な事業に携るやうに成つてから、失敗の生涯ばかり続いた」（同上）。彼には三人の弟がある。母の実家に養子に行った森彦、放蕩がもとで半身不随となった宗蔵、そして末っ子で文学者の三吉である。

　ここで注意したいのは、実が事業を計画するための資本をどこから集めたのかということである。それは一八九八（明治三一）年施行の明治民法が戸主に与えた家督相続権と関わっていたと思われる。明治民法の第七四八条に、「①家族カ自己ノ名ニ於テ得タル財産ハ其特有財産トス。②戸主又ハ家族ノ孰ニ属スルカ分明ナラサル財産ハ戸主ノ財産ト推定ス。」[11]という規定がある。この「家督相続権」によって、「家産を戸主の個人財産とすることによって、戸主に資本の集中をさせただけでなく、その処分を可能にさせた。戸主には家業を続ける可能性と同時に、家業とは別の事業に自分の手中の資本を投資する可能性が出来た」（西川祐子『近代国家と家族モデル』、吉川弘文館、二〇〇〇年一〇月、一九頁）とされる。『家』において、達雄が家業を継ぎ、先祖の土地にとどまるタイプなら、実は故郷を離れて新しい事業をはじめるタイプといえるだろう。

　それではどんな事業を計画していたのだろうか。彼は「製氷を手始めとして、後から後から大きな穴が開いた」（上の三）。そして、「不図した身の蹉跌から、彼も入獄の苦痛を嘗めて来た人である」（同上）。出獄後、彼は再び新しい事業に手を出すようになる。実は同郷から出て来た直樹の父親と同じく、伝馬町の「大将」を旦那として持っていた。旦那は「実の開けた穴を埋めさせようとして、更に大きく注込んで居た」（同上）。実がなぜこんなに事業に熱中していたのかというと、それは次の叙述を見ればはっきりする。「彼の胸には種々なことがある。故郷の広い屋敷跡――山――畠――田――林――すべて左様いふ人手に渡つて了つたものは、是非とも回復せねばならぬ。祖先に対しても、又自分の名誉の為にも。それから嵩なり嵩なつた多くの負債の仕末をせねば成らぬ」（同上）。

　実の事業はまた失敗で終わり、彼自身は再び入獄する羽目になった。しかし、「実が残して行つた家族――お倉、娘二人、それから他へ預けられて居る宗蔵、斯の人達は、森彦と三吉とで養ふより他に奈何することも出来なかつた」（上の七）。このようにして、家長の実の度々の事業の失敗で、彼が養うべき家族の扶養を他の兄弟が負担させられる結果となった。次の節でも触れるが、旧家の家族間の相互扶助問題が三吉にかけた負担は彼の「新しい家」の不成立をもたらした原因の一つだと考えられる。小説の中で作者は三吉の口を借りて、「一体、吾儕が斯うして――殆ど一生掛って――身内のものを助けて居るのはそれが果して好い事か悪い事か、私には解らなく成つて来ました。貴方なぞは奈何思ひますかネ。」（下の五）と言わせ、「家」の家族間の相互扶助を強く批判した。この旧家の家族間の相互扶助の問題は小泉家に限ったものではなく、当時の社会では広く存在していたものだといえる。前述した西川祐子は「家」制度が持つこの問題について次のように指摘している。

「家」家族／「家庭」家族の二重制度は、社会保障を「家」制度に肩代わりさせるにも役立った。「家」家族と「家庭」家族の保護と服従の関係は日常的に続いた。次男・三男は独自に「家庭」を経営する一方で「家」家族に残る弟や妹に学費をおくる、老父母に仕送りをする、長兄の事業の失敗の穴埋めをすることがめずらしくなかった。他方、相続財産にもとづかないではじめられることの多い「家庭」生活の基盤は弱く、災害・戦争・不景気で稼ぎ手を失えばたやすく崩壊した。そのたびに「家庭」家族は都市からひきあげて、故郷の「家」家族の庇護の下に入った。（西川祐子『近代国家と家族モデル』吉川弘文館、二〇〇〇年一〇月、一九～二〇頁）

作者藤村が意識したか否かにかかわらず、『家』は「家」制度の持っていたそうした「相互扶助」問題を明らかにした作品であったともいえる。実はその後、森彦と三吉に促されて「満州」に出稼ぎに行く。『家』発表時、「満州（中国東北部）」はすでに日本帝国主義の「侵略＝植民地化」の橋頭保たらんとしており、藤村文学の「社会（歴史）」はこういう形で作品の中で生かされていたのである。そして、養子を入れて小泉家を継がせる予定だったお鶴が病気で亡くなった。つまり、「長い歴史のある小泉の家は、先づ事実に於いて、滅びた」（下の五）ということになる。

小説に登場した、もう一つの旧家橋本家はどうなっていったのだろうか。実の借金の保証人になった達雄は実の事業失敗から影響を受けて家を傾け、妻子を捨てて芸者と逃げた。傾いた家を立て直すため、長男の正太は都会に出て様々な事業を試みる。しかし、それもうまくいかず、彼は結局兜町の株屋の店員となった。彼は一儲けするとたちまち豪遊を始め、女道楽に走る。森彦に「彼の阿爺が宗七だ――彼は宗七第二世だ。」と批判される。その後、東京で勤めていた株屋が倒産し、名古屋でも失敗した正太は結核にかかり、名古屋の病院で死んだ。橋本家では手代の幸作を養子として家業の再建をはかったが、幸作のとった合理的なやり方にお種は不満を抱いている。小説の終末に近い部分で三吉は帰郷する途中で、一二年ぶりに橋本家を訪れるが、その没落ぶりを目にして彼の目に涙があふれる。『家』の中心に据えられた二つの旧家（小泉家と橋本家）は、このようにして崩壊していったのである。

以上小泉家と橋本家が明治維新後、没落していった過程を追ってきた。それでは、両旧家がたどった運命は当時の社会ではどれほどの普遍性を持っていたのだろうか。鹿野政直によると、維新後、「士族の場合、『士族の商法』という呼び名で知られる新職業への転換と失敗→没落が相つぎ、それはほとんど、文明開化の楯の反面をなした」という。そして、「一部に士族をも含む平民ことに庶民層の場合、一八七二年から七三年にかけて相ついで出された学制・徴兵令・地租改正条例は、彼らの「家」維持に絶大な影響を与えようとした。（中略）これらによって「家」は村のもつ「共同体」的な性格を含めてその永続性を保証していた諸条件をつぎつぎに脅され、いったん蹉跌に直面した場合の抵抗力をもぎとられ、解体へとさまよいでやすい状態にさらされることとなった」ともいう。さらに、鹿野は国民皆学制＝義務教育制と大蔵卿松方正義による経済（デフレ）政策が村からの「家」の分立、「家」からの個人の分立を促し、あるいは余儀なくしたと指摘している。国民皆学制に関して言えば、鹿野は新学制の理念の一つであった「立身出世」主義が以下の五つの点で社会意識の変化を助長したという。

第一に、身分を天与のもの＝不動のものとする意識を揺さぶった。第二に、村や「家」からの個人の分化を促した。第三に、それらの結果として個人の能力を本位とする社会像が浮上したが、それは競争原理による秩序への途を拓いた。第四に、この「立志」のすすめは事実上、男性に向けての呼びかけであった。その意味で、男性における「立身出世」という徳目の成立の反面として、女性における「良妻賢母」が唱道されることになる。そうして第五に、「立身出世」は本来、個人原理への帰向でありながら、実際には多分に〝家名〟を挙げるという意識、あるいは「家」を再興するという意識で受けとめられた。（鹿野政直「解体される実体と強化される理念」、『戦前・「家」の思想』（創文社、一九八三年））

つづいて松方政策について鹿野は、「推進者としての大蔵卿松方正義の名を冠する一八八〇年代前半のこのデフレーション政策は、農産物価格の下落とさまざまの増税をもって、農民層の土地喪失をもたらし」、「（農地の放棄を）余儀なくされたための生地からの退散つまり棄郷が[12]」増えたと指摘した。

こうしてみると、『家』の中で描かれた小泉家と橋本家の運命は明治維新後、近代に向かって邁進する日本社会の中で多くの「家」（特に「農民」や都市下層民の）がたどった運命でもあるといえよう。「明治維新以来の三〇数年間は、このように実体としての「家」が解体を余儀なくされてゆくとともに、それと反比例するかたちでその理念が構築されてゆく過程をなした[13]」とされる。またその一方、「家」の実体が解体していった中で、新しい家族観（意識）も登場するようになった。

〈三〉「家庭」について

三吉は橋本家で一夏を過ごした後、東京にある小泉家に戻った。度々の事業の失敗で小泉家はすでに没落していたが、

「実が家長としての威厳は何時までも変らなかつた。彼は、家の外では極めて円滑な人として通つて居たが、家の者に対つては厳格過ぎる位」(上の三) だった。「斯の小泉の家の内の空気は、三吉に取つて堪へがたく思はれた」(同上)。ちょうどこの時、帰京した三吉に結婚話が持ち上がった。彼は、「家を持つ準備をする為には、定つた収入のある道を取らなければならなかつた」(同上)。三吉は昔英語を学んだ先生からの誘いを受け、信州にある学校に教師として赴任することになった (この部分は、藤村の履歴と重なる)。「彼は小泉の家から離れようとした。別に彼は彼だけの新しい粗末な家を作らうと思ひ立つた」(同上)。

三吉は北海道の実業家の娘であるお雪と所帯を持って、信州の田舎で「新しい粗末な家」を作った。前述した西川祐子によれば、戦前の家族は「家」家族と「家庭」家族に分けられると言うが、小泉家から離れて三吉が作った「新しい家」は、おそらく「家庭」家族と言っていいものだろう。それではこの「家庭」観念について、この小説が執筆された明治時代ではどのような言説がなされていたのだろうか。

牟田和恵は「明治期総合雑誌にみる家族像――「家庭」の登場とそのパラドックス」(『社会学評論』一九九〇年六月) の中で、明治初期から啓蒙思想家によって一夫一婦制論や廃娼論が唱えられ、女子の地位向上や家族制度の改革が議論された、という先行研究で指摘されてきた思想的潮流は明治期の総合雑誌にも見出すことができると述べ、「旧来の慣習を全く無批判に受け入れ助長する記事が見られる一方で夫婦・男女間のモラルや結婚について変革・革新の志向が窺える」と指摘した。そして、明治二〇年頃以降になると、各誌に新しい家族倫理をはっきりと全面に打ち出した記事が現れるという。具体的にそれらがどんな記事かについて、牟田は「夫婦・親子間の細やかな愛情を強調し「家庭」を理想の場として高い価値を付与する記事群、とさらにラディカルに旧来の家族道徳に厳しい批判を加えて新しい家族道徳を打ち立てるべきことを説くものとに大きく二分できる」と述べている。また、「第一の記事群では「家庭」という語がキータームとなっている。明治九年創刊の『家庭叢談』の誌名に伺えるように「家庭」という語自体が新しいわけではないが、しばしば「ホーム」と言い換えられたりルビが振られるなどして新たな意味が付与されている」という。そして、第二の旧道徳的批判は主として親と子の関係、とりわけ子夫婦と親との関係に集中していると牟田は指摘した。

それでは、なぜ明治二〇年前後になると大きな変化が見られたのだろうか。周知のように、明治政府の民権運動への弾圧によって、政治的な変革の運動は衰え、文化的な改良が盛んに議論されるようになった。たとえば、巖本善治は「女権論者に告ぐ」（『女学雑誌』一八八六〈明治一九〉年一一月五日）の中で当時の思想界の状況について次のように述べている。

明治一七年の末政談の価値々に低くなり民権論やや人に厭はるる趣となりぬ。此時一には粗暴の言論を制さるる官の用意いよいよ密に弥りて、二には不景気を嘆ずるの声やうやく喧しくなりたれば、弁士は演壇に立上て滔々と演説したる往時の勢を失ひ有志者は四方に奔走して政党の拡張に尽力したる其上の勇を損じぬ。されば形勢此時より一変し改良の議論やうやく世に出でたり。先づ女風の改良を論ずる者あり。家屋衣食の改良を議する者あり。此に交際を洋風に改めたしと述る人あれば、彼には宗教の改良を主張する人もあり（後略）。

つまり民権運動の衰微とともに、「女風の改良」や男女関係の改良についての議論が盛んになったというのである。そして、この社会改良の時代はキリスト教が積極的にもてはやされた時期でもあると指摘される。[14]鄭玹汀は「明治中期における男女関係論の変化―キリスト者の婦人論・家族制度改革論を中心として―」（『思想史研究』二〇一〇年九月）の中で、一八八七（明治二〇）年前後は「社会改良期」で、その改良の主眼の一つが男女関係の改良であったと述べ、そしてこの男女関係の改良はしばしばキリスト教と結びついていたと指摘した。鄭はまず小崎弘道・田口卯吉・宮崎湖処子・田村直臣らの男女関係論を分析して、キリスト教的な男女交際を称揚した彼らにおいて、キリスト教は、個人の内面的な領域の問題というよりは、むしろ社会道徳の建設のためにこそ意義があったという。続いて鄭は巖本善治の男女交際論について、「巖本の主張は、社会倫理とともに個人倫理としてのキリスト教の内面的受容を強調したものとして評価することができる」と述べた。ここで想い出すのが、「第二章『春』論―岸本捨吉の成長をめぐって―」で論究した巌本善治の「盟友」であった北村透谷の「封建的」な男女関係論を打ち破る画期的と言っていい「厭世詩家と女性」で示された恋愛論＝男女関係論である。

このように、婦人論・家族制度改革論が盛んに議論されるなかで、「家庭」もさまざまに語られるようになった。「家庭」が英語のhomeの訳語であったことはすでに多くの研究者によって指摘されている。[15]「ホーム」を語っている例は『女学雑誌』をはじめとして、徳富蘇峰の『家庭雑誌』、内村鑑三の『聖書の研究』、堺枯川（利彦）の『家庭雑誌』などにみることができる。その中で特に巌本善治主宰の『女学雑誌』が理想家庭――キリスト教の信仰に基づいて女性に対して「良妻賢母」を求めるものであったが――のイメージを普及するのに大きな役割を果したことはよく知られるところである。

『女学雑誌』（一八八五年七月創刊―一九〇四年二月廃刊）は巌本善治が創刊の辞にいうように、「専ら婦女改良の事に努め希ふ所は、欧米の女権と、我国従来の女徳を合せて完全の模範を作り為さんとするにあり」という採長補短の見地に立ち、まず「女権」の主張に先んじて、女性の教養、思想、人格、情操、社会的地位を男性と同じところに高めるのを必要とみて、「女学」の主張をおこなった婦人雑誌である。[16]同誌は徳富蘇峰の『国民の友』（一八八七年二月創刊―一八九八年八月廃刊）、植村正久の『日本評論』（一八九〇年三月創刊）と並ぶキリスト教系の有力な評論雑誌であった。山本敏子は「日本における〈近代家族〉の誕生――明治期ジャーナリズムにおける「一家団欒」像の形成を手がかりに」（『日本の教育学――教育史学会紀要』一九九一年一〇月）の中で、一八八八年二月一一日から同年三月二四日にかけての『女学雑誌』に掲載された巌本善治による社説「日本の家族」に「一家団欒」像の源流があると指摘し、「この社説こそ、近代日本において初めて「ホーム」の意味内容の中核に家庭の幸福＝「一家の和楽団欒」という愛情を基盤に成り立つ家族成員相互の情緒的コミュニケーションを捉え、その家庭的暖かさを新しい日本の家族の理想として明示したものだったからである」と分析した。そして、続けて山本は「この社説は一八八七（明治二〇）年前後の「全国的コミュニケーション市場」の成立を背景に多数の購読者を獲得していたメディア『女学雑誌』を場とすることで、人々の間に広範な影響を及ぼし、理想家庭のイメージを普及させる上で大きな役割を果たすことになるからである」と述べた。また、『女学雑誌』のこの社説のインパクトは他のメディアにも連鎖的に及んでいき、「家庭の和楽」を説く声が一斉にジャーナリズムにおける家庭論欄を賑わしたという。ただここで注意しておきたいのは、『女学雑誌』の購読層が、都市や農村の富裕層であり、農村において大多数を占めていた小作農や都市における下層労働者はその読者の対象ではなかったということである。

では、『女学雑誌』おいて具体的にどのような「家庭」論が展開されたのか。犬塚都子は、「明治中期の「ホーム」論―明治一八~二六年の『女学雑誌』を手がかりとして―」(『お茶の水女子大学人文科学紀要』四二号、一九八九年三月)の中で、巌本善治や内村鑑三、木村熊二、平岩愃保、横井時雄等「ホーム」を提唱した人物の言説を考察して、そこに見られた「ホーム」の理念、理念の実践などを分析した。犬塚は、「「ホーム」提唱者達を見るかぎり、〈家庭とは他に得がたい楽園・慰安所たるべし〉との家庭観は、「日本の家族」に欠如しており、あるいは存在したとしても「ホーム」に比べてあまり強い思い入れを感じない程度のものにすぎなかった。だからこそ「ホーム」理念の導入が提唱されたのであり、「ホーム」の語に理想家庭像が託されたのであろう」と指摘した。続けて犬塚は、「ホーム」の理念を日本の家庭に導入し実現しようとするには、家族構成員相互間の愛情を基盤とした強固な情緒的・共感的結合という意味での「和楽団欒」が不可欠だとされ、「和楽団欒」がどのように達成されるのかについて「ホーム」提唱者達が示す諸策の中心となるのは、家族構成員各自が行う結合への努力であり、精神修養であったと述べている。そして、「巌本のいう「和楽団欒」が、ここでは「楽しき交際」と言い換えられ、その達成の基本条件は、家族員各自の徳の涵養であり、より具体的にはキリスト教信仰を通して家族倫理を育てることである」ということも指摘される。また、「巌本は個々人の徳性養成以前の基本として、夫婦の相愛を挙げる。家族結合の要を夫婦関係に置き、夫婦相愛の確立を妨げる現状に批判を加え、制度面からの支えが「和楽団欒」達成に貢献すること」を論じたと犬塚は述べ、巌本が一夫一婦制の厳格な実施及び公娼制撤廃と男子専権恣意的離婚の規制との二点から夫婦相愛の実現を図ろうとしたという。

また、上野千鶴子は家庭賛美のイデオロギーの強力な担い手だった『家庭雑誌』（一八九二年創刊）に展開された「家庭」論を考察して、「家庭」に付け加わる形容詞は「幸福」「快楽」「健全」などであり、その「家庭の幸福」を象徴するものが「一家団欒」であると指摘した。そして、「この「家庭の幸福」の内容を構成しているのは、（一）相愛の男女からなる、（二）一夫一婦と、（三）未婚の子女を含む（他人を含まない）核家族で、（四）夫は雇用者、（五）妻は無業の主婦という性別役割分担をともなう都市勤労者世帯、という条件である」[17]と説いていた。

以上みてきたように、明治二〇年代では「家庭」観念は『女学雑誌』をはじめ多くのマスメディアで取り上げられ、論じられた。そして、前述した山本敏子が指摘したように「一家団欒」が一種の家族信仰にまで高められるのは、日清戦争後一八九五（明治二八）年末以降のことで、「一家団欒」像はその頃から一九〇一（明治三四）年頃にかけての時期に既に形成され、人々に周知の理想家庭像となっていたのである。[18]

〈四〉小泉三吉の「新しい家」

『家』の三吉とお雪との結婚は一八九九（明治三二）年と推測されるが、「一家団欒」の「家庭」を作るのが近代知識人としての三吉の理想的家庭像だったのではないか。三吉のモデルとされる藤村が明治女学校及び巌本善治主宰の『女学雑誌』と深く関わっていたことはよく知られている。十川信介によると、一八九一（明治二四）年に明治学院を卒業した藤村は、吉村忠道が横浜に開いた雑貨店マカラズヤを一時手伝ったが、もはや実業で身を立てる気持はなく、高名なキリスト教徒で、明治女学校教頭だった巌本善治に頼み、翌年から、彼が編集する『女学雑誌』の寄稿者として文学の道を歩み始めたという。そして、この「女学雑誌」時代の藤村について、彼は主に欧米の有名女性の紹介及び、俳人やヨーロッパの文人の簡単な紹介を書いたりして、それほど見るべき文章を残していない[19]と指摘されているが、『藤村全集』

第一六巻（筑摩書房、一九六七年一一月）に収録された藤村初期作品をみると、『女学雑誌』への投稿は主に一八九二（明治二五）年に集中しており、その数は四五篇（全五一回、一部の文章は数回に分けて連載）に及ぶ。また、短い期間だったが、彼は同じ一八九二（明治二五）年九月から翌年の一月まで明治女学校高等科の教師をしていた。こうしてみると、一八九三（明治二六）年一月、教会を離脱するまでクリスチャンだった藤村は、同誌に展開された「家庭」論について知らないはずはなく、藤村の「家庭」についての理想は当然彼の分身である小泉三吉に投影されていた。小説の中で、三吉は最初信州の田舎教師として勤めていたが、その後、作家の仕事に専念するため教師の仕事をやめた。その意味で、どちらかというと、彼は明治期の中ごろから勃興してきた新中間層（俸給生活者であるサラリーマンや公務員を中心とする階層）の一人であったといえよう。お雪は女学校卒業で、結婚後、専業主婦として働く。二人が作った「新しい家」は明治期の典型的な「家庭」家族といえるだろう。「彼だけの新しい粗末な家を作らうと思ひ立つた」（上の三）三吉は、「新しい家」に大きな期待を抱いていたが、しかし彼の「新しい家」は幾多の困難にぶつかり、うまくいかなかった。

嫁いて来たばかりで、まだ娘らしい風俗がお雪の身の辺に残つて居た。彼女の風俗は、豊かな生家の生活を思はせるやうなもので、貧しい三吉の妻には似合はなかつた。紅く燃えるやうな帯揚などは、畠に出て石塊を運ぶといふ人の色彩ではなかつた。

三吉はお雪の風俗から改めさせたいと思つた。彼は若い妻を教育するやうな調子で、高い帯揚の心は減らせ、色はもつと質素なものを択べ、金の指輪も二つは過ぎたものだ、何でも身の辺を飾る物は蔵つて置けといふ風で、斯の夫の言ふことはお雪に取つて堪へ難いやうなことばかりであつた。

『今から浅黄の帯揚なぞが〆められるもんですか。』とお雪はナサケないといふ目付をした。『今から斯様な物を廃せなんて――若い時に〆なければ〆る時はありやしません。』

とはいへ、お雪は夫の言葉に従つた。彼女は今迄の飾を脱ぎ去つて、田舎教師の妻らしく装ふことにした。（上

の四）

右の引用は新婚の三吉夫婦についての叙述である。豊かな家で育ったお雪の風俗が田舎教師の妻に似合わないと思って「若い妻を教育」しようとする三吉、そして夫のいうことを堪え難く思うようなお雪が描かれる。しかし、「とはいへ、お雪は夫の言葉に従つた」と書かれている。ここには「新しい家」における夫三吉の優位性が見て取れるだろう。下巻において小泉家の実質上の家長になっていった三吉が描かれるが、その前に彼はすでに「新しい家」の「家長」になっていたのである。

「何か家の遣方に就いて、夫から叱られるやうなことでも有ると、お雪は二日も三日も沈んで了ふ。眼に一ぱい涙を溜めて居ることも有る」（上の四）。新婚ムードに欠けた三吉の態度はお雪にかつての許嫁だった勉のことを思い出させた。その後、三吉は「恋しき勉様へ……絶望の雪子より」と書いてあるお雪の手紙を見てしまった。彼はいろいろ悩んだあげく、離婚も考えた。しかし、「それは妻の不貞に憤ったためではない。きわめて観念的ではあるが、彼に両性の精神的結合という理想があり、それが自分たちに得られない以上は、妻の恋をかなえてやりたいと思うからである。」[20]とある。

お雪のこの恋文事件は、三吉がお雪の謝罪を受け入れて、一応は妻と和解したことで片付いた。しかし、「寂しい心が三吉の胸の中に起つて来た」（上の四）。「彼は女といふものを知りたいと思ふことが深かつたかはりに、失望することも大きかつた」（同上）。恋文事件の起きた翌年に夫婦の間にさらに大きな危機が迫って来た。三吉の起こした曽根事件である。音楽者の曽根に対して、「十年一日のやうな男同士の交際とは違つて、何故か斯う友情を急がせるやうなところも有つた」（上の六）三吉と、彼の態度に嫉妬を感じたお雪との間に、曽根の三吉の家訪問をきっかけに軋轢が激しくなった。家を解散すると言い出した三吉は、「離縁の手続、妻を引渡す方法、媒酌人に言つて聞かせる理由、お雪の荷物の取片付、それから家を壊した後の生活のことまでも想像して見た」（上の六）あと、家の解散を見合わせることにした。危機はなんとか避けられた。三吉が曽根に気持ちを向けた理由として、妻に求めることができないことを曽根のところから得られる、と思ったからだろう。つまり、彼は曽根と精神的交流ができると考えていたのである。これはまた先の恋文事件で十川信介が指摘した、彼の抱いていた「両性の精神的結合という理想」と無関係ではないはずである。三吉はこの理想に物語の最後まで執着しづづけていた。しかし下巻では、「夫と妻の心の顔が真実に合ふ日が」（下の七）来ることを望みながら、お雪は「好い話相手では無かつた」（同右）と考え、失望する三吉が描かれる。

学校時代には秀才といはれて、或は外国語が達者であるとか、又は音楽がよく出来るとか、絵画の嗜みが深いとか云はれたものも、家を持つやうになると、子供を養育するとか、舅姑に使へるとか、夫の世話をするとかいふ、いろいろの用事が殖えて来て、今日の家庭の状態として、女は家事に追はれて、自然と所帯の苦労に疲れて、長い間学校生活をしたものも、初めからそれほど学問を修めなかつたものと、殆ど同じやうな無思想の状態に陥るものが多いのである。斯うなつて来ると、女の楽しみといふものも、誠に果敢ないもので、五目鮨でもこしらへたいとか、汁粉でも食つて見たいとか、唯、斯様な欲を満すより外には、何も楽しみが無いやうになつて、折角長い間学校で学んだことも、何の甲斐もなく、終には忘れて了ふやうなことに成るのである。（中略）

学校を出て後も、銘々自分が之れから更に修養期に入ると云ふ考へを、一時も忘れずに持つてゐなければならぬ。（中略）男とても家を持つてから後、一事業を為さうとするのは、なかなか並大抵の苦労では無いのだから、女も矢張其処を考へねばなるまい。額に汗の流れることは男も女も同じである。で、隙のある時には務めて、文学の書を見るとか、古人の伝記を読むとか、或は人生問題に就いて書いた書物を読んで見るなり、科学の知識を得る為めの書籍を繙くなり、又、為めになる人達からいろいろの話を聴くもよし、暇を見附けて旅行する抔も最もよろしい、何うにか工夫して、僅の時間でも利用して、自分の修養の助けになるやうに心掛けてほしい。（「女子と修養」）

初出不明だが、のちに藤村の第一感想集『新片町より』（佐久良書房、一九〇九年九月）に収められた文章である。彼が結婚後の女性に何を求めているのかについて端的に語られるものなので、やや長く引用した。女性が結婚しても精神的活動を怠らず、「修養」を積み重ねる必要があるというのは藤村の主張するところであろう。これは『家』の三吉の認識に投影されているといえる。彼がお雪を「好い話相手では無かつた」（下の七）と考える理由は、おそらくお雪はそれができていないからだろう。

三吉は、両性の「精神的結合」を実現するためには夫婦間の精神的交流が必要だと考えていた。ここで指摘しなければならないのは、お雪に「修養」の積み重ねを期待する三吉の考え方は見方によっては「独善」としか思えない面があるということである。何人かの子供の養育や家事に忙殺されるお雪に、果たして「修養」するための時間的及び経済的余裕があっただろうか。「子供を育てるといふことは、お雪に取つて、めづらしい最初の経験である。しかし、泣きたい程の骨折でもある。」（上の七）という叙述から、育児だけをとってみても、お雪にとってどれほど大変だったかがわかる。また、出産経験のない正太の妻豊世に「よくそれでも、叔母さんは子供の世話を成さいますねえ」と感心された時、お雪は「私だつて心から子供が好きぢや有りません」（下の七）と言い放っている。「でも、男の人の方が可羨しい。二度と女なんかに生れて来るんぢや有りません。」（同右）と三吉に恨めしそうにいうお雪が、自分の現状に満足しているわけでないことは明らかである。

とはいっても、当時の新中間層（知識人）の家庭では当たり前であったが、夫の三吉はお雪を外で働かせることなど毫も考えていなかった。「新しい家」に期待を持っていた三吉は、「家庭」観念の性別役割分担にこだわっていたのではないかと思われがちであるが、必ずしもそうではないだろう。「吾儕が兄弟の為に計つたことは、皆な初めに思つたこととは違つて来ました。俊を学校へ入れたのは、彼女に独立の出来る道を立ててやつて、母親さんを養はせる積りだつたんでせう。ところが、彼女は学校の教師なぞには向かない娘に育つて了ひました。（後略）」（下の五）と三吉は森彦に言うが、彼は姪のお俊が学校を卒業後、学校の教師として働くことを望んでいたのである。ここからは、三吉が「家庭」観念の性別役割分担に必ずしも固執しているとはいえないことが見て取れる。

段々時勢が変つて来て、女にも独立するもの、労働するものが出来、新しい進んだ思想を持つものも出てきた。所謂新派の女が活動を思ふ時だ。（中略）何処までも女が男を補助《たすけ》て、譬へば、梯子を掛けて高い処へ登るのが男ならば、其梯子を下で抑へるものは女であるやうに、之から先新しい日本を開拓しようと云ふには、男のみでなく、女も充分其考へを持つて居て、懶惰な習慣を捨て、夫を助け、自分を励まし、子供を引連れて、従つて他をも進歩めると云ふ覚悟で居て欲しいのである。改革の事業は男にばかりに任して置いて可いと云ふやうな時世は過ぎ去つた。（「女子と修養」）

先に引用した「女子と修養」の結びの部分である。「何処までも女が男を補助《たすけ》（助ける）」る者として、藤村は女性を位置付けているようである。明治期の「立身出世」のすすめが促した社会意識の変化について、「この「立志」のすすめは事実上、男性に向けての呼びかけであった。その意味で、男性における「立身出世」という徳目の成立の反面として、女性における「良妻賢母」が唱道されることになる。[21]」という鹿野正直の指摘を「旧家の没落」の節で紹介したが、藤村はこの「立身出世」と「良妻賢母」の価値観を受け入れていたようにみえる。ただし彼は、「段々時勢が変つて来て、女にも独立するもの、労働するものが出来、新しい進んだ思想を持つものも出てきた。所謂新派の女が活動を思ふ時だ。」と述べ、女性の社会進出について理解を示してもいる。姪のお俊を働く女性として期待する三吉の考え方は、「女子と修養」に表れた藤村の認識とつながっているといえよう。他の女性には働くことを期待するが、自分の妻にはそうさせない、つまり三吉の女性に対する言動は、言っていることとやっていることが矛盾していたのである。

三吉叔父の矛盾した行為には、彼女を呆れさせることが有る。叔父は一度、ある演壇へ彼の体軀を運んだ。その時はお延も一緒で、婦人席に居て傍聴した。叔父が『女も眼を開いて男を見なければ不可』と言つたことは、未だ忘れられずにある。その叔父が姪の眼を開くことは奈何でも可いやうな仕向が多かつた。叔父は自分に都合の好いやうな無理な注文ばかりした。（下の五）

お俊の視点を借りて三吉の矛盾が語られる。お雪の「修養」についても同じことが言えるが、三吉は「自分に都合の好いやうな無理な注文ばかりした」。彼のこの矛盾をどう理解したらよいだろうか。下山嬢子はその『『家』の〈近代〉―〈新しい家〉について―」（『国語と国文学』一九八九年九月）の中で、三吉の「新しい家」は「夫と妻という個と個の結び付きが、三吉という極めて肥大化した自我を持つ観察者によって初発の地点から阻止されていったのである。[22]」と指摘しているが、三吉の矛盾した言動は彼の「肥大化した自我」のあらわれの一つといえよう。「夫は夫、妻は妻、夫が妻を奈何することも出来ないし、妻も夫を奈何することも出来ない。斯の考へは、絶望に近いやうなもので有つた。」（下の八）という三吉の絶望的な考え、即ち「新しい家」の不成立は三吉自身の問題点によるところが大きいと思われる。しかし、それだけが理由ではないはずである。

関谷由美子は「換喩としての『家』」（『国語と国文学』一九八九年四月）の中で、信州田舎の家、西大久保の家、そして新片町の家における三吉の位置を分析して、「上巻における〈遠く連いた山々を望むことの出来るやうな家の垣根の側〉（上の四）から下巻の東京郊外の家の〈縁側〉を経てさらに〈二階〉の書斎へと、〈外〉―〈境界〉―〈内〉への歩みとともに三吉はその家長的風貌を実質化していったのである」と指摘している。「三吉の「家」の観念は、彼の家の移動につれて変化して行く[23]」という十川信介の指摘を併せて考えると、関谷の指摘はおそらくあたっているだろう。近代人としての三吉が旧家的意識から抜け出せず、むしろ徐々にそれに飲み込まれていったことは彼の「新しい家」の不成立をもたらしたもう一つの要因だといえよう。旧家の倫理に囚われて、借金してまで「兄弟孝行」する三吉の行為は、もともと豊かでない彼の「新しい家」の経済を厳しくしたことは明らかである。これは間接的とはいっても、お雪が「修養」を積み重ねるための経済的余裕を奪ったといってよいだろう。ここで興味深いのは、語り手は実質上の家長になった三吉のことをどう考えているのかということである。

三吉は最早響の中に居た。朝の騒々しさが納まつた頃は、電車の唸りだの、河蒸気の笛だの、特別に二階の部屋へ響いて来た。（下の四）

西大久保から新片町の家に引っ越してきた三吉についての叙述である。ここに出た「電車の唸り」や「河蒸気の笛」はおそらく単なる音だけでなく、象徴的な意味でも使われているだろう。というのは、この小説の中に電車の響や川蒸気の音についての叙述が何箇所か出ているからである。例えば、上巻の六章において、信州田舎に住んでいた三吉にとって汽車はどんなものかについて次のような叙述がある。

停車場の方で汽車の音がする。

山の上の空気を通して、その音は南向の障子に響いて来た。それは隅田川を往復する川蒸気の音に彷彿で、どうかすると彼の川岸に近い都会の空で聞くやうな気を起させる。よく聞けば矢張山の上の汽車だ。三吉はそれを家のものに言つて、丁度離れた島に住む人が港へ入る船の報知でも聞くやうに、濡縁の外まで出て耳を立てた。新聞にせよ、手紙にせよ、新しい書籍の入つた小包にせよ、何か一緒に置いて行くものは其音より外に無かつた。（上の六）

前述の下山嬢子は「山の上の暮らしを続ける三吉にとって〈川蒸気の音に彷彿〉な〈汽車の音〉は、近代文明の象徴であると同時に、新聞、手紙、新しい書物をもたらすパイプでもある。〈其音〉そのものに、言わば〈近代〉が凝縮されているわけである。[24]」と指摘しているが、先に引用した下巻の第四章に出た電車や河蒸気もおそらく同じような象徴的意味が担わされているだろう。それなら、「響の中に居た」三吉と、家の中に閉じ込められた三吉とが同じ場所に配置されることに語り手は何を意図していたのだろうか。おそらくこれは、近代人として生きようとしながら、旧家の倫理に囚われている三吉の矛盾を浮き彫りにするために敢えてそのような設定にしたのではないか、と思われる。つまり、藤村は先輩北村透谷の「明治維新」について「革命にあらず、移動なり」(「漫罵」一八九三年一〇月)と断言した認識に立って、三吉を批判しようとしたのではないか。

隅田川が見える。白い、可憐な都鳥が飛んで居る。川上の方に見える対岸の町々、煙突の煙なぞが、濁つた空気を通して、ゴチヤゴチヤ二人の眼に映つた。「河の香からして変つて来た。往時の隅田川では無いネ。」と三吉は眺め入つた。(下の八)

甥の正太に誘われて、新片町の家の近くにある隅田川の川岸へ散歩に行った時、三吉が隅田川を眺める場面の叙述である。「川上の方に見える対岸の町々」には近代の建物が並んでいたのだろう。そして、「煙突の煙」は近代工業の象徴である工場から出たものである。「濁つた空気を通して、ゴチヤゴチヤ二人の眼に映つた」風景は、おそらく夏目漱石が「現代日本の開化」(25)でいう「外発的開化」の表れとしてここで使われていると思われる。たとえば、次のような叙述にそれは現れている。

流れよ、流れよ、隅田川の水よ。少年の時分からのお前の旧馴染が復たお前の懐裡へ帰つて来た。(中略)新しいものが斯くしてお前の岸へ押寄せて来た。亜米利加からも。仏蘭西からも。英吉利からも。独逸からも。そして改良に次ぐに改良、破壊に次ぐ破壊を以てした結果、それらの性質を異にしたものが各自思ひ思ひの様式と主張と確執とをもつて雑然紛然たること恰も植民地の町を見るごとくにお前の両側に移植された。時代の象徴とも見るべき造形美術、殊に建築を見渡すと、お前の岸にあつたものが余りに温和しく、余りに弱々しく、余りに繊細で、新しく西洋から入つて来た組織的なものの為に何となく蹂躙されて了ふやうな気がして、可傷しくて成らない。今になつて斯の不調和を嘆くは遅いかも知れない。しかし吾儕日本人が余りにクラシックを捨て過ぎたと気付くことは決して遅いとは言へない。吾儕は広く知識を世界に求める程の鋭意と同情とに富んで居る。唯吾儕はそれを受納れるに当つて強い判断力を欠いた。それが吾儕の欠点だ。吾儕は自己の支配者では無くなつて了つて居た。唯新しいものの入つて来るに任せて居た。お前の岸にある不思議な不統一。私はそれをお前に問ひたい。お前が眼のあたり見た驚くべき大改革とは人の心に『推移』をば齎したらう、しかしながら人の奥に『改革』を齎したらうかと。それを思ふと私は言ひ難い幻滅の悲哀に打たれる。（中略）何となくお前の水はまだ薄暗い。太陽の光線はまだお前の岸に照り渡つて居ないやうな気がする。お前の日の出が見たい。（「故国に帰りて」[26]）

パリから帰ったあとの一九一六（大正五）年に藤村が記した文章である。「お前が眼のあたり見た驚くべき大改革とは人の心に『推移』をば齎したらう、しかしながら人の奥に『改革』を齎したらうかと。」と問う藤村の念頭にあったのは、透谷の「革命にあらず、移動なり」に違いない。これは三吉が隅田川を眺める場面を叙述する『家』の語り手の認識と地続きであることは明らかだろう。

〈五〉「黒船の図」

下巻の第九章において、三吉は両親の墓碑を立てるために帰郷する途中で、一二年ぶりに橋本家を訪ねた。そこで彼は橋本家の没落ぶりを目にする。

『斯様な山の中にも電灯が点くやうに成りましたかネ。』と三吉が言つた。

『それどこぢや無いぞや。まあ、俺と一緒に来て見よや。』

斯うお種は寂しさうに笑つて、庭伝ひに横手の勝手口の方へ弟を連れて行つた。以前土蔵の方へ通つた石段を上ると、三吉は窪く掘下げられた崖を眼下にして立つた。

削り取つた傾斜、生々した赤土、新設の線路、庭の中央を横断した鉄道の工事なぞが、三吉の眼にあつた。以前姉に連れられて見て廻つた味噌倉も、土蔵の白壁も、達雄の日記を読んだ二階の窓も、無かつた。梨畠、葡萄棚、お春がよく水汲に来た大きな石の井戸、其様な物は皆な奈様か成つて了つた。お種は手に持つた箒で、破壊された庭の跡を弟に指して見せた。向ふの傾斜の上の方に僅かに木小屋が一軒残つた。朝のことで、ツルハシを担いだ工夫の群は崖の下を通る。

お種は可恐しいものを見るやうな眼付をして、弟と一緒に奥座敷へ引返した。（下の九）

鉄道に象徴される近代の波にのまれて、橋本家は変貌を余儀なくされた。「以前姉に連れられて見て廻つた味噌倉も、土蔵の白壁も、達雄の日記を読んだ二階の窓も、無かつた。梨畠、葡萄棚、お春がよく水汲に来た大きな石の井戸、其様な物は皆な奈様か成つて了つた」と叙述される。三吉が一二年前に訪問したとき見た良い時の橋本家の面影はもうなくなった。それに、変貌したのは物質の家に止まらない。「達雄の失敗に懲りて、幸作はすべて今迄の行き方を改めようとして居た」（同上）。「薬方の番頭も、手代も、最早昔のやうな主従の関係では無かつた。皆な月給を取る為に通つて来た」（同上）。つまり、家の産業の合理化により、封建的主従関係は近代的雇用関係に変わっていた。

『叔父さん、斯様なものが有りましたが、お目に掛けませうか。』

と豊世は煤けた桐の箱を捜出して来た。先祖が死際に子供へ残した手紙、先代が写したらしい武器、馬具の図、出兵の用意を細かく書いた書類、其他種々な古い残つた物が出て来た。

三吉はその中に『黒船』の図を見つけた。めづらしさうに、何度も何度も取上げて見た。半紙ほどの大きさの紙に、昔の人の眼に映つた幻影が極く粗い木版で刷つてある。

『宛然――斯の船は幽霊だ。』

と三吉は何か思ひ付いたやうに、その和蘭陀船の絵を見ながら言つた。

『僕等の阿爺が狂に成つたのも、斯の幽霊の御蔭ですネ……』と復た彼は姉の方を見て言つた。

お種は妙な眼付をして弟の顔を眺めて居た。（下の九）

「僕等の阿爺が狂に成つたのも」この「黒船」が原因だと三吉は言う。ここの「黒船」は西洋近代の象徴として使われていることは明らかである。お種や三吉の父親小泉忠寛のモデルは藤村の父島崎正樹である。正樹は平田国学の門人であり、幕末から明治という変革期において社会の動向と齟齬を来たし、精神に異常をもたらした悲劇の人物である。その生涯について、彼をモデルにして作られた人物を主人公とする『夜明け前』に詳しく書かれている。『夜明け前』では、憂国の思想を抱いた主人公青山半蔵は万民の解放を願い、明治新政府に大きな期待をかけていたが、しかしその期待は次々と裏切られていった。ただし、これは昭和初年代の藤村の父親に対する認識であり、『家』執筆時の藤村はまだそのような認識を充分に持っていなかったと考えられる。

『家』の中で、「父の忠寛は一生を煩悶に終つたやうな人で、思ひ余つては故郷を飛出して行つて国事の為に奔走するといふ風であつた」（上の三）と叙述されるが、「国事のために奔走する」彼の姿は具体的に描かれていない。「橋本の姉さんが彼様して居るのと、貴方が斯の旅舎に居るのと、私が又、あの二階で考へ込んで居るのと――それが、座敷牢の内に悶いて居た小泉忠寛と、奈何違ひますかサ……吾儕は何処へ行つても、皆な旧い家を背負つて歩いてるんぢや有りませんか」（下の八）と三吉は次兄の森彦に言うが、三吉には「自分たちが脱出しきれない「家」の性質と、その原点に位置する父の姿がようやく見えはじめている[27]」と十川信介は指摘している。つまり、『家』では小泉家の原点としての忠寛が強調されているのである。げんに三吉の今回の帰郷は両親の墓碑を建てるための旅である。「『僕等の阿爺が狂に成ったのも、斯の幽霊の御蔭ですネ……』」という三吉は、旧家の没落をもたらした根本的な原因を日本の近代化に求めている。しかし彼の目には、「黒船」の図はまだ「『宛然――斯の船は幽霊だ。』」としか映っていない。これは西洋近代に憧れながら、その正体（近代化）を三吉はまだ理解していないことを暗示していると思われる。また、この場面で三吉のセリフに対して、「お種は妙な眼付をして弟の顔を眺めて居た」とする。「黒船」に対して彼女は三吉と違う認識を示しているのである。女の貞操を守り、旧家の倫理で生き通してきたお種は、結局夫の達雄に捨てられ、今は荒れ果てた旧家の中で帰らぬ夫を待っていた。旧家に縛られ、悲惨な生涯を生きてきた彼女であるが、旧家の没落を惜しみ、その没落をもたらした「近代」を「可恐しいもの」と見る。彼女は近代を手に入れようともせず、ただそれを「可恐しいもの」と考えていたのである。ちなみに、この場面の叙述は藤村の次の文章に基づいて書かれたものである。

黒船――歴史小説としても、又歴史画としても、面白い題目ではあるまいか。私はこの秋、木曽に旅して、姉の家であの船の図を見出した。半紙一枚程の大きさの古い粗末な木版画だが、それを見ると当時のことも想像される。いかにあの船が当時の人の眼に映じたらう。そのために幾何の人が狂死したらう。

黒船の姿を変へたものは、幾艘となくこの島国へ着いた。

しかし、まだ足りない。トルストイにせよ、イブセンにせよ、一般の眼にはまだ幽霊だ。吾儕はもつと黒船の正体を見届けねばならぬ。そして夢を破らねばならぬ。吾儕は事々物々現代の西洋に接触しつつあるとはいへ、まだ間接たることを免れない。（「黒船」、初出不明、のち『後の新片町より』〈新潮社、一九一三年四月〉に所収）

「トルストイにせよ、イブセンにせよ、一般の眼にはまだ幽霊だ。吾儕はもつと黒船の正体を見届けねばならぬ。」と書く藤村の念頭にあるのは、先に述べた透谷の「革命にあらず、移動なり」という明治維新に対する認識だろう。「黒船の正体を見届け」ることを藤村は以後課題として抱え、晩年になって、彼は『夜明け前』をもって日本近代の始まりとされる明治維新について正面からの考察を試みたのである。

〈六〉『家』総括

『家』を書いた時に、私は文章で建築でもするやうにあの長い小説を作ることを心掛けた。それには屋外で起つた事を一切ぬきにして、すべてを屋内の光景にのみ限らうとした。台所から書き、玄関から書き、夜（ママ─引用者注）から書きして見た。川の音の聞こえる部屋まで行つて、はじめてその川のことを書いて見た。そんな風にして『家』をうち建てようとした。なにしろ上下二巻に亙つて二十年からの長い『家』の歴史をさういふ筆法で押し通すといふことは容易でなかつた。出来上つたものを見ると、自分ながら憂鬱な作だと思ふ。（「折にふれて」、初出不明、のち『市井にありて』〈岩波書店、一九三〇年一〇月〉に所収）

『家』を語るとき、よく引用される藤村の自著解説である。「屋外で起つた事を一切ぬきにして、すべてを屋内の光景にのみ限らうとした。」という藤村の手法がもたらした効果と問題点について研究者の間で議論されてきた。例えば平野謙は、「総じて、小泉橋本両家の没落、新旧世代の変移はちょうど日露戦争前後をその背景としているわけだが、戦争そのものも、その社会的激動期と二旧家の没落との連繫も、作品自体には一行半句出てこない。一口にいつて、『家』に登場する主要人物はその社会経済的裏づけにおいて、全然描かれていないのである。一個の長編として眺めた場合、その片輪性はやはり印象派的手法の影響などでは片づかない。」と述べている。そして、この手法のもたらした効果について、「『家』において作者は事件を「屋内の光景にのみ限らう」とした。かかる技法の固執はかえつて作の仕上げに幸いしたのである。周知のように、日本の家族制度は、その家長絶対権を中心に、社会からまったく疎外され閉鎖された組織として確立している。はからずも藤村のとつた偏狭な態度は、封建的な日本の「家」を描破するに適したのである。[28]」と指摘した。

戦後の長い時期、平野の意見は強い影響力を持っていた。しかし、その後、多くの批判的意見が出された。例えば、藪禎子は『家』に登場する人々は、日本の近代の波間に漂う市民たりえぬ市民の典型である。『家』の作者は、「屋内を屋内」として閉じ込めず、一つの地平に立たせている。「ここに社会はなく、ここに歴史はない」（平野謙　前掲書）と言うのは、その意味では全く当たらない。[29]」と指摘している。また、関谷由美子は「『家』に対するこれまでの批判の多くは社会的歴史的観点の欠落ということにあった。しかしすでに見てきた通り、その批判は全く根拠の無いものである。『家』の社会性・歴史性は、時代の変革の波の最も見えにくい、社会秩序の根幹としての〈家〉の内部を照射し、小泉三吉という矛盾に満ちた人物を透視することによって近代日本の空洞性を奥行き深く剔抉していると言わねばならない。[30]」と述べている。藪と関谷の指摘は尤もだと考える。本章で考察したように、三吉の「新しい家」の不成立をもたらした要因の一つは、「近代」に憧れながら旧家の倫理に囚われていた三吉の矛盾である。藤村は先輩北村透谷の「革命にあらず、移動なり」という認識に立って、三吉を批判した。『家』は社会性・歴史性が足りないどころか、むしろ藤村は日本近代の根底にある問題に照明を当てたといってよいだろう。

また、三吉の「新しい家」の建設はこの小説の重要なテーマの一つだと考えられる。この「新しい家」は明治中期から徐々に広がっていった「家庭」言説と深く関わっていた。夫婦の相愛、及び夫は雇用者、妻は無業の主婦という性別役割分担など、当時の「家庭」言説で主張されたこれらの観念（考え）は、三吉の「新しい家」を拘束していた。作者は三吉の家建設の苦闘をリアルに描いたからこそ、当時の「家庭」観念に沿わない考え方をも持ち込んだ。三吉は姪に対して仕事をする女性として望むが、妻のお雪をあくまで家に縛ろうとする。しかしと同時に、育児や家事に縛られることに対するお雪の不満も小説に記される。女は内男は外という近代的性別役割分担の問題点がそこで提示されたのではないかと考える。また、お雪を「教育」しようとする三吉は、小泉家の実質的家長になる前にすでに彼の「新しい家」の「家長」になっていた。「家庭」における男の女に対する支配が『家』の中で描かれたのである。作者が意識しているか否かにかかわらず、近代家族の深層にふれているといえよう。一九八〇年代以降、近代家族についての研究が大きな進展を遂げ、「家庭」における男の女に対する支配や性別役割分担の問題点が徐々に明らかにされてきた。日本近代家族の萌芽期に書かれた『家』はすでにその問題を提示している。このような『家』をもっと評価すべきではないかと考える。

最後に注意しなければならないのは、『家』において小泉家と橋本家に縛られた人間の悲劇及び両旧家が近代化の中で没落していったことは描かれたが、「家」制度はまた近代の発明品だったということである。前述したように、「家」制度は長いあいだ、「封建遺制」と考えられてきたが、しかしそれが明治民法の制定による明治政府の発明品であることは、既に家族史研究の知見によって明らかにされた。「吾儕はもつと黒船の正体を見届けねばならぬ。」（「黒船」）と藤村は語っていたが、しかし彼はその正体を見極めることができなかった。というのは、「近代」の女性にとっての意味が両義的に——同時に解放的にも抑圧的にも働いた——捉えられるようになったのは、一九八〇年代以降のことだからである[31]。

注

（1）広津和郎「藤村覚え書」（『改造』一九四三年一〇月）。

（2）平野謙「家」（『島崎藤村』筑摩書房、一九四七年八月）。引用は『島崎藤村』（五月書房、一九五七年一一月）による。

（3）中島国彦「解説—今日の藤村研究、明日の藤村研究—」（『日本文学研究資料叢書　島崎藤村Ⅱ』有精堂、一九八三年六月）。

（4）中山弘明「シンポジウム「家族・女学生・ホモソーシャルな欲望」のコーディネーターの一人として」（『島崎藤村研究』四五号、二〇一八年九月）。

（5）例えば吉田精一は『自然主義の研究』下巻（東京堂、一九五八年一月、一一六頁）で「「家」は第一のテーマとしてこの封建的な両名門が次第に衰微、没落する過程をとらへる」と述べている。
（6）『平凡社大百科事典』（一九八四年一一月）の「家族制度」の項を参照した。
（7）引用は岩波文庫版『近代家族の成立と終焉』（二〇二〇年六月）による。
（8）藤村年譜によると、一八九八（明治三一）年七月、彼は吉村樹を伴い、木曽福島の高瀬家を訪問してそこで一夏を過し、『夏草』の詩篇を執筆した。
（9）網野善彦・宮田登『歴史の中で語られてこなかったこと』（洋泉社、二〇一二年六月、初版は一九九八年一一月、同社により刊行）七七頁。
（10）西川祐子『近代国家と家族モデル』（吉川弘文館、二〇〇〇年一〇月）一六〜一七頁。
（11）我妻栄等編『旧法令集』（有斐閣、一九六八年一一月）。
（12）鹿野政直「解体される実体と強化される理念」（『戦前・「家」の思想』創文社、一九八三年、引用は『鹿野政直思想史論集』第二巻（岩波書店、二〇〇七年一二月）による）。
（13）鹿野政直「解体される実体と強化される理念」（『戦前・「家」の思想』創文社、一九八三年）。
（14）鄭玹汀「明治中期における男女関係論の変化―キリスト者の婦人論・家族制度改革論を中心として―」（『思想史研究』二〇一〇年九月）。
（15）たとえば、上野千鶴子は次のように述べている。「「家庭」が英語のhomeの訳語であったことは、『家庭雑誌』一五号に載った秀香女史の論説の中の「人間が真生清潔なる快楽を得る所即ち家庭（ホーム）」（「結婚後の幸福」）からも知れる」という。（上野千鶴子「家族の近代」〈古木新造・熊倉功夫・上野千鶴子校注『風俗　性』岩波書店、一九九〇年〉、「解説」三の第一節。引用は上野千鶴子『近代家族の成立と終焉』〈岩波文庫、二〇二〇年六月〉による）。
（16）瀬沼茂樹『評伝島崎藤村』（実業之日本社、一九五九年七月）九五頁。
（17）上野千鶴子「家族の近代」（古木新造・熊倉功夫・上野千鶴子校注『風俗　性』岩波書店（一九九〇年））。（「解説」三の第一節）。引用は上野千鶴子『近代家族の成立と終焉』岩波文庫（二〇二〇年六月）による。
（18）山本敏子「日本における〈近代家族〉の誕生――明治期ジャーナリズムにおける「一家団欒」像の形成を手がかりに」（『日本の教育学―教育史学会紀要』一九九一年一〇月）。
（19）十川信介「島崎藤村の人と作品」（十川信介編『鑑賞日本現代文学　島崎藤村』角川書店、一九八二年一〇月）。

(20) 十川信介「「屋内」と「屋外」――『家』の構造」(『文学』一九七三年七月、原題『家』の構造」、のち『島崎藤村』(筑摩書房、一九八〇年一一月)に所収)。引用は同著書による。

(21) 鹿野正直「解体される実体と強化される理念」(『戦前・「家」の思想』創文社、一九八三年)。

(22) 下山嬢子「『家』の〈近代〉―〈新しい家〉について―」(『国語と国文学』一九八九年九月、のち『近代の作家　島崎藤村』〈明治書院、二〇〇八年二月〉に所収)。引用は同著書による。

(23) 十川信介「「屋内」と「屋外」――『家』の構造」(『文学』一九七三年七月、原題『家』の構造」、のち『島崎藤村』〈筑摩書房、一九八〇年一一月〉に所収)。引用は同著書による。

(24) 下山嬢子、下山嬢子「『家』の〈近代〉―〈新しい家〉について―」(『国語と国文学』一九八九年九月)。

(25) 一九一一年八月、夏目漱石が和歌山で行った講演である。のち夏目漱石『朝日講演集』(一九一一年一一月)に所収。

(26) 「故国に帰りて」は最初一九一六年九月五日〜一一月一九日の『東京朝日新聞』に掲載されたものである。のちに『海へ』(実業之日本社、一九一八年七月)の第五章として収められた。

(27) 十川信介「家」(十川信介編『鑑賞日本現代文学　島崎藤村』角川書店、一九八二年一〇月)一八五頁。

(28) 平野謙「家」(『島崎藤村』筑摩書房、一九四七年八月)。

(29) 藪禎子「『家』ノート」(『現代文研究シリーズ一五　島崎藤村』尚学図書、一九八五年五月、のち『透谷・藤村・一葉』〈明治書院、一九九一年七月〉に所収)。引用は同著書による。

(30) 関谷由美子「換喩としての『家』」(『国語と国文学』一九八九年四月)。

(31) 上野千鶴子「女性史と近代」(吉田民人編『社会学の理論でとく現代のしくみ』新曜社、一九九一年)、原題は「女性史と近代――フェミニズムはどうとらえてきたか」。引用は前記『近代家族の成立と終焉』(二〇二〇年六月)による。

第四章 『新生』論
―岸本捨吉と節子との「恋愛」を中心に―

〈一〉『新生』研究「概観」

『新生』の前篇（第一巻）は、一九一八（大正七）年五月一日から一〇月五日まで、一三五回にわたって『東京朝日新聞』に連載され、翌年（大正八）一月一日、春陽堂より刊行された。後篇（第二巻）は一九一九（大正八）年四月二七日から一〇月二三日まで、一四一回にわたって、同じく『東京朝日新聞』に連載され、同年一二月二八日、同じく春陽堂より刊行された。なお、単行本ではかなり手が加えられ、前篇が一三〇章に、後篇は一四〇章になっている。

この小説の同時代評は概して好評だったといえよう。たとえば、『新生』後篇が刊行された翌年一月の『婦人公論』に載った『新生』合評[1]に目を通せばだいたいわかる。その中で、阿部次郎は「新生後篇は浄めの過程を精写せるものとして単に芸術的価値のみならず倫理的教育的価値を持つてゐると信じます。」と評している。秋田雨雀は「『新生』の取扱つた材料は大変真面目な事実で、芸術的創作に道徳的判断を下すべきものではないと思ひます。」と述べている。もちろん、批判的意見がないわけではない。たとえば、近松秋江は「叔父姪の恋愛が、もつともつと切実に書けてゐたら」という不満を漏らしている。また、岡本かの子は「節子はあまりに早く岸本の人生観や趣味に同化され様とした為に、あわただしい聖書の讃美者となり、やたらにふなれな詠嘆の歌を唱うたりする、何となく不自然な厭味の女性となつて仕舞つた様に思はれる。[2]」と批判している。批判的意見としてよく知られたのは、「彼は「新生」の主人公ほど老獪な偽善者に出会つたことはなかつた。[3]」という芥川龍之介の意見だろう。また、同時代評の中で、「芸術から見た」「新生」と、道徳から見た「新生」と[4]」という評価の視点もすでに提出されている。なお、『新生』の「東京朝日新聞」での連載が、同紙の専属作家であった夏目漱石の急逝（一九一六・大正五年一二月九日）による『明暗』の中断を受けての、『春』（一九〇八年）の連載に次ぐ二度目のものであったことも、記憶しておく必要がある。

第二次世界大戦後の『新生』研究において、大きな影響力を持っていたのは平野謙の「島崎藤村『新生』覚書」（『近代文学』一九四六年一月、二月）といえよう。そこで彼は『新生』の創作動機は「恋愛と金銭からの自由」だと指摘した。その後の『新生』論は長い間、これに呪縛されていたといってよい。しかし、一九六〇年代になって、平野謙の意見に対して異を唱える意見が登場するようになった。たとえば、相馬庸郎は「『新生』試論」（『日本近代文学』一九六九年一〇月）の中で、『新生』を「虚構性の濃い作品」と見、「『新生』は一見岸本の私生活を中心に、自然的時間の流れにそって無雑作に構成されているようにみえながら、少しくわしく検討してみるなら、作者の計量が周到にされている[5]」と指摘した。

藪禎子は「『新生』の基本構造」（『藤女子大学国文学雑誌』一九七四年五月）の中で、『新生』を「それ自身完結した作品」として捉え、平野謙の論は「ほとんど不毛に近いものでさえあった」と述べている。藪は「序の章　二」に語られた内容に注目し、「倦怠と懶惰の生は、いつかそのまま神秘と歓喜の生に変わり、そこにやがて静謐な生の蠱惑が訪れる。――こういう形で、「序の章」からこの辺までで、原『新生』はピタリ定まって終わる[6]」と指摘した。

フェミニズムの観点からこの小説にアプローチする論考も出された。たとえば、江種満子は「誘惑と告白――『新生』のテクスト戦略」（関礼子等編『男性作家を読む――フェミニズム批評の聖術へ』新曜社、一九九四年九月）の中で、「明治末期から大正期を覆う『新生』の時代を、知的に屈強で情においてしたたかな一人の男を相手に、全存在をかけて闘った女性の像を読み取」ろうとして、岸本と節子の関係から「誘惑」による相互の主体形成を分析し、節子の生の論理を隠蔽しようとする語りの戦略を批判した。このほか、フェミニズム理論を援用して『新生』を論じたものとして、千田洋幸の論と岩見照代の論が重要だといえる。千田洋幸は「性／〈書くこと〉の政治学――『新生』における男性性の戦略」(『日本近代文学』一九九四年一〇月)の中で、『新生』の物語内容における「性」と「文学」両面の男性中心主義を批判した。岩見照代は「節子というテクスト――『新生』のセクシュアリティ」(『日本近代文学』一九九五年一〇月)のなかで、捨吉を反復する節子は捨吉のもう一つの自我でしかないと述べ、「捨吉が節子の内に探し求めるもの、それは「女」という「他者」の顔ではなく、「鏡」でしかなかったのだ」と指摘している。

この小説に書き込まれた手紙や短歌に注目した論として、中山弘明の「『新生』のメッセージ―手紙と短歌―」(『媒』一九九一年七月)、永渕朋枝「『新生』にみる手紙の虚実」(荒井とみよ・永渕朋枝編『女の手紙』双文社、二〇〇四年七月)、ホルカ・イリナの「上書き可能な〈自己〉と〈他者〉――「懺悔」と手紙の『新生』」(『島崎藤村　ひらかれるテクスト』勉誠出版、二〇一八年三月)などがある。また、『新生』の表現自体の構造分析を試みた論考として、大井田義彰の「『新生』における〝花〟と〝雨〟」(『媒』一九八八年三月)、関谷由美子の「『新生』の神話構造―閉ざされた書斎の物語―」(『日本近代文学』一九九一年一〇月)、下山嬢子の「リモオジュ往還――『新生』論(その一)」(『大東文化大学紀要』一九九二年三月)、同「『新生』の〈宗教性〉――『新生』論(その二)」(『日本文学』一九九二年一二月)などがある。

このほか、同時代のフェミニズム思想との対照を論じたのは高橋昌子の「大正期の両性問題・恋愛論と『新生』」(『名古屋近代文学研究』一九八五年一一月)である。また、作中に描かれた第一次世界大戦を重視して、国民国家との関連を論じたのは紅野謙介の「『新生』における戦争―島崎藤村の「創作」と国民国家―」(『日本文学』一九九五年一一月)である。

以上紹介した論考の他にも、多くの『新生』論が出されたが、『新生』研究の大体の流れは以上のようなものといえよう。概観からわかるように、『新生』をその書かれた時代に戻して、当時の時代や社会との関わりを分析する論文はあるものの、まだ検討の余地が残されているところがあると思う。それで、本章では作中に描かれた捨吉と節子との恋愛を分析し、当時の女性が置かれたセクシュアリティの状況と関連して、この小説の新しい読みを提示したいと考える。

〈二〉「岸本」のデカダンス

小説は「序の章」において、岸本が中野の友人の手紙を読み、友人と自分との差を痛感するところから始まる。

『……郊外に居を移してから僕の宗教的情調は稍深くなつて来た。僕の仏教は勿論僕の身体を薫染した仏教的気分に過ぎないのである。僕は涅槃に到達するよりも涅槃に迷ひたい方である。幻の清浄を体得するより、寧ろ如幻の境に暫く倦怠と懶惰の「我」を寄せたいのである。睡つて居る中に不可思議な夢を感ずるやうに、倦怠と懶惰の生を神秘と歓喜の生に変へたいのである。無常の宗教から蠱惑の芸術に行きたいのである……斯様に懶惰な僕も郊外の冬が多少珍らしかつたので、日記をつけて見た。（後略）』

芸術的生活と宗教的生活との融合を試みようとして居るやうな中野の友人には、相応な資産と倹約な習慣とを残して置いて行つた父親があつて、この手紙にもよくあらはれて居る静寂な沈黙を味ひ得るほどの余裕といふものが与へられて居た。岸本にはそれが無かつた。中野の友人には朝に晩にかしづく好い妻君があつた。岸本にはそれも無かつた。彼の妻は七人目の女の児を産むと同時に産後の激しい出血で亡くなつた。

山を下りて都会に暮すやうに成つてから岸本には七年の月日が経つた。その間、不思議なくらゐ親しいものの死が続いた。彼の長女の死。次女の死。三女の死。妻の死。つゞいて愛する甥の死。彼のたましひは揺られ通しに揺られた。（序の章の二）

よく知られるように、この中野の友人のモデルは蒲原有明で、その手紙は藤村の短編集『食後』(一九一二年四月)に有明が寄せた「序文」であった。友人は手紙の中に自分の陥った倦怠と懶惰について綴ったが、「中野の友人にやって来たといふやうな倦怠は」、それを読む岸本にもやって来た。「曾て彼の精神を高めたやうな幾多の美しい生活を送った人達のことも、皆空虚のやうに成つてしまつた。彼はほとほと生活の興味をすら失ひかけた。」(同上)とされる。そして、子がない中野の友人と違い、四人の子供を持つ岸本は、「もう黙つて、黙つて、絶間なしに労作を続けた」(同上)のである。「四十二といふ歳も間近に迫つて来て居た」彼は、「友人のは生々とした寛いだ沈黙で、自分のは死んだ沈黙である」(序の章の五)と考えている。「その死んだ沈黙で、彼は自分の身に襲ひ迫つて来るやうな強い嵐を待受けた。」(序の章の五)をもって、「序の章」は終わる。

藤村が小説の中で「序の章」を設けるのは、『新生』がはじめてである。作者がこの章に重要な役割を担わせているように思える。岸本が中野の友人の手紙を読んで、両者の状況の差異を痛感するというふうに語られるが、しかし、ここで見逃してはならないのは、差があるにしても、岸本は友人と同じく自分も倦怠と懶惰に陥っていることを認識しているということである。岸本が感慨深く友人の手紙を読み返すのは、そこに同質のものを見出したからだろう。岸本の倦怠と懶惰は彼一人の問題ではなく、もっと普遍的な問題であることを作者は主張しているように思える。

節子の妊娠で自分の背徳が世間に知られることを恐れて、慌ててフランスに逃げてしまった岸本は最初、節子との肉体関係をデカダンスと結びつけて考えなかった。しかし、『新生』の後篇では、「岸本が浅草時代の終にあたる自分の生活をデカダンスの生活として考へるやうに成つたのも、あたかもその生活の中に咲いた罪の華のやうに節子を考へるやうに成つたのも、それは彼が遠い旅に出てからずつと後のことであつた。」(後篇の七十二)と叙述される。これで「序の章」で述べられた岸本の倦怠と懶惰の正体はデカダンスであることがわかる。藤村は後年、「芥川龍之介君のこと」(初出不明、のち『市井にありて』〈一九三〇年一〇月〉に所収)の中で、「当時私は心に激することがあつてああいふ作を書いたものの、私達の時代に濃いデカダンスをめがけて鶴嘴を打ち込んで見るつもりであつた。」と述べている。相馬庸郎が指摘したように、「このような「デカダンス」の世界は、当時の自然主義世代にとりある程度共通した世界になっていた」[7]のである。その原因について、相馬は次のように分析している。

当時かれら自然主義世代は、いずれも四十歳をこえたところであった。人間と生活の実態を体験的に一応はみつくす年齢に達しようとしていた。個人的にも社会的にもかれらがそこに見出したものが、いずれも暗い閉塞的状況でしかなかったことは、かれらの多くの作品がはっきり語っているところである。因襲破壊、形式打破、現実暴露などを合言葉としたかれらの壮年期には、たとえば社会の虚偽に反抗する理想主義的情熱がその裏側にひめられていた。しかし、いまいわゆる「初老」期に達して大きな疲労感とともにのこったものこそ、文字どおり《現実暴露の悲哀》であり、どうしようもない混迷や挫折感であった。かれらが《堕ちて行つたデカダンス》の世界は、一口でいえば、右のような他ならぬ自然主義世代であるゆえに、いっそう切実であった点を共通に所有していたのであった。（相馬庸郎「『新生』試論」）

これは、岸本のデカダンスのよってくる一般的な原因を「現実暴露」という自然主義文学の根幹を貫く思想に求めた点で、注目すべき意見だろう。もちろん、岸本独自の原因もあったはずである。「彼は十二年もかかつて、漸く自分の妻とほんたうに心の顔を合せることが出来たやうに思つた」頃、その妻の園子は産後の出血で亡くなってしまった。そして、「彼は愛することをすら恐れるやうに成つた。愛の経験はそれほど深く彼を傷つた。」（前篇の八）とされる。こういう妻との長い相剋の経験が岸本にもたらした影響について作中に繰り返し叙述される。

もし彼がもつと世にいふ愛を信ずることが出来たなら、子供を控への独身といふやうな不自由な思ひもしなかつたであらう。親戚や友人の助言にも素直に耳を傾けて、後妻を迎へる気にも成つたであらう。信のない心——それが彼の堕ちて行つた深い深い淵であつた。失望に失望を重ねた結果であつた。そこから孤独も生れた。退屈も生れた。女といふものの考へ方なぞも実にそこから壊れて来た。（前篇の百二十七）

「信のない心」、これはおそらく岸本のデカダンスの独自の原因だろう。岸本の「心の毒」は、「人はいかなるものをも弄ぶやうに成る。」（後篇の七十二）という感想を浅草時代の彼に持たせた。そうなると、彼が節子と肉体関係を結ぶのは何の不思議もないと言っていいかも知れない。岸本がなぜ節子と性的関係に落ち込んだのかについて、前述の相馬庸郎は「インセストの関係そのものがデカダンスの象徴であり、そのなかで節子が岸本にとって「罪の華」と映じた」という瀬沼茂樹の説と、「叔父姪の不倫の関係自体が、彼を魅惑したのだ。そのデカダンスの嵐に、彼はついに抵抗することができなかった」という渋川驍の意見を否定して、次のように述べている。「男女間の愛情などまったく信じえなくなってしまっている中年の男性が、たまたま長いやもめ暮しの中でおちこんだ《性の陥穽》にすぎない。岸本が当時はまりこんでいた一種底深いニヒリズムの世界からいえば、節子と性的関係をむすぶそのこと自体は、ほとんど問題にもならなかった。[8]」という。相馬の指摘はおそらくあたっているといえよう。

〈三〉「渡仏」体験が岸本にもたらしたもの

節子から妊娠を告げられた岸本は、いったん死を決意したが、酒席での友人のアドバイスでヨーロッパへの留学を示唆される。そして、「遠い外国の旅――どうやら沈滞の底から自分を救ひ出せさうな一筋の細道が一層ハッキリと岸本に見えて来た」（前篇の二十九）のである。海外へ行って恥ずかしい自分を隠そうとする気持ちと、「自ら進んで苦難を受くることによつて節子をも救ひたいといふ気持」（同上）をもって、岸本は渡仏を決意する。彼は、兄で節子の父の義雄に船中から手紙で全てを告白し、自分の子供たちの世話と節子の後事を託してフランスに向かう。

なつかしい故国の便りは絵葉書一枚でも実に大切に思はれて時々旧い手紙まで取出しては読んで見たいほどの異郷の客舎にあつても、姪から貰つた手紙ばかりは焼捨てるとか引裂いてしまふとかして、岸本はそれを自分の眼の触れるところに残して置かなかつた。蔭ながら彼は節子に願つて居た。旅にある自分のことなぞは忘れて欲しい、生先の長い彼女自身のことを考へて欲しいと。その心から彼は成るべく節子宛に文通することを避け、彼女に書くべき返事は義雄兄宛に書くやうにして来た。しかし、もう好い加減に忘れて呉れたかと思ふ時分には、復た彼女から手紙が来て、その度に岸本は懊悩を増して行つた。神戸以来幾通となく寄して呉れた彼女の手紙は疑問として岸本の心に残つて居た。あの暗い影から――一日も離れることの無かつたほど附纏はれたといふあの暗い影から、漸く離れることが出来たと言つて書いて寄した時からの彼女は、何となく別の人である。あれほどの深傷を負はせられながら、彼女は全く悔恨を知らない人である。（中略）遠く離れて節子のことを考へる度に、彼は罪の深いあはれさを感ずるばかりでなかつた。同時に言ひあらはし難い恐怖をすら感ずるやうに成つた。（前篇の八十七）

渡仏して一年ぐらい経った岸本の心境についての叙述である。求愛の手紙で彼を追おうとする節子に対して、岸本はあくまで沈黙を守っていた。そして、「姪から貰つた手紙ばかりは焼捨てるとか引裂いてしまふとかして、岸本はそれを自分の眼の触れるところに残して置かなかつた」ことで、彼は現実から逃避し続けたのである。

その後、第一次世界大戦が勃発し、岸本は戦禍を避けるため、中仏の都市リモージュで二ヶ月半ほど暮らした。この静かな田舎町で、彼は「仏蘭西の旅に来てからの初めての休息らしい休息をそのヴィエンヌの河畔に見つけたやうに思つた」（前篇の九十七）。それに、リモージュ滞在中、彼は次第に「柔かな新しい心」を回復し、「夢のやうな世界の存在」を暗示する「不思議な幻覚」を体験したり、サン・テチエンヌ寺院で『永遠』といふものに対ひ合つて居るやうな旅人心らしい心持に帰つて行つた」（前篇百一）りした。こうして岸本にようやく生への欲求が蘇ってくる。そして、再び冬のパリに戻った彼は、数奇な生涯を送った父を思い出したり、青年時代の恋愛について回想したりして、もう一度「幼い心」を取り戻そうと思うようになる。

彼は旅人らしく自分の周囲を見回すと、来るべき時代のためにせつせと準備して居るやうなもののあるのに気がついた。彼の眼には、どう見てもそれは芽だ。間断なく怠りなく支度して居るやうな芽だ。それは可成長いこと萌しに萌して来たものであるとも言へる。けれども何人の骨髄にまでも浸み渡るやうな欧羅巴の寒い戦争が来て、一層その発芽力を刺激されたやうにも見える。左様したものが彼の周囲にあつた。そしてその芽の一つとして、曽て一度は退廃したものの再生でないものは無かつた。

斯の観望は岸本が旅の心を一層深くさせた。彼の周囲には死んだジャン・ダアクすら、もう一度仏蘭西人の胸に活きかへりつつあつた。彼は淫祠にも等しいやうな古いカソリックの寺院を多く見た眼でリモオジュのサン・テチエンヌ寺を見、あのサン・テチエンヌ寺を見た眼を移して巴里のフランソア・ザビエー寺などを見、更に眼を転じて『十字架の道』へと志す幾多の新人のあることに想ひ至ると、左様した再生の芽を古い古い羅馬旧教の空気の中にすら見つけることが出来るやうに思つた。

その芽が岸本にささやいた。

『お前も支度したら可いではないか。淀み果てた生活の底から身を起して来たといふお前自身をそのまま新しいものに更へたら可いではないか。お前の倦怠をも、お前の疲労をも――出来ることならお前の胸の底に隠し有つ苦悩そのものまでも。』（前篇の百二十二）

冬のパリに戻った岸本の内面の変化が記された重要な叙述であるため、やや長く引用した。ここで引用した「前篇の百二十二」とその前の「百二十一」のほとんどの部分は、すでに『戦争と巴里』の「ある友に」「春を待ちつつ」に発表されたものと同じ内容である。そして、そこで藤村が共鳴していたのはモーリス・バレスやシャルル・モーラスら思想家たちの伝統主義・復古主義思想であり、「仏蘭西のルネッサンス」に向かおうとする動きであるとされる。[9]ところが、『戦争と巴里』で長々と記された「仏蘭西のルネッサンス」に向かおうとする動きは、『新生』ではその具体性がかなり欠けているといえる。十川信介は、「『新生』では、これらの「仏蘭西のルネッサンス」に関する感想は、その内実を捨象されて、退廃からの甦えり、「死の中から持来す回生の力」という抽象的なかたちで岸本の再生への願いと無媒介に重ね合わされてしまう。[10]」と指摘しているが、『新生』を『戦争と巴里』と比較しながら読むなら、確かにこの小説はそういう問題を含んでいる。しかし、ここでもっと重視すべきなのは、なぜこのような岸本が出現できたのかということではないか。

水本精一郎は「『新生』論」(『日本近代文学』一九七八年一〇月)の中で、前篇に描かれた岸本の意識の変化を考察し、「意識内部の不断の活動と葛藤の連続とが集中・緊張を一種の発条として、新たな段階へと成長して行く過程を藤村は凝視し、描き込んでいた」と論じた。水本によると、リモージュ滞在中、岸本は「自己本位」の思考から抜け出そうとし、「他者(姪)の存在を意識の通路に取りこまねばならぬという内省をはじめた。」という。そして、パリに戻った岸本の父の回想と愛の遍歴についての回想は、「頑な岸本の心にも漸くある転機が萌」すための用意されたものだと分析している。そこで水本は、「父」の記憶の想起が自身と同じく父もまた「悩ましい生涯」をもった人だという同一性の発見を岸本にもたらしたと述べ、この同一性の発見を、「父(伝統、民族、旧思想の象徴としての)」をその内部へとり込もうとする、いわばその断絶から連続への意識の転換としてみる。

そして、「愛の遍歴」についての回想について水本は、「罪禍の根源に遡及するかの如く辿られる愛の遍歴の跡に岸本が眺めたものもまた、「苦い愛の経験」が「男女の煩ひから離れ」「女性を避け」そして「心の静かさを楽まう」とするような心を生んでいったという、拒絶の姿勢だった」と指摘し、「愛の遍歴の跡を辿り終って、「左様だ。何よりも先づ自分は幼い心に立ち帰らねば成らない」と決意するのは、それをトバロとして、女性不信で円環する世界からの脱出路を、拒絶から受容、断絶から持続への意識の転換の中に求めようとしていからに他ならぬ」[11]と述べている。

先に引用した百二十二章の内容は、百十三章から百十九章まで続いた父の回想の後に記されたものである。つまり、上述した水本が指摘した岸本の「意識の転換」がなされたあとに、「自己の再生」を願う岸本がようやく現れたことを意味していたのである。

ここでもう一つ注意したいのは、伝統、民族、旧思想の象徴としての父に対する岸本の意識の転換は、彼のインセストに対する意識の変化をもたらしたということである。なぜならば、『明治民法』中の「婚姻法」七百六十九条（一八九八年七月一六日施行）では禁止された三親等以内の親族間での婚姻（近親相姦）は、前近代の社会では、血につながりの濃さによっては必ずしも禁止されたものではないからである。小説の前篇の百二十八章に、岸本はかつてアベラールとエロイーズの墓を訪ねた時の記憶を思い出す場面がある。

あの名高い中世期の僧侶は弟子であり情人である尼さんと終生変ることのない愛情をかはしたといふばかりでなく、死んだ後まで二人で枕を並べて、古い黒ずんだ御堂の内に眠つて居た。そこにあるものは深い恍惚の世界の象徴だ。想像も及ばぬ男女の信頼の姿だ。（中略）御堂の中に、愛の涅槃のやうにして置いてあつた極く静かな二人の寝像を思出した。（中略）まるでお伽話だ、と彼は眼に浮ぶ二人の情人のことを言つて見た。しかし、お伽話の無い生活ほど、寂しい生活は無い。彼は最早自分の情熱を寄すべき人にも逢はず仕舞に、この世を歩いて行く旅人であらうかと自分の身を思つて見た。左様考へた時は寂しかつた。（前篇の百二十八）

『新生』後編の連載が始まる前に、中村星湖は前篇を評して、次のように言った。「がやがてアベラアルとエロイズの臥像を持ち出したり、すべての人が恋にうき身をやつす事を説いたりするやうになると、苦しめられるだけ自己を苦しめようとして孤独を厳守した事に対する肉体精神両面からの本能的の復讐を暗示してゐるに過ぎないやうではあるけれども、これを思想的に圧搾すれば、嘗て罪悪視した姪との関係をも是認するやうな傾きに岸本氏はなり行いたのではなかつたか？　普通の人情普通の道徳を超越した或物を摑んだのではなかつたか？」[12]という。これは後篇の展開をある程度正確に予測した評としてよく知られる。感性の鋭い星湖は、前篇の終末に近いところに、その記憶を思い出す岸本を描く作者藤村の意図を言い当てたと言ってよいだろう。

もう一度「幼い心」を取り戻してやりなおそうと思う岸本に、「漸くある転機が萌した」。彼は義勇兵に加わって、戦地に行くことをも考えたが、「国の方に残して置いて来た子供等を苦しめるには忍びなかつた。そこまで行つて、漸く彼には帰国の決心がついた」とされる。そして、兄の義雄からは「なるべく早く帰つて来て呉れとした手紙が来るやうに成つた」という。「死の中から持来す回生の力――それは彼の周囲にある人達の願ひであるばかりでなく、また彼自身の熱い望みであつた。春が待たされた」（前篇の百三十）をもって、前篇は終わる。

〈四〉節子との「恋愛」

渡仏して三年過ぎた岸本はやっとの思いで帰国した。高輪の家に帰って彼が見たのは兄一家の困窮ぶりだった。「自分でも再婚する心であり、節子の縁談でも起つた場合には蔭ながら尽すつもりで居る」岸本は、それは彼女のために進路を開き与へると考えるが、しかし、「折角元気づいて働いて居た節子」が急に鬱いでしまった。「廃人としてまで周囲の人たちから見られるほど」の節子を見て、岸本は思わず「不思議な力」につきあげられ、彼女との縒りを戻してしまう。そして、「深い哀憐のこころが岸本の胸に湧いて来た。そのこころは節子を救はうとするばかりでなく、また彼自身をも救はうとするやうに湧いて来た」（後篇の三十七）。

岸本はまた親掛りで居る節子に働くことを教へようとした。今迄通りにして暮して行くにしても、すくなくも彼女のために自活の面目の立てられる方法を考へてやりたいと思つた。それには彼は自分の仕事を手伝はせ、談話を筆記することなぞを覚えさせ、その報酬を名としていくらかでも彼女を助けたいと考へた。さうして節子に働くことを教へるばかりでなく、どうかして生き甲斐のあるやうな心を起させたいと願つた。（後篇の三十八）

「節子を憐めば憐むほど」、「事情の許すかぎり出来るだけの力を彼女のために注がうとするやうになつた」（同上）岸本は、まず彼女のために自活の面目が立つ方法を考えてやる。これは節子を自立した女性に育てるための岸本の努力と考えていいだろう。その後、岸本は節子に「机」と『言海』を贈り、ルソーの『懺悔録』と『聖書』をその机上の友とするように導き、「節子の精神が独り立ちのできるまでに彼女を養ひ育て」ようとする。「自活の面目の立てられ」、「精神が独り立ちのできる」女性。このような節子像は、『青鞜』に集った女性たちを代表とする当時の「新しい女」のイメージとかなり重なっているといってよいし、後の谷崎潤一郎の『痴人の愛』（一九二五〈大正一三〉年）や映画の『マイ・フェア・レディ』（一九六四年）のような知識人による「女性の調教」を想起させるものでもある。

「元始、女性は実に太陽であつた。真正の人であつた。今、女性は月である。他に依つて生き、他の光によつて輝く、病人のやうな蒼白い顔の月である」。雑誌『青鞜』の創刊号（一九一一年九月）に掲げられた、平塚らいてうの評論「元始女性は太陽であつた」の書き出しである。青鞜社は一九一一（明治四四）年六月、平塚らいてうが首唱し、中野初子、保持研子、木内錠子、物集和子の五名を発起人として船出した。青鞜社概則第一条に、「本社は女流文学の発達を計り、各自天賦の特性を発揮せしめ、他日女流の天才を生まむ事を目的とす。」と記される。青鞜社は当初は文学雑誌『青鞜』の発刊を主たる事業・活動としたが、しかし、この第一条の「本社は女流文学の発達を計り」が第三巻第十号（一九一三年一〇月）では「本社は女子の覚醒を促し」へと変更されたことから分かるように、『青鞜』はその後、女性解放や女権拡張運動の色彩が濃くなっていった。成田龍一によると、『青鞜』に集った女性たちが念頭に置き、批判の対象としていたのは、「良妻賢母」思想であるという。「良妻賢母思想は、一見、女性の役割を認めるように見えながらも、女性の主体を損ない、男女の実際的な不平等と不自由を作り出すものとして、平塚らは厳しい批判の対象とした[13]」とされる。

平塚らいてうは一九一三（大正二）年一月の『中央公論』に「新しい女」を発表した。そこで、彼女は男性社会に対抗すべく、自ら「新しい女」であることを宣言し、「新しい女は男の利己心のために無智にされ、奴隷にされ、肉塊にされた如き女の生活に満足しない。新しい女は男の便宜のために作られた旧き道徳、法律を破壊しようと願っている。」と述べた。『青鞜』の創刊と同じ一九一一（明治四四）年九月、坪内逍遥の率いる文芸協会によって、坪内邸内に新築された私演場で『人形の家』が上演され、続いて一一月に帝国劇場で再演されると、この問題劇は広く社会的反響を巻き起こした[14]。その後、『人形の家』の主人公ノラは「新しい女」の代名詞と化し、青鞜社員に結び付けられていった[15]。堀場清子はその『青鞜の時代』（岩波新書、一九八八年三月）のなかで、「新しい女」という言葉の原型は「新婦人」であり、「新婦人」はアメリカ産New Womanの訳語だという。そして、二〇世紀のはじめに、「新婦人」から「新しき女」や「新しい女」が派生したとされる。ただし、この言葉は最初、批難語ではなかったが、流通する中で、その性格が転化し、批難や悪罵の要素が加わるようになった[16]と堀場は指摘した。平塚らいてうの「新しい女」宣言は、攻撃を逆手にとって「新しい女」攻撃に対して挑戦を試みたものだったのである。

青鞜社は一九一三（大正二）二月、キリスト教青年会館で青鞜社第一回公開講演会として、「新しい女」講演会を行い、一〇〇〇人近くの聴衆を集めた。そのプログラムを示すと以下の通りとなる。保持研の「本社の精神とその事業及び将来の目的」、伊藤野枝の「最近の感想」、生田長江の「新しい女を論ず」、岩野泡鳴の「男のする要求」、馬場孤蝶の「婦人のために」、岩野清の「思想上の独立と経済上の独立」、沢田柳吉の音楽、平塚らいてうの閉会の辞だった[17]。『青鞜』の女性たちの目指したものについて、前述の成田龍一は次のように指摘している。

彼女たちが目指していたのは「私」の実現であり、男性とは異なる価値観と生き方をもつことであった。さきの

「元始女性は太陽であつた」では、男性を羨み、男性を真似て、同じ道を「少しく遅れて歩もうとする女性」の姿は見るに忍びないと述べている。そのために、結婚制度を拒絶し、家族制度を批判するとともに、恋愛を重視する。恋愛が人間の自然の感情として、自我の尊重と重ねられ、恋愛を通じて「個」を追求する姿勢を探ることとなる。このことは社会や世間の「良俗」と対立するのみならず、理念としては、近代を支える男性化した「国民」とは異なるありようを求めるものとなる。また、男性との関係による女性ではなく、女性自らの自立の論理を探ろうとし、性的な関係を軸とした、自己の定立の主張となった。（成田龍一『大正デモクラシー』岩波新書、二〇〇七年四月、三九～四〇頁）

四年六ヶ月の間五二冊刊行された『青鞜』は、一九一六（大正五）年二月に終刊した。しかし、「女としての自我の覚醒を叫び、既成の道徳・秩序・観念に公然と反旗を翻した青鞜社の女たち[18]」の活動が、婦人問題を社会に大きく印象付けたことはよく知られるところである。このような、女性解放の機運が高まりつつある時代の中、藤村がこれに関心を持たないはずはないだろう。前章『家』論の中ですでに触れたが、渡仏する前に藤村が出した感想文集『新片町』（一九〇九年九月）の中に収録された「女子と修養」（初出不明）の結末部に次のような内容が記されていた。「段々時勢が変つて来て、女にも独立するもの、労働するものが出来、新しい進んだ思想を持つものも出て来た。所謂新派の女が活動を思ふ時だ。知らるるが如く今日は烈しく動揺してゐる時世だから、男の方も非常に決心、奮慨、努力を要することは勿論であるが、男ばかりでこの処女時代を経営することは到底出来ない。」と書かれている。藤村は「所謂新派の女」の活動に対して、肯定的態度を持っていたことが分かる。

しかし何と言つても、世界の大戦の後をうけて現に私達の面前に生起する幾多の新しい現象のうち、最も私の心をひくものの一つは婦人の眼ざめである。いかなる新しい時代の機運にも、その背景に婦人の眼ざめを伴はない場合はあるまい。婦人の持ち来す革命は、革命のうちの最も静かなもので、又、最も根本的なもののやうな気もする。私は今の若い婦人の心が趣いて行くところを一時の流行とのみは考へたくない。八年前、私は船上で上海へ寄り、香港へ寄つて見た。それから三年の間を置いて帰りの船でまた香港へ寄つて見た。三年の月日はいかに支那の婦人を変へたかを目撃した。何となく『若い支那』が私のやうな通りすがりの旅人の眼に映つたのも、途上で遭遇した幾多の支那の婦人からであつた。私はそれにも優る爽やかな心の起つて来るやうな気持をもつて、吾国の婦人の最近の傾向が新しい生気を戦後の社会にそそぎ入れることを期待する。(「婦人の眼ざめ　一」、『女性日本人』一九二一年六月)

婦人の解放といふことが婦人自身によつて考へられるやうになつたのは歓ばしい現象である。(中略)現代の急務は、ただただつめたい心でもつて婦人の生活を解剖することでもなければ、性の問題を分析することでもない。婦人解放の第一歩は、婦人から人間を解放することであらう。しかし、これを婦人自身の立場から言つても、まことの覚醒といふべき新境地に到達し得ることは容易なこととも思はれない。(中略)兎に角、吾国の婦人が今の時代に眼ざめかけて来たことは争はれない事実のやうである。この趨勢が男子にまで及ぼして行く影響には可成深いものがあらう。その将来を思ひ見ると何となく爽やかな心を起させる。理知的に、無関心なくらゐに冷たくなつて行かうとする人の心を揺り動かして、今の時代を暖めるものは、誠意ある婦人の涙ではなからうか。(「婦人の眼ざめ　二」、『早稲田文学』一九二二年三月)

前述の「婦人と修養」より、「婦人の眼ざめ　一」と「婦人の眼ざめ　二」になると婦人問題への藤村の関心が強くなり、それについての理解がさらに深まったことがわかる。しかも、彼は感想に止まらず、一九二二(大正一一)年、新潮社から出版された『藤村全集』の印税を資金源に、婦人雑誌『処女地』(一九二二年四月〜一九二三年一月、全一〇冊)

を刊行するようになる。その創刊趣意書に次のような内容が記される。「来るべき時代の婦人のためにと思ふものが集まりまして、未熟ながらその支度を始めました。『処女地』に集まるものは、文芸に向はうとするものもあり、哲学や宗教に行かうとするものもあり、教育に従事するものもありまして、志すところは必ずしも一様ではありません。しかし、互に取る道こそ異なれ、同じ婦人の眼ざめを期待します。」という。こうしてみると、『新生』以後、女性解放問題への藤村の関わりが目立つものといってよいだろう。

以上のような時代背景を踏まえて『新生』を読むと、岸本が節子に「机」と『言海』を贈り、ルソーの『懺悔録』と『聖書』をその机上の友とするように導くことは何を意味したのだろうか。岩見照代は「節子というテクスト――『新生』のセクシュアリティ」(『日本近代文学』一九九五年一〇月)のなかで、藤村と同じ年に生まれたロシア通として知られたジャーナリスト大庭柯公は、当時の「新しい女」に対してはステレオタイプ化された風評をそのままに受け入れ、厳しい見方をしているが、女性解放のための先見の明にとんだ提案をしているといっている。岩見の簡潔な説明を借りれば次のようになる。[19]

「「社会的」な西洋女性と比較すると、日本婦人はいまなお封建時代の遺風に染まり、「家居的」過ぎる。家庭の主婦は、「一家のための衣食住の心配役」にしかすぎず、せっかく女性に拓かれた高等女学校も、裁縫や、割烹に多くの時間を割き過ぎている。女性の知力向上のために、小学校から大学まで男女共学を提案。また「国家国民の為めに一身の努力を捧げ得るやうな教養と活力」と「世界事業に酎へ得る女流」の輩出のためには、「読書せよ」「思索せよ」「研究せよ」「活動せよ」と主張するのだが、知識階級においてさえも備えられていない主婦の「専用の書架」と「専有の机」を、ヴァジニア・ウルフの「わたしだけの部屋」のように女性解放のシンボルとして提案するのである。」という。そして、岩見は続けて、「この論文(大庭柯公「家庭から社会へ婦人の解放」―引用者注)の起稿は、『新生』発表と同じ年の大正八年。こうした時代のなか、平塚らいてうが〈わたしだけの「円窓」の部屋〉を持ったように、節子にもまず、三畳の部屋と机が与えられたのだ」と述べている。

岸本が節子に与えた書物、『懺悔録』と『聖書』はどうであろうか。上述の岩見は次のように指摘している。

『懺悔録』とはルソーが「内なる声」というロゴスの優位性を説き、エクリチュールに対するロゴス中心主義の抑圧的な原理を示したもの。また、新しい自然概念の提示によって「女性性」を「男性性」の概念に従属する他者とした、巧妙な性差のヒエラルキーを作り出す起源を、装いも新たに語ったもの。そしていうまでもなく「告白」という制度を作りあげ、「内面」を発見させた近代の起源を問う象徴的な書物である（柄谷行人『日本近代文学の起源』）。そして『聖書』とは「はじめに言葉ありき」という〈始の起源〉の言葉を語るもの、出発、起源、本来性の場と想定されたところに生じる〈始源〉＝〈再開〉の書物といっていいだろう。また『聖書』は霊肉二元論の観念をもたらし、その抑圧の最たるものとして「肉」を卑しめた（中略）どちらも近代文明の原理を構成するイデオロギーのなかで、制度の代理的正義の根拠の役割を果たす書物であったのだ。（岩見照代、前掲論文）

今日の知的状況から見れば、『懺悔録』や『聖書』は確かに岩見の指摘したような問題を含んでいるが、しかし、「近代」に対して何の疑問を持たなかった当時の一般的知的状況では、人々の関心はむしろこの二冊のプラス的な側面だけに向けられていたのではないだろうか。このことは、日本近代化の中でキリスト教及び『懺悔録』の果たした役割を想起すればよいだろう。こうしてみると、岸本は節子にも「近代」を身につけさせようと考えて、この二冊を彼女に贈ったことわかる。

岸本のこれらの努力はさいわい贈り甲斐のある結果となった。「『ほんたうに何でもお話することの出来る時が来ました。』と手紙では言つてよこしても、実際の節子はまだ言へない沈黙で言はうとする言葉に更へる場合の方が多かつた。」（後篇の七十）と叙述された節子は、徐々に「自由に思ひのままを話すことが出来」（後編の七十二）る人へと変身していく。彼女は「まるで口業でも修めて居たかのやうな沈黙から動き変つて来て」（後篇の七十六）いた。

永渕朋枝の調査によると、『新生』（初出版）には、五六通[20]の節子の手紙が書き込まれている。そのうち前篇は一三通で、後篇は四三通である。[21]前篇では節子の手紙は全部間接引用つまり岸本のフィルターを通して書き込まれているのに対して、後篇では多くの場合、鉤括弧を使った直接引用の形で挿入されている。そして、長い引用はほとんど七十二章以降に出ている。例えば、直接引用された節子の長い手紙が章全体で占める割合は、七十五章では五割強、八十六章では六割強、九十五章では約八割、百十九章では約五割、百二十章では八割強、百二十八章では七割強となっている。「言葉」を獲得していった節子のイメージが強いといえよう。

読者へ
　創刊号は御覧のごとく大部分を手紙の読物にあてました。手紙の形式は自由で好ましいものですから、先づ一同手紙から出発することにしました。
　わたしたちはこの自由な形式に基調を置きたい考へです。しかし毎号こんな風に手紙を満載するつもりもありません。第二号からは思ひ思ひの読物を載せて行く考へです。長い世紀の間の沈黙に慣らされたわたしたちが、どうしてさうにはかに自己を言ひあらはすことが出来ませう。わたしたちが物言ひのたどたどしいのはその故です。わたしたちはこの『処女地』を小さな『生命の家』とも見て、自分等の内部から生れて来るものを育てて行きたい考へです。

　先に触れた『処女地』の創刊号（一九二二年四月）に藤村が記した巻頭言の一部である。彼は手紙を、「長い世紀の間の沈黙に慣らされた」女性達が、自由にその自己を表現できる手段だと認識しており、それが女性達の「内部から生れて来るものを育て」ることにつながるものと考えている。『新生』に書き込まれた大量の節子の手紙もおそらく似たような役割を担っているだろう。節子は徐々に内部生命を目覚めさせていったのである。目覚めた女性としての節子のイメージが一番よく伝わっているのはおそらく次の手紙だろう。

『先日の御説確かに拝聴仕り候。父上の論法より推す時は、あるひはそこに到着するやも計られず候。されど、百万遍の迷ひ言何の益なければど聞いてつかはすべしとの仰せを幸、おのが心事を偽らず飾らず唯有りのままに申し上ぐべく候。

――先づ申上げたきは親子の間に候。親の命に服従せざるごときは人間ならずとは仰せられ候へども、そは余りに親権の過大視には候はずや。斯く言へばいたづらに親を軽視するものとの誤解も候はんなれども、決して決してさる意味にて申上るにはこれなく候。何事も唯々諾々としてその命に従ひ、あるいは又、内部に反感等を抱きながら表面には唯これに従ふごときは、わが望むところにはこれなく候。生命ある真の服従こそ我が常の願ひに候。思想の懸隔に加へて、平生の寡言のため、これらを言ひ出づる機会もなく今日に至りしものにこれあり候。(後略)』(後篇の百十九)

岸本の『懺悔』の稿の発表によって激怒した父親の義雄に与えた節子の手紙の一節である。家族内の「服従」関係への違和感に、節子の〈自立〉を読み取ることはすでに指摘されている。[22] それに、「これが当時の『青鞜』などの女性誌にしばしば見られる書簡の文章と奇妙に類似している[23]」とされる。

こうして節子は徐々に自立した女性に成長していくが、岸本の方はどう変わっていったのだろうか。節子を救うべく岸本が自分の心を開くと共に、彼女は目に見えて元気づき、岸本は思いがけないほどの情熱の甦りを感じる。そして、「新しい愛の世界が岸本の前に展げかかつて来た。恥ぢても恥ぢても恥ぢ足りないやうに思つた道ならぬ関係の底から是だけの誠実が汲めるといふことは、岸本の精神に勇気をそそぎ入れた。そこから彼は今迄知らなかつたやうな力を摑んだ」(後篇の五十八)と語られる。

彼は節子と自分の間に見つけた新しい心が、その真実が、長いこと自分の考へ苦しんで来た旧い道徳とは相容れないものであることを知つて来た。人生は大きい。この世に成就しがたいもので、しかも真実なものがいくらもある。斯う深思する心は岸本を導いた。彼は一門の名誉のために自分の失敗を人知れず葬り隠して呉れたやうな、あの義雄兄との別れ路に立たせられたことをつくづく感じて来た。彼は兄の心に背いても、あの不幸な姪を捨てまいとした。（後篇の六十五）

彼女は手紙の中の宛名をも今迄のやうに『叔父さん』とは書かないで、『捨吉様』と書くほどの親しみを見せるやうに成つた。同族の関係なぞは最早この世の符牒であるかのやうに見えて来た。残るものは唯、人と人との真実がある許りのやうに成つて来た。（後篇の七十四）

岸本は自分と節子との関係に「真実」を見、「長いこと自分の考へ苦しんで来た旧い道徳」を相対化しようとするようになる。そして、彼にとって「同族の関係なぞは最早この世の符牒であるかのやうに見えて来た」のである。叔父と姪との間で愛の可能性を見出す意味では、この小説は新しい愛の倫理を提示したといってよいだろう。ただし、ここで見逃してはならないのは、恋愛に高い価値を見出している点では、岸本と節子の恋愛観念は、当時の社会で広く流通していた明治二〇年代の北村透谷らによって主張されるようになった「恋愛（結婚）」イデオロギー、それは「青鞜」に参集した女性たちにも受け継がれたものに基づくものだったということである。先に触れた『青鞜』に集った女性達は、「霊肉一致、性・愛一致の結婚、「愛＝性＝結婚の三位一体」という近代の恋愛結婚イデオロギー」[24]を主張していた。平塚らいてうは恋愛こそ女性の「中心生命」だとも説いた。[25]らいてう等のこのような主張を相対化しようとする意見が与謝野晶子によって出されたが、「霊肉一致の恋愛結婚が『青鞜』を代表する見解であり、知識人を中心として支配的な思潮となっていった[26]」とされる。『新生』の中で、節子は親のすすめる媒酌結婚に対して「虚偽の結婚」（後篇の百十二）だといったが、彼女が考えている真の結婚はおそらく「恋愛結婚」だろう。

〈五〉岸本の「懺悔」

彼は到底このまま節子との関係を長く持ち続けて行くことの出来ないのを思つた。もつと二人の出発点に遡つて、根本から考へ直して見ねば成らない時が来たやうに思つた。何故といふに、彼が節子と二人で出て来たところは、本当に彼女と一緒に成ることも出来なければ、さうかと言つて彼女から離れて居ることも出来ないやうな位置にあつたからで。節子を愛すればするほど彼はその感じを深くした。彼女と一緒に成るやうなことは到底彼には望めないことであつた。そんなら全く互に孤独を厳守して精神上の友であるのに甘んずることが出来るかといふに、それも彼の情熱が許さなかつた。どうかすると彼は、少しでも良い方へ節子を導きつつあるのか、それとも二人して堕落の路を踏みつつあるのか、その差別も言へないやうに自分で自分を疑ふことすらあつた。彼は節子に対する哀憐を自分の行けるところまで持つて行かうとして、兄に隠し、嫂に隠し、祖母さんに隠し、久米に隠し、自分の子供にまで隠し、まるで谷底を潜る音のしない水のやうに忍び足に歩き続けて来た。斯の二人の路の行き塞ることは見易い道理であつたかも知れない。（後篇の九十一）

「彼女から離れて居ることも出来ない」というのは、精神的な愛の結びつきはもちろん、それ以上に肉体的関係の強さについても言っていると考えていいだろう。しかし、これ以上二人の肉体関係を続けていると、節子が再び妊娠するという事態を招かれざるを得ない、と岸本は恐れていたのであろう。節子がまた妊娠したのかと心配していて、無事だと聞いてやっと安心したということを経験した岸本は、なおさらそういう事態をできるだけ避けたかったのだろう。人工妊娠中絶としての堕胎を禁じた堕胎罪が明治民法の中に存在していた当時では、それは自然な考え方であったと言えるかもしれない。前篇で節子から妊娠を告げられたときの岸本の対処について、「秘密の堕胎を医師に依頼する不法行為も彼の社会的なステイタスから決断できない[27]」（江種満子『『新生』ノート――フランスに行くまで』、『日本近代文学』一九九三年一〇月）と指摘されるが、節子とのよりを戻してからも、岸本はこの堕胎罪のことを常に意識していたはずである。彼は、「少しでも良い方へ節子を導きつつあるのか、それとも二人して堕落の路を踏みつつあるのか、その差別も言へないやうに自分で自分を疑ふことすらあつた。」というような心境に追い込まれていく。高橋昌子は「大正期の両性問題・恋愛論と『新生』」（『名古屋近代文学研究』一九八五年一一月）の中で、「その矛盾を解決し、「良い方」へ節子を導くためには、性的執着を断ち切る物理的手段を講ずる必要があったのであり、それゆえに彼女と別々に住み、会う回数を減らし、やがて彼女を旅立たせるのである。[28]」と指摘しているが、おそらく当たっていると思う。岸本の「懺悔」発表もその矛盾解決ための手段の一つだと思われる。

　最早岸本は今迄のやうに窮屈な、遠慮勝ちな、気兼ねに気兼ねをして人を憚りつづけて来たやうな囚はれの身から離れて、もつと広い自由な世界へ行かずには居られないやうなところまで動いた。（中略）けれども彼の言ふこと為すこと考へることは過去の行為に束縛せられて、何時でも最後には暗い秘密に行つて衝き当つた。彼は過去の罪過を償はうが為に苦しんでも、自分の虚偽を取除かうが為には今迄何事も努めなかつたことに気がついた。暗い秘密を隠さう隠さうとしたことは自分のためばかりでなく、一つは節子のためであると考へたのも、それは互に心を許さない以前に言へることであつて、今となつては反つてそれを隠さないことが彼女のためにも真の進路を開き与へることだと考へるやうに成つた。（後篇の九十二）

岸本は「懺悔」を発表することによって、彼にとっては「今迄のやうに窮屈な、遠慮勝ちな、気兼ねに気兼ねをして人を憚りつづけて来たやうな囚はれの身から離れて、もつと広い自由な世界へ」行くことができた。しかし、それは「彼女のためにも真の進路を開き与えることだ」と岸本は考えるが、果たしてそうだろうか。「懺悔」発表によって節子はさらに肩身狭く生きねばならなくなったのではないかというのは、『新生』を批判するときよく持ち出される理由だと思うが、しかし、「彼女のためにも真の進路を開き与える」と考える岸本の心もそうではないはずだろう。もちろん、平野謙が指摘したような「金銭からの自由」という目的も含まれるが、しかし、長兄の民助から『義雄の追求の仕方があまり苛しかつたんだらう（後略）』と言われたとき、岸本は『『それもあります。』』『しかし、そればかりで投出したという訳ぢやありません。（後略）』』と答える。上述したように、性的執着を断ち切ることは、「少しでも良い方へ節子を導」く方法だと岸本は考えていた。その目的を達成するための方法の一つとして「懺悔」発表が考えられたのである。

結果として節子はさらに肩身狭く生きねばならなくなってしまったかもしれないが、しかし、その理由を岸本にだけ求めるのもおそらく不当だろう。というのは、節子をめぐる当時のセクシュアリティの状況をも考慮に入れなければならないからである。この点に関して前述の江種満子は次のように述べている。

> 節子の時代の女学校は、国家的な教育統制のもと、良妻賢母を女の生涯の指標と定め、その限りでの高等教育を行う。そのような偏った教育の枠組みを超える力は、節子自身にも、節子の周囲にも備わっていない。難しい本を読み、考える事を好んだとしても、そのように高度に知的であることによってかえって彼女たちは、近代の恋愛賛美に自己実現を託し、恋愛結婚神話にだけは髄まで取り込まれる。（中略）彼女たち（『新生』の節子と有島武郎『或る女』の葉子―引用者注）に自分の内在能力を自由に訓練させないことが、まさしくこの時代のセクシュアリティの基本構造だった。」（江種満子「誘惑と告白――『新生』のテクスト戦略」、関礼子等編『男性作家を読む――フェミニズム批評の聖術へ』（新曜社、一九九四年九月））

このような厳しい時代を、平塚らいてうのようにしたたかに生き抜いた女性がいないわけでもないが、わずかしかいなかったと言わざるを得ないだろう。「懺悔」発表で、岸本は兄の義雄から義絶され、節子との交通も遮断された。やがて節子は台湾の叔父のもとにやられることになる。


岸本はその足で梯子段を下りた。子供の部屋と食堂の間を通つて縁側から庭へ下りた。そこには草花を植ゑるぐらゐの僅かな空地があつた。節子の残して置いて行つた秋海棠の根が塀の側に埋めてあつた。

『遠き門出の記念として君が御手にまゐらす。朝夕培ひしこの草に憩ふ思ひを汲ませたまふや。』

この節子の書き残した言葉が岸本の気に成つた。引越早々の混雑の中で、彼は四つの根を庭に埋めて置いたが、その埋め方の不確実なのが気に成つた。何となくその根のつくと、つかないとが、これから先の二人の生命に関係でもあるかのやうに思はれて成らなかつた。試みに掘出して見ると、毛髪でも生えたやうに気味の悪い秋海棠の黒ずんだ根が四つとも土の中から転がつて出て来た。

『父さん、奈何するの。』と学校から早びけで帰つて来た繁が訊いた。

『ああ左様だ、お節ちやんが置いて行つたんだね。』と泉も庭へ下りて来て言つた。

『やあ。僕も手伝はうや。』

斯ういふ子供を相手に、岸本はその根を深く埋め直して、やがてやつて来る霜にもいたまないやうにした。節子はもう岸本の内部に居るばかりでなく、庭の土の中にも居た。(後篇の百四十)

いうまでもなく、この小説の結末部である。節子の出発の日に、岸本は彼女の旅立ちを想像しながら、節子の残しておいた秋海棠を埋め直す。十川信介が指摘しているように、「その彼が思い浮かべているのは、アベラールとエロイーズの棺のそばで咲いていた秋海棠に似た草花であり、彼らの愛の伝説と重なるべき自分たちの未来である」[29]。また、ここでもう一つ注意したいのは、「やがてやつて来る霜」という表現である。これは節子の未来は必ずしも明るいとはいえないということを暗示しているように思える。しかし、岸本は、やがて来る冬に耐えてそれらが花咲く日が来ることを期待している。彼は未来に期待をかけたのである。「ああ、自分のやうなものでも、どうかして生きたい。」と願いながら東北の旅へと出た『春』の岸本と同じように、いつか節子にも人生の春がめぐってくるはずだと岸本は考えていたのではないか。岸本捨吉をはじめ、『新生』作中の主要人物名は『家』（一九一〇—一一年）の系統を取らず、岸本の青春彷徨を描いた小説『春』（一九〇八年）と『桜の実の塾する時』（一九一四—一八年）のそれと同じであることは、作者はそう読ませたいと願っていたのではないか、と推測できよう。

注

（1）「島崎藤村氏の懺悔として観た「新生」合評」（『婦人公論』一九二〇年一月）。
（2）岡本かの子「藤村氏の女性描写　不自然になつた「新生」の節子　巧みに描かれた「家」のお種」（『新潮』〃女性の見たる現代作家の女性描写〃一九二〇年一〇月）。
（3）芥川龍之介「ある阿呆の一生」（遺稿、一九二七年一〇月の『改造』に発表）。
（4）前掲「島崎藤村氏の懺悔として観た「新生」合評」の中の近松秋江の評。
（5）引用は相馬庸郎『日本自然主義論』（八木書店、一九七〇年一月）による。
（6）引用は藪禎子『透谷・藤村・一葉』（明治書院、一九九一年七月）による。
（7）相馬庸郎「『新生』試論」（『日本近代文学』一九六九年一〇月、のち『日本自然主義論』〈八木書店、一九七〇年一月〉に所収）。引用は同著書による。
（8）相馬庸郎「『新生』試論」（『日本近代文学』一九六九年一〇月）。
（9）十川信介「新生」（十川信介編『鑑賞日本現代文学　島崎藤村』角川書店、一九八二年一〇月）。
（10）十川信介、前掲書「解説」。

(11) 引用は水本精一郎『島崎藤村研究――小説の世界』(近代文藝社、二〇一〇年一二月) による。
(12) 中村星湖「島崎氏の『新生』」(『読売新聞』一九一九年二月二日)。
(13) 成田龍一『大正デモクラシー』(岩波新書、二〇〇七年四月) 三八頁。
(14) 堀場清子『青鞜の時代』(岩波新書、一九八八年三月) 八二頁。
(15) 堀場清子『青鞜の時代』(岩波新書、一九八八年三月) 八二頁。
(16) 堀場清子『青鞜の時代』(岩波新書、一九八八年三月) 一七九頁。
(17) 堀場清子『青鞜の時代』(岩波新書、一九八八年三月) 一五八頁。
(18) 鈴木裕子「解説」(『日本女性運動資料集成 第一巻 女性解放思想の展開と婦人参政権運動』不二出版、一九九六年五月)。
(19) 大庭柯公「家庭から社会へ婦人の解放」(『柯公全集』第五巻、一九二五年) に記された提案についての説明である。
(20) 五六通には、相手に手渡された手帳や紙片に書かれたものも含み、「手紙がきた」等とあるのみで内容のわからないものは含まないという。
(21) 永渕朋枝「『新生』にみる手紙の虚実」(荒井とみよ・永渕朋枝編『女の手紙』双文社、二〇〇四年七月、のちに『無名作家から見る日本近代文学――島崎藤村と『処女地』の女性達』〈和泉書院、二〇二〇年三月〉に所収)。引用は同著書による。
(22) 中山弘明「『新生』のメッセージ―手紙と短歌」(『媒』七号、一九九一年七月、のち『溶解する文学研究――島崎藤村と〈学問史〉』〈翰林書房、二〇一六年一二月〉に所収)。引用は同著書による。
(23) 中山弘明、前掲論文。なお、中山が示した『青鞜』の書簡文の例は平塚らいてうの「独立するに就いて両親に」(一九一四年二月) の一節である。
(24) 川村邦光「〝処女〟の近代――封印された肉体」(井上俊・上野千鶴子等編『セクシュアリティの社会学』岩波書店、一九九六年二月)。
(25) 川村邦光、前掲論文。
(26) 川村邦光、前掲論文。
(27) 江種満子「『新生』ノート――フランスに行くまで」(『日本近代文学』一九九三年一〇月)。
(28) 引用は高橋昌子『島崎藤村―遠いまなざし―』(和泉書院、一九九四年五月) による。
(29) 十川信介、前掲書「解説」。

第五章　『嵐』論――「子育て」の視点から――

〈一〉『嵐』論の諸相

島崎藤村の短編「嵐」は、一九二六（大正一五）年九月、『改造』に掲載された。後に「伸び支度」や「ある女の生涯」などの八篇とともに藤村の最後の短編小説集『嵐』（新潮社、一九二七年一月）に収められた。「世界大戦後の新しくあわただしい空気の中で、「養子風塵間」と昔の人の詩の句にあるやうな気持ちで書」[1]かれたこの小説は、発表された時文壇で好評を得た。南部修太郎は「九月の創作」の中で「そこまで子供達を愛しきつてゐる父の慈愛深き心、私は幾度か瞼裏が熱くなつた」[2]と評した。また、正宗白鳥は「老いて行く父親と、ズンズン伸びて行く子供との関係が、主観と客観と融合の名筆でよく書かれてゐる」[3]と高く評価した。当時、この作品は文壇だけでなく、広く社会全体からも歓迎された。[4]

「嵐」の先行研究では、三好行雄が「嵐の意味――青山半蔵の成立」（文学史の会編『論集「文学史」』一九六二年三月）の中で、「父と父の時代をその主題にふさわしく見とおすために、家系の悪しき宿命は断絶されねばならぬ」と述べ、「子供たちの成長によって自己の解放を信じた〈私〉の感慨に、家系の宿命に自己をつなぐ家からの解放を信じた藤村の感慨がかさなる」と指摘して、この作品と「夜明け前」との関連を論じた。[5] 高橋昌子は「藤村『嵐』における転換」(『国語と国文学』一九八八年二月)のなかで、「嵐」に「個」意識の転換を見出し、「嵐」の七年を藤村の七年に還元してみるならば、それは藤村文学が、個と他の矛盾の究極で、自他両者が独立しながらともに生きる道を探りはじめ、新しい生の可能性を見るようになるまでの時間であった[6]、と分析している。

つづいて中山弘明は「嵐」を「父と子の物語」と見、「私」は〈老い〉ることで、子が摑みかけていた反抗の言葉を回避したのではなかったか、さらには「私」は、「それぞれに動き変わりつつ」ある三人の子供を、最後には「私の話相手」と規定していくことになる[7]」と指摘している。千田洋幸はジェンダーの視点を導入して「嵐」を論じ、「テクスト内において〈父〉であろうとする欲望と、テクスト外において作者であろうとする欲望とが、物語の生成過程において一体となりつつ満たされてゆく[8]」と指摘した。ルーマニア出身の藤村研究者ホルカ・イリナは、「「嵐」において描かれた〈父親〉像の形成過程だけでなく、〈家族〉の再構築過程にも注目し、そこに垣間見える「母性・父性保護」という思想に対する作品の批評性を考察[9]」した。

「嵐」は「父親の立場から青年期に達した子供を取扱った小説[10]」として、「子育て」が作品の重要な要素になっている。先行研究の中で、「嵐」を「父と子の物語」としてとらえる論は見られるが、「子育て」という視点からこの作品を論じたものは管見の限り見あたらない。そこで、本章では作品に描かれた「子育て」に注目し、新しい読み方を提示したいと思う。

〈二〉「子育て」の理念

「嵐」の中の「私」の家庭は、文筆活動に携わっていると考えられる父親の「私」と四人の子供からなる五人家族である。そして女中を一人使っている。作品の中で「私」は子供に親しまれやすい父親として造形され、作品からは家庭内の自由な雰囲気が窺える。住居に関して「私」は「主人公本位」の「家」が嫌で、子供を使いに行かせるときは、じゃんけんで決め平等に扱う。このような家族の様子は大正時代のいわゆる新中間層（プチ・ブルジョア）のそれによく似ている。ここでまず大正時代の新中間層について見てみよう。

日露戦争、第一次世界大戦を経て、産業化と都市化が進展するなかで、日本では新中間層が本格的に登場した。新中間層とは、資本家でも労働者階級でもない中間の階級的位置を占める階層であり、頭脳労働、俸給という所得形態、生活水準の中位性を特徴とする。大正期（一九二〇年）に新中間層は全人口の五％～八％ほどであったが、東京（東京市）では二割を超え、都市部に比較的多くみられる新たな階層であった。（天童睦子「育児観と子ども観の変容」、住田正樹編『家庭教育論』放送大学教育振興会、二〇一二年三月、七七頁）

新中間層に属する人としては、官公吏、教員、会社員、職業軍人などであった。これらの人々の家庭は、それまでの家族の様子と違い、家族の様子に大きな変化が見られた。「明治末頃までの一般家庭の状態が、いわゆる厳父慈母という家族制度下の家庭における父母のあり方に近いものであった[11]」が、その後の変化について、小林輝行は巌谷小波の言葉を借りながら、次のように述べている。

「然るに近頃の子供に取っては怖い筈の父親が一向怖くなくなった、怖くなくなったのみならず、却って与し安いやうに思はれてきた傾向があります。（中略）今まで優しくて与し安かった母親の方が、反対に怖いもののやうに思はれて来た」とこの期の家庭における親子関係の変容した姿を記している。（小林輝行「大正期の家庭と家庭教育」、『信州大学教育学部紀要』No.42、一九八〇年三月）

この変化は主に知識階層のもので、実態としては、このような新しい家族の形態とそれ以前のものが混在していたのが実状であったと考えられるが、新中間層の家庭における構成員の家族関係には、相互に個々の存在を尊重する風潮が生まれていったことは確かである。小説「嵐」に描かれた親子関係には、この大正時代における新中間層の家族関係と通じるところが多いのは明らかなことである。

大正時代に入って、家族関係だけでなく、子供観にも大きな変化が見られた。それまで子供は単なる「小さな大人」と考えられていたが、大正デモクラシーを背景に、さまざまな思想が教育界にも浸透してきた。特にエレン・ケイ（一八四九〜一九二六）の思想は日本の教育学の研究に大きな影響を与えた。当時の新教育理論には一つの共通点がある。それは「児童の個性尊重」である。「児童の人格とその独自性を認め、児童の自由・活動・興味・自発性を尊重して、教育はすべて児童の発達を中心として行われるべきである[12]」と主張する「児童中心主義」が新中間層の間に広く広がったのだ。

次第に、私は子供の世界に親しむやうになつた。よく見ればそこにも流行といふものがあつて、石蹴り、めんこ、剣玉、べい独楽といふ風に、あるものは流行りあるものは廃れ、子供の喜ぶ玩具の類までが時につれて移り変りつつある。（「嵐」第二節。節名は注として文末に入れる。以下同じ。）

このように、「嵐」には「私」の子供の遊びに対する興味深い関心が描かれる。子供の家庭教育と言えば、通常は子供の勉強に注目する親が多いであろう。しかし、この作品の中にはこういう子供の遊びについての叙述はあるが、子供の勉強についてはほとんど語られていない。これは「嵐」の語り手が子供の遊びは子供らしさに相応しいが、勉強はそうでないと考えて、このような描き方を選び取ったのではないかと推測できる。

私は、年もまだ若く心も柔い子供等の眼から、殺人、強盗、放火、男女の情死、官公吏の腐敗、その他胸も塞がるやうな記事で満たされた毎日の新聞を隠したかつた。(「嵐」第七節)

この引用からは「私」の心の中に子供への特別なまなざしが存在していることがわかる。語り手が子供を大人と区別して、守るべき存在、慈しみ育てるべき存在として捉えていることは明らかである。この語り手の子供観は当時の新中問層のそれとまさに重なり合っていると言ってもよい。

この語り手はいったいどのようにしてこのような考え方を手に入れたのか。これはもちろん藤村のエレン・ケイ思想への関心と無関係ではないと考えられる。藤村の蔵書目録[13]を調べた結果、麴町宅、書斎西側の棚(六の棚・第一段)にエレン・ケイの著書を三冊(①Ellen Key: The Education of the Child, G. P. Putnam's Sons, 1888、②Ellen Key: Love and Marriage, G. P. Putnam's Sons, 1911、③Ellen Key: The Century of the Child, G. P. Putnam's Sons, 1909)所蔵していたことがわかった。また、藤村蔵書目録に入っていないが、下山孃子の調査によると、馬籠の藤村記念館に『恋愛と結婚』(訳本、一九二三年)が所蔵されていて、しかも同書に藤村による書き込みが見られるという[14]。エレン・ケイの他の著書をどれほど読んだか正確に推測できないが、藤村がエレン・ケイに強い関心を持っていたことは明らかである。エレン・ケイは大正時代の教育思想に大きな影響を与えた人物だと先に述べたが、ここから見ると、藤村は当時の「児童中心主義」にも当然強い興味を持ったと考えられる。

また、「児童中心主義」をその理論の支えとする大正自由教育とその中で興隆した芸術教育が盛り上がった時代風潮は、藤村の目を「児童中心主義」に向けさせたとも考えられる。一九一八(大正七)年七月、鈴木三重吉は児童芸術教育の主張を実践して雑誌『赤い鳥』を創刊した。三重吉が抱いていた芸術的児童文学への志向は、当時はやっていた児童中心主義とマッチして、児童中心主義を信奉し自由教育や芸術教育を模索する人々から、あたかも自らの思想を具現化した雑誌であるかのように迎えられた[15]。藤村は、『赤い鳥』創刊号に掲げられた「『赤い鳥』の標榜語」の賛同者として名を列ね、そしてその創刊号に「榎木の実・鰍すくひ」(原題:二人の兄弟〈一、榎木の実 二、釣りの話〉)という童話を発表した[16]。また、『赤い鳥』の成功に刺激を受け、一九一九(大正八)年、類似の童話雑誌『金の船』(後『金の星』と解題)が創刊されたとき、藤村は有島生馬と並んでその監修に当たり、しかも同誌にしばしば「荷物を運ぶ馬(原題:山の中の話)・凧」(一九二〇年三月)などの童話作品を発表した[17]。これらの事実から、藤村が当時の児童中心主義に関心を持ち、自らもその実践をしたことがわかる。

「嵐」に描かれた親子愛に感動(感心)したりすることは多くの「嵐」の同時代評が一致して述べているところである。なぜ彼らが感動(感心)したかというと、その大きな理由は作品の中に描かれた親子関係そして子供観が、評者たちのそれと合致していて、共感を得られたからではないかと思われる。「嵐」が文芸界だけでなく、一般読者(主に新中間層であろう)の間でも広く読まれていた理由の一つもここにあると推測できよう。

〈三〉 子供の進路決定

子供の進路決定は子育ての重要な一部である。自由な雰囲気が漂う「私」の家では子供の進路はどのように決定されていたのであろうか。ここで問題になるのは太郎(モデルは藤村の長男楠雄)の帰農決定と次郎(モデルは藤村の次男鶏二)の半農半画家生活の決定である。作中に次のような叙述がある。

七年も見てゐるうちには、みんなの変つて行くにも驚く。震災の来る前の年あたりには太郎は既に私の側にゐなかつた。この児は十八の歳に中学を辞して、私の郷里の山地の方で農業の見習ひを始めてゐた。これは私の勧めによることだが、太郎もすつかりその気になつて、長い支度に取掛つた。(「嵐」第七節)

「私」が太郎に帰農を勧める理由としては、体の弱い太郎を「強くしたいと考へたから」と語られている。太郎の帰農決定のプロセスについて、「これは私の勧めによることだが、太郎もすつかりその気になつて、長い支度に取掛つた。」とだけ書かれ、詳しくは語られていない。それに対して、次郎の半農半画家生活を決めるプロセスは詳しく叙述されている。

次郎の半農半画家生活決定は、「私」が次郎と相談して彼を導く形でなされたことである。しかも、それは次郎が親の勧めに対して、「僕もよく考へて見よう」と答え、その後、自分の相談相手である太郎の意見を聞いてから受け入れたという形になっている。このプロセスにおいて、次郎も自分が主体性を働かせたというふうに描かれている。同じく親の勧めたものだから、太郎の帰農決定のプロセスは次郎のそれと似ていると推測できる。事実の上でも、楠雄の帰農決定のプロセスは鶏二のそれと似ている。[18] しかし、太郎の帰農、そして次郎の半農半画家生活は、「私」が子供らの個性を尊重して彼らの判断に任せた結果と言えるであろうか。

和田謹吾の調査によると、藤村は楠雄の帰農のため、田地購入、宅地購入、住宅の買い取り、移築工事、家具類購入などに基礎的な資金だけでも総計一万円（現代の金額にして四〇〇〇〜五〇〇〇万円くらい）は費やしているという。和田は、藤村が長男楠雄の帰農のために莫大な金をつぎ込んだ理由として、馬籠旧本陣あとに最も身近な足場を作り、『夜明け前』取材の橋頭堡を作ろうとした意図があると分析している。[19] 和田謹吾の分析は首肯できなくはないが、その一方で、そう単純ではないのではないかという気もする。

「私」が太郎の家を訪問したときの、「曽てその父の旧い家から望んだ山々を今は自分の子の新しい家から望んだ。」という表現では、「私」の旧家を復活させようとする意図はまだ曖昧のままだが、太郎の家から帰ると、「私」は「遠い吾家の先祖の残した旧い井戸の水が太郎の家に活き返つてゐたことを思ひ出した。」と表現されている。彼の内部の旧家意識は太郎の新居を通してようやく復活することになったのではないか。

また、高橋昌子は「子供の帰農についてのより広い意味づけがなされており、それはまた当時注目されていた農村問題、農民運動などを視野にいれたものであった。」と考えている。高橋は、大正後期さまざまな立場から近代と前近代、近代と超近代との間を「農」によって埋めようとする論が少なくなかったと指摘し、吉江喬松や中村星湖らがいずれも農村を素材とした「大地主義」文学の提唱者であったこと、さらに山本鼎の農民美術学校の試みや柳宗悦の「民藝」の発見、土田杏村の自由大学の創設などに触れて、「このような思潮、少なからぬ知人達の農への関心に藤村が気づいていないはずはない。」と分析した。そして、「太郎の帰農や次郎の「半農半画家生活」は、(中略)震災後の荒廃した都会に対する批評を含むと同時に、自然への渇望、土の労働と芸術との結合への関心、そこでの人の成長への期待、人々との共感の中での個の解放への希望などをまじえた複合的な意味をになっている」[20]と結論づけた。高橋の指摘に異論はないが、ただここであえて一つ付け加えさせてもらえば、太郎や次郎の帰農に関して、武者小路実篤の「新しき村」思想とその実践からも藤村は何らかの影響を受けていたのではないかということである。

周知の通り、武者小路実篤は一九一八(大正七)年、各自の個性を生かしつつ、相互に調和しうる新しい社会の建設を目指して、宮崎県児湯郡木城村に土地を求め、同志とともに移住して、「新しき村」の運動を始めた。「新しき村」では、義務労働[21]以外の時間は自己を生かすことに使い、「労働と芸術的な自己表現、生産と文化を統一させたい」[22]と努めた。そこでは農業の傍ら芸術的活動も盛んに行われていて、村民達の関心は、文学、美術、演劇、音楽鑑賞と多岐にわたった。[23]「嵐」の中に、太郎の机の側には、「本箱なぞも置いてあつて、農民と農村に関する書籍の入れてあるのも私の眼についた。」という記述がある。太郎のこのような農との関わり方、次郎の半農半画家生活、そして「人々との共感の中での個の解放」[24]を希望することなどは、各自の個性を生かしつつ、共生社会を目指す「新しき村」の精神に通じている。そうしてみれば、「新しき村」の思想と実践から藤村が影響を受けたことは十分考えうるであろう。しかも、太郎のモデルの楠雄が帰農した一九二二(大正一一)年に、「新しき村」の村内居住者は、一九一八(大正七)年の一八人から四〇人に増え、村外会員も大幅に増やしている。[25]子の帰農決定に関して、藤村は「新しき村」の発展状況から自信を得たとも想像できよう。

以上の分析からわかるように、長男と次男の帰農には藤村本人のいろいろな計算が入っていると言えよう。「嵐」では、「私」の子供らの名前は「太郎」「次郎」「三郎」「末子」というふうに設定されている。これは「私」が家の中の秩序を強く意識している表れであろう。封建的家族制度下では、長男（太郎）が家を継ぐのが普通で、自分の意志で進路をきめる自由はほとんど持っていないとされる。それに対して、次男（次郎）、三男（三郎）などは進路決定に関してある程度の自由が与えられる。

二人の子供の帰農は彼ら自身が自分の主体性を働かせて決めたように描かれているが、実際にはそれは父親の「私」のいろいろな計算が入っている帰農だと言わざるをえない。それを見抜いて、武者小路実篤は「藤村の子に自分がなつたら仕合せだと思へる人はいくたり居るか。正直言ふと自分なんか願ひさげのほうである[26]」と批判したのであろう。また、「太郎」「次郎」「三郎」「末子」のような不確定な呼称は、人物の個性を削ぎ落とすことで、その人物が普遍性を獲得する効果をもたらす。「太郎」「次郎」のような進路決定の仕方は、この小説における太郎、次郎特有のものにとどまらず、当時の日本家庭に広く存在した子供の進路決定のパターンを示したとも言える。「嵐」の同時代評の中で、子供の帰農に関して、批判の声があまり出なかったこともその傍証になると思う。ただ、ここで付け加えておきたいのは、「私」が日常生活で子の自由・個性を尊重しながら、肝心な進路決定に関して必ずしも自由にさせなかったのは、「児童」から「大人」へという成長の中で、子供の進路決定に干渉したもので、「児童中心主義」では括れないことだと「私」が考えていたからだと思われる。

〈四〉「母性」そして「父性」

欧米の女子教育観から影響を受けた明治の中頃になると、日本でも「教育する母」への関心が高まった。母親による育児と教育を国家にまでつなげて取り込もうとし、「しつける母・教える母」の役割の重要性がキャンペーンされつつあった[27]。特に第一次世界大戦中から戦後にかけて、「現実に『夫は仕事、妻は家事・育児』という性別分業が行われるようになったから、子供の教育に対する母親への期待はいっそう高まっていた。しかも、単に分業の結果としてのみ、母が家庭での子どもの教育を担うと考えられていたのではなく、母が子どもの教育に適任であるとされ、その考え方を補強するための理論装置として、母性という概念が登場してきていた[28]」という。

そしてこの価値観は、子育てや子供の教育に専念できた新中間層の妻たちに広く受け入れられていった[29]。大正期の家庭教育の特徴は、明治三〇年代の家庭教育論（母親が家庭教育を担い、学校教育の方針に合わせ、それを支えていくというような家庭教育論）を基本的に継承しつつ、それをより一層徹底させたところにあり、そのキーワードが「母性」あるいは「母性愛」であった[30]。「嵐」の中にもこの「母性愛」強調の思想が表れている。

何かしら常に不満で、常に独りぼつちで、自分のことしか考へないやうな顔付してゐる三郎が、そんな鶯のまねなぞを思ひついて、寂しい少年の日を僅かに慰めてゐるのか。さう思ふと、私はこの子供を笑へなかつた。『母さんさへ達者でゐたら、こんな思ひを子供にさせなくとも済んだのだ。もつと子供も自然に育つたのだ。』と私は考へずにはゐられなかつた。（「嵐」第六節）

どうかすると、私は子供と一緒になつて遊ぶやうな心も失つてしまひ、自分の狭い四畳半に隠れ、庭の草木を友として、僅かに独りを慰めようとした。子供は到底母親だけのものか、父としての自分は偶然に子供の内を通り過ぎる旅人に過ぎないのか——そんな嘆息が、時には自分を憂鬱にした。その度に気を取り直して、また私は子供を護らうとする心に帰つて行つた。（同上）

「私」は男手一つで四人の子供を育てている間、母親のいない子供達が自然に育っているかどうかという不安に常に襲われた。このことから、「私」が子育てにおける母親の重要性を強く意識していることが読み取れる。「嵐」の語り手はなぜ作中でこのような「母性愛」を強調したのであろうか。これは作者藤村が当時もてはやされていた「母性愛」言説から影響を受けたからだと考えるのが妥当だろう。このことに関しては、特に一九一八（大正七）年から一九一九（大正八）年にかけて、与謝野晶子、平塚らいてう、山川菊栄、山田わかの間で行われた「母性保護論争」が見逃せない。「論争」は主に『太陽』や『婦人公論』誌上で展開され、当時の思想界をにぎわした。

女性解放の気運が高まった大正時代、女性文芸誌『青鞜』（一九一一年九月創刊）などの影響を受け、女性解放の思想がさまざまなメディアで論じられるようになった。前章で論じたように、藤村の『新生』（一九一八年五月連載開始）も当時の女性解放に関する風潮と無縁ではない。また、藤村は「婦人の眼ざめ　一」（『女性日本人』一九二一年六月）及び「婦人の眼ざめ　二」（『早稲田文学』一九二二年三月）を書き、先にも記したように、一九二二（大正一一）年、新潮社から出版された『藤村全集』の印税を資金源に、女性の眼ざめを目的として婦人雑誌『処女地』を刊行した。女性問題に強い関心を持っていた彼が晶子らの「論争」に眼を向け、影響を受けたことは想像に難くない。しかし、「嵐」の中の父子家庭の「私」の子育てに関する考えは、果して「母性愛」強調の思想だけで片付けられるだろうか。

私は早く自分の配偶者を失ひ、六歳を頭に四人の幼いものをひかへるやうになつた時から、既にこんな生活は始まつたのである。私はいろいろな人の手に子供等を託して見、いろいろな場所にも置いて見たが、結局父としての自分が進んで面倒を見るよりほかに、母親のない子供等をどうすることも出来ないのを見出した。不自由な男の手一つでも、どうにか吾が児の養へないことはあるまい、（後略）（「嵐」第二節）

「私」は子育てにおける母親の重要性を強く意識しながら、母親のいない子供等を自分一人の手で育てるよりほかに方法がないということを知っている。年若い時分には「子供なぞはどうでもいいと考へた」「私」だったが、その彼がここで「不自由な男の手一つでも、どうにか吾が児の養へないことはあるまい」という決心に至っているのは、「私」の中の「父性」を意識していたからと言えないだろうか。

というのは、明治末期の「良妻賢母」論の高まりと並行して「良夫賢父」がさまざまなメディアにおいて議論され、大正に入ってからも取り上げられ続けていたからである。これは案外知られていない。「良夫賢父」論の第一の論点は、「子育てを良き次世代の国民を育て上げるという国家への貢献とみなし、これに直接かかわらないまでも、少なくとも母親の子育てを妨げない、あるいは援助や手助けを行うことを、父親の重要な国家貢献として位置づける点にある(31)」とされる。それゆえ「良夫賢父」論は、女性のみに子育て役割を負わせようとした旧来の良妻賢母主義教育に較べ、近代的性別分業に対する一定の問い直しをもたらしたとされる。

この「良夫賢父」論が当時どれほどの社会的影響力があったかというと、海妻径子は「高等師範教授や女学校校長など、著名な教育家によって「良夫賢父」論が提唱されたことには、結果的には「良夫賢父」教育が男子教育に盛り込まれることはなかったとはいえ、人々の意識に対してそれなりの社会的影響力があったのではないかと考えられる(32)」と述べている。

「良夫賢父」論がなぜ明治末期から議論されるようになったかというと、これは先にも指摘した都市部における新中間層の増加と深くかかわっている。海妻の先の著書によれば、「まだ一般的には『女中』や子守りが存在していたとはいえ、都市郊外の新中間層の女性たちによる育児は、血縁や地縁から次第に孤立しつつあった。そうした新中間層の女性たちの要求に敏感に反応したのが「良夫賢父」であったと言えるだろう(33)」ということである。

また、子育てに男性が多少なりともかかわることを国家への貢献とみなすことによって称揚された「良夫賢父」論よりさらに進んで、性差の極小視による子育て労働の分担を強調しつづけたのが与謝野晶子と一條忠衛の二人であった。先に述べた「母性保護論争」の中でも男子の子育てへのかかわりについて議論されていたが、「論争」の発端となった晶子の評論「女子の徹底した独立」(『婦人公論』一九一八年三月、のち『若き友へ』に所収)の中で、出産育児にかかわる問題は夫婦相互の責任であるというような内容が主張され、「男子も先づ「人」となれ（読売新聞記者の問に答へて）」（『読売新聞』一九一八年六月、のち『激動の中を行く』に所収）、「女性の偏重」（『横浜貿易新報』一九一八年七月一一日、のち『愛の創作』に所収）、「女子の多方面な活動」（『婦人画報』一九一九年四月、のち『女人創造』に所収）などの評論の中でも父親の育児参加を説いていた。[34] 次の意見はその中の代表的なものである。

私は家庭を尊重します。併し家庭を女子の専有すべき場所とも思はねば、女子の労働範囲の全部だとも考へません。家庭は夫婦と称する一対の男女の根拠地であつて、之は女子にも必要であると共に男子にも必要であるのです。私は特に女子のみが家庭を尊重せねばならぬと云ふ理由を知るに苦みます。父親の協力が無くて、子供が母親だけで完全に育つでせうか。このことを考へただけでも、女子と家庭との関係を特殊なものとする議論に私は反対します。男も女も平等に家庭生活を営みながら、同時に家庭を超越した、それ以上の広汎な生活を同じく平等に営むことが出来ると私は確信します。（「女子の多方面な活動」）

「論争」後も、晶子は「女子の活動する領域」（『横浜貿易新報』一九二〇年二月二二日、原題：「最近の感想」、のち『女人創造』に所収）、「自己に生きる婦人」（『大阪毎日新聞』一九二〇年六月五日〜八日、のち『人間礼拝』に所収）、「親としての男女協力」（『婦人新聞』一九二〇年一一月二八日、のち『人間礼拝』に所収）、「人間性へ」（『福岡毎日新聞』一九二一年一月一日、のち『愛の創作』に所収）、「女らしさとは何か」（『婦人倶楽部』一九二一年二月、のち『人間礼拝』所収）、「男女の平等な協力」（『横浜貿易新報』一九二六年六月一三日、原題：「女教師と家庭」、のち『光る雲』に所収）などの評論の中で父親の育児参加を主張し続けた。[35] 次の引用はその主張の一端である。

私達は家庭生活をも尊重します。併し『家庭を健全ならしむる事は主として婦人の力に由る』（これも槇野氏の語）

と云ふ風な偏頗な考へには囚はれて居ません。人間生活の全領域に亘つてすべて男女の協力を必要とする私達は、家庭に就ても完全に男女の協力を実現したいと思ひます。(「女子の活動する領域」)

一方、一條忠衛(一八八六年〜一九四四年)は『六合雑誌』という明治半ばから大正初期にかけて知識人層に人気のあった雑誌で婦人問題欄の主筆をほぼ五年間(一九一四年〜一九一八年)務めていて、「母性保護論争」にも深く関わっていた。彼の執筆活動は主に『六合雑誌』『婦人公論』『廓清』などで行われ、その著書に『男女道徳論』(大同館書店、一九一七年五月)、『婦人問題より観たる女大学批評』(大同館書店、一九一八年四月)、『男女の性より観たる社会問題』(大同館書店、一九二二年九月)などがある。「論争」の間、一條は与謝野晶子と同じく「母性保護」に批判的まなざしを向けていた。彼は「母性保護は今や時代錯誤」であるとし、「単に母性を保護せよと云ふのみであつて、父性の保護を怠つて居ることが誤解である」[36]と指摘している。しかし、この時期の一條は『父性保護』の観点から女性の就労の是非が問い直されているとはいえ、近代的性別分業のうち市場労働の領域に対してのみ目が向けられているという限界があると されるが、一九二〇(大正九)年に入り、彼は家事・育児労働の領域にまで議論の視座を広げ、市場労働と家事・育児労働の双方に男女が等しく関わる、と主張するようになった。[37]

妻が子を産みこれを哺育し、家事に当たる場合に、夫がこれを半分手伝つて泣く子を抱いて機嫌を取つたり、風呂に入れて洗つて遣つたり、大きい子供を夜自分の側に寝せて置いて見守つて遣つたり、又は台所へ出て炊事を手伝つたりする行為は夫の生殖的個性の拡張に於ける分担であつて、父性の職分に属する当然の労働である(後略)。(一條忠衛『男女の性より観たる社会問題』)

「嵐」の「私」の子育ては、こうしてみれば単なる随時的な支援ではなく、一條忠衛が言うところの「父性」の目覚めとして描かれていたともみなせるのではないだろうか。少なくとも「私」の子育てへのかかわり方に、与謝野晶子そして一條忠衛の説いているそれと通じるところが多いのは明らかである。すでに先のホルカ・イリナが「嵐」に本格的な「父性」の目覚めを見出し、「新しい女・男」や「新しい母性・父性」といった概念が盛んに論議されるようになっていた大正という時代に、この小説が広い読者層から好評を得たことは偶然ではないはずだ[38]と指摘しているが、もっともだと思う。ただし、彼女は「時間の蓄積へのクローズアップによって自然の産物としての家族が否定され、構築物としての家族が示される[39]」ことを「嵐」の深層と捉えているが、論者は、「私」が「母性愛」強調の思想から少なからず影響を受けながら、父子家庭ゆえにそこからはみ出さざるをえなかったところに「父性」の目覚めの端緒があり、また「嵐」の本質があったと考える。

「父性」を意識した「私」は、以後、子供等との時間の共有を重視し、ケアを怠らなかった。小説の最後に近い部分に、「私」は「子供の変つて行くにも驚く。三郎も私に向つて、以前のやうには感情を隠さなくなつた」とある。「私」と子供らは、いつしか強い絆で結ばれているのだ。この結末は「私」が意識しているかどうかにかかわらず、「私」の子育てが結果的に「母性愛」強調の思想を否定することになるといえよう。

〈五〉「私」にとっての子育て

私は家の内を見廻した。丁度町では米騒動以来の不思議な沈黙がしばらくあたりを支配した後であつた。市内電車従業員の罷業の噂も伝はつて来る頃だ。植木坂の上を通る電車も稀だつた。たまに通る電車は町の空に悲壮な音を立てて、窪い谷の下にあるやうな私の家の四畳半の窓まで物凄く響けて来てゐた。

『家の内も、外も、嵐だ。』

と私は自分に言つた。(「嵐」第三節)

これはこの小説に〈嵐〉という言葉が最初に出てくる箇所である。家の外の〈嵐〉は、米騒動に始まり、関東大震災とその直後の早川賢（モデルは大杉栄）および彼と運命を共にさせられた少年一太（モデルは大杉栄の甥の橘宗一）の惨殺へと悪化していく一方の世情と考えられるであろう。一九二三（大正一二）年九月、関東大震災の混乱の中、朝鮮人が数多く虐殺されると同時に、川合義虎や平沢計七ら一〇人もの社会主義者、そして無政府主義者大杉栄とその妻伊藤野枝及び大杉の甥橘宗一が虐殺された。それは台頭しつつあった労働運動や社会主義運動への弾圧の一環であり、そのような「弾圧」の延長線上に一九二五（大正一四）年に制定された「治安維持法」があり、これによって大正デモクラシーで実現するかもしれないと思われた「民主主義」の息の根が止められたと言える。

そのような世情に対して「私」は、「世はさびしく、時は難い。明日は、明日はと待ち暮して見ても、いつまで待ってもそんな明日がやつて来さうもない」と嘆き、「眼前に見る事柄から起つて来る多くの失望と幻滅」を感じる。こうした多くの失望と幻滅をまぎらすため、「私」は「いつでも私の心を子供に向け」る。子育てを通して「私」は慰められると思っているのだ。しかし意に反し、子育てから「私」は心労を感じ、自分の肉体の衰えさえ感じるようになる。

『子供でも大きくなつたら。』

長いこと待ちに待つたその日が、漸く私のところへやつて来るやうになつた。しかしその日が来る頃には、私はもう動けないやうな人になつてしまふかと思ふほど、そんなに長く座り続けた自分を子供等の側に見出した。

『強い嵐が来たものだ。』

と私は考へた。（「嵐」第八節）

家の内の〈嵐〉の意味は、育児の辛苦と自分の方を向かない子供達に対する寂しさと理解してよいであろう。最初「私」

はこの〈嵐〉を心の動揺をもたらす力として捉えていた。しかし小説の終局になると、「私」は「嵐の跡」を見直そうとした。

しかし、斯うい ふ旅疲れも自然とぬけて行つた。そして、そこから私が身を起した頃には、過ぐる七年の間続きに続いて来たやうな寂しい嵐の跡を見直さうとする心を起した。こんな気持は、あの太郎の家を見るまでは私に起らなかつたことだ。(「嵐」第一三節)

「寂しい嵐の跡を見直さう」とするのは、〈嵐〉について新しい認識を獲得したことを意味する。それまで四人の子供を育てるための辛労で衰えてしまうことにばかり「私」は目を向けていた。しかし、太郎の家を見たあと、「私」は「寂しい嵐の跡を見直」し、「墓地から起き上る」力を得るようになった。当初「私」に動揺や衰えをもたらしていた〈嵐〉が再生の力へと変わっていることが窺われる。ここで問題なのは、なぜ「こんな気持は、あの太郎の家を見るまでは私に起らなかつた」のか、ということだろう。この問いに対して、浪漫主義文学・自然主義文学の研究者笹淵友一は次のように述べている。

この〈寂しい嵐〉〈墓地〉という主人公の主観の根底にあるものはおそらく〈子供は到底母親だけのものか、父としての自分は偶然に子供の内を通り過ぎる旅人に過ぎないのか〉という子供等に対する孤独感であり、言いかえれば、〈父は父、子は子〉〈自分は自分、子供等は子供等〉という失望感である。この感情が子供等との関係において、肉体の衰えを実感している彼自身の位置を嵐の跡と観じさせ、また墓地と見なさせたのである。しかし彼は太郎の家を見て来てから〈寂しい嵐の跡を見直〉し始めた。それは太郎の家に「私達」への道が見えはじめていたからである。(中略)太郎の家は〈長い支度と親子の協力とから出来た〉家である。従って既に「私達」への道の第一歩が始まったのであり、その認識が父が父、子は子、という寂しい嵐の跡を見直させたのである。（笹淵友一「『嵐』―古典主義的ヒューマニズムへの回帰―」、『小説家　島崎藤村』、明治書院、一九九〇年一月）

「『私達』への道が見えはじめ」たことが、「私」に〈嵐〉を見直す契機をもたらしたのは確かである。「長い支度と親子の協力とから出来た」太郎の新しい家を見て、親子の強い絆を確信するようになり、「『私達』への道が見えはじめ」たという意味では笹淵の指摘は正しい。しかし、「この旅には私はいろいろな望みを掛けて行つた。」とあるように、「『私達』への道」という言葉にもさまざまな意味が含まれていたはずである。

十川信介は「私」の帰郷の意味について、「郷里に立つ太郎の家に行った『私』が見ているのは、現実の家であると同時に、親子・一族が相会し、結びつく観念としての『家』である。これまで夢想してきた無形の家への期待が、有形の家の完成によって確信に変わったと言ってもよい。[40]」と述べている。これも「私」が考えている「『私達』への道」の一つであろう。

また、前述した高橋昌子は、子供等と「私」との関係は「終局で太郎をなかだちとして農村の人々と『私』という関係に拡大され、農夫達の『元気の好い話声』や田園の生気と、そこに安らぎを覚える『私』との共感が記される」と分析し、「『私達』への道」は「『自分』と『子供等』が孤立的に存在するのではなく、それぞれが独立しつつ、しかも共感をもって共に生きようとすることを確認する言葉として理解できるのではないか[41]」と記しているが、この指摘にもまた異論はない。高橋の言う「『私達』への道」とは単なる親子関係でも、また、独立した個人と個人の関係でもない、「私」と子供達との新たな関係を意味するが、重要なのはそれが未来に向けられたものであったということだろう。多少突飛な比喩かもしれないが、太郎と次郎を先に触れた「新しき村」の村内会員に喩えるなら、「私」は同じ思想で繋がれながらも村内には住まず、村外から彼らを支援するいわば村外会員ということになるのではないか。

このようにして、「私」は子供等を育てることを通して「墓地から起き上る」力を得、そして、長年苦しめられた〈嵐〉

にいつしか再生の力を与えられていたことに気付いていくのである。が、最後に指摘しておきたいのは、子供らを農村に送り、「農夫達の「元気の好い話声」や田園の生気と、そこに安らぎを覚える「私」との共感[42]」を小説に記した作者藤村の未来に向けられた希望が最終的には儚いものでしかなかったのではないかということだ。第一次世界大戦後、日本は再び恐慌に襲われ、農産物の値段が暴落し、農民の生活は圧迫された。このため、「農家数は、一九二一（大正一〇）年から一九二二（大正一一）年には約三万五千戸も減少した。その一方で、小作争議は年々増加した。とくに、米騒動のあった一九一八（大正七）年をさかいに、その件数はうなぎのぼりになり、一九一八年の二五六件が、一九一九年の三二六件、一九二〇年の四〇八件、一九二一年の一、六八〇件となった[43]」。「嵐」が執筆された一九二六（大正一五）年の小作争議の件数は二、七五一件である[44]。大正後期の農業は藤村が考えていたほど「ばら色」ではなかった。なぜ藤村はこの厳しい社会現実を見誤ったのか。あるいは無視したのか。もしかしたらそれは、『夜明け前』取材の橋頭堡を作ろうとする意図、さらには旧家を復活させたいという強い気持ちが彼の現実を見る眼をつぶらせたからではなかったか。一九二九（昭和四）年、ニューヨークに始まった世界恐慌の影響を受けて繭価格が暴落し、米作りと養蚕が農家の柱となっていた馬籠の農業は窮地に立たされることになった[45]のだが、そんな「未来」はとうてい藤村の予想外のことであった。

なお、「嵐」に描かれた親子関係、そしてその中に表れた「私」の子育ての理念は、大正時代における新中間層のそれとうまくリンクしていて、読者たちに共感を持たせたと思われる。これがこの小説が当時広く読まれ、文芸評論家たちにも高く評価された大きな理由だと考えられる。そして、女性と同じく男性にも子育てへのかかわりを強く要求する今日からみれば、小説の中で本格的な「父性」を意識して子育てにかかわる主人公「私」は最近の言葉で言えば「育メン」の先駆的存在といえよう。また、従来の「親」についての研究は子供の発達への影響という視点に立つものがほとんどであったが、最近では「親の役割」の遂行が親自身の発達にとって持つ意味や影響を、生涯学習の観点から問題にすることが重要となる[46]。「子供から育てられた」「嵐」の主人公「私」の存在は、その意味では本質的な問題を提示していたのではないだろうか。

注

（1）島崎藤村「小説集「春待つ宿」付記」（『定本版藤村文庫』第八篇――「春待つ宿」、一九三八年九月）。
（2）『読売新聞』（一九二六年九月五日）。
（3）正宗白鳥「文芸時評」（『中央公論』一九二六年一〇月）。
（4）「『改造』編集後記」（『改造』一〇月号、一九二六年一〇月）。
（5）引用は『三好行雄著作集　第一巻　島崎藤村論』（筑摩書房、一九九三年七月）による。
（6）引用は高橋昌子『島崎藤村―遠いまなざし―』（和泉書院、一九九四年五月）による。
（7）中山弘明「「嵐」の機能―方法としての〈老い〉―」（『早稲田大学文学研究科紀要』一六集、一九九〇年四月、のち『溶解する文学研究　島崎藤村と〈学問史〉』〈翰林書房、二〇一六年一二月〉に所収）。引用は同著書による。
（8）千田洋幸「父＝作者であることへの欲望―「嵐」ノート―」（『東京学芸大学紀要：人文科学』四六集、一九九五年二月）。
（9）ホルカ・イリナ「「嵐」論――〈父性〉と〈家族〉のあり様」（『阪大近代文学研究』第七号、二〇〇九年三月、のち『島崎藤村　ひらかれるテクスト』〈勉誠出版、二〇一八年三月〉に所収）。引用は同著書による。
（10）正宗白鳥「文芸時評」（『中央公論』一九二六年一〇月）。
（11）小林輝行「大正期の家庭と家庭教育」（『信州大学教育学部紀要』No.42、一九八〇年三月）。
（12）『日本大百科全書』（小学館、一九八六年三月）の「児童中心主義」の項。
（13）『藤村全集』別巻下（筑摩書房、一九七一年五月）の中の「蔵書目録」参照。
（14）下山嬢子「『新生』以後の〈幻術〉と〈自己探求〉――エレン・ケイ著『恋愛と結婚』への書き込みを契機として」（『近代の作家　島崎藤村』明治書院、二〇〇八年二月）参照。
（15）加藤理『「児童文化」の誕生と展開――大正自由教育時代の子どもの生活と文化』（港の人、二〇一五年三月）一八三頁。
（16）藤村は『赤い鳥』創刊号に童話「榎木の実・鰍すくひ」（原題：二人の兄弟〈一、榎木の実　二、釣りの話〉）を発表した。創刊号以後、藤村が同誌に発表した童話として、「玩具は野にも畠にも」（一九二〇年一〇月）、「蟬の羽織・かまきりと玉虫（原題：虫のはなし）」（一九二三年八月）などがある。

(17) 藤村が『金の船』に発表した童話としては、「荷物を運ぶ馬（原題：山の中の話）・凧」（一九二〇年三月）のほか、「今日は・狐の身上話（原題〈総題〉：山家の話）」（同一〇月）などがある。
(18) 島崎楠雄「馬籠の土を踏みつつ」（『父藤村の思い出』藤村記念館、二〇〇二年八月）の中に詳しい言及がある。
(19) 和田謹吾『『嵐』』（『島崎藤村』明治書院、一九六六年三月、のち増補版『島崎藤村』〈翰林書房、一九九三年一〇月〉に所収）。
(20) 高橋昌子「藤村『嵐』における転換」（『国語と国文学』一九八八年二月、のち『島崎藤村―遠いまなざし―』〈和泉書院、一九九四年五月〉に所収）。引用は同著書による。
(21) 大津山国夫によれば、創設以来、義務労働は一日八時間と定めていたが、一九二三年九月に武者小路の提案で六時間に短縮した、という。そして、一九二五年六月ころ、農繁期における義務労働の一時間延長が決定された。（大津山国夫『武者小路実篤研究――実篤と新しき村』明治書院、一九九七年一〇月）。
(22) 大津山国夫『武者小路実篤研究――実篤と新しき村』（明治書院、一九九七年一〇月）一一一頁。
(23) 大津山国夫『武者小路実篤研究――実篤と新しき村』（明治書院、一九九七年一〇月）一一三頁。
(24) 高橋昌子「藤村『嵐』における転換」（『国語と国文学』一九八八年二月、のち『島崎藤村―遠いまなざし―』〈和泉書院、一九九四年五月〉に所収）。引用は同著書による。
(25) 大津山国夫『武者小路実篤研究――実篤と新しき村』（明治書院、一九九七年一〇月）九七頁。
(26) 武者小路実篤「藤村の嵐をよむ」（『改造』一九二六年一〇月）。
(27) 小嶋秀夫「母親と父親についての文化的役割観の歴史」（根ヶ山光一編『母性と父性の人間科学』コロナ社、二〇〇一年一二月）。
(28) 小山静子『子どもたちの近代―学校教育と家庭教育―』（吉川弘文館、二〇〇二年八月）一六八～一六九頁。
(29) 小山静子『子どもたちの近代―学校教育と家庭教育―』（吉川弘文館、二〇〇二年八月）一六九頁。
(30) 小山静子『良妻賢母という規範』（勁草書房、一九九一年一〇月）一六六頁。
(31) 海妻径子『近代日本の父性論とジェンダー・ポリティクス』（作品社、二〇〇四年三月）一一一頁。
(32) 海妻径子『近代日本の父性論とジェンダー・ポリティクス』（作品社、二〇〇四年三月）一一九頁。
(33) 海妻径子『近代日本の父性論とジェンダー・ポリティクス』（作品社、二〇〇四年三月）一二〇頁。

(34) 海妻径子『近代日本の父性論とジェンダー・ポリティクス』(作品社、二〇〇四年三月)の「資料編」の表六を参照した。晶子評論の引用は『与謝野晶子評論著作集』全二二巻(龍渓書舎、二〇〇一年二月～二〇〇三年九月)による。
(35) 海妻径子『近代日本の父性論とジェンダー・ポリティクス』(作品社、二〇〇四年三月)の「資料編」の表六を参照した。晶子評論の引用は前記『与謝野晶子評論著作集』による。
(36) 一條忠衛「過去一箇年に於ける我国婦人思想界の回顧」(『婦人公論』一九一九年一二月)。
(37) 海妻径子『近代日本の父性論とジェンダー・ポリティクス』(作品社、二〇〇四年三月)一九二頁。
(38) ホルカ・イリナ「「嵐」論――〈父性〉と〈家族〉のあり様」(『阪大近代文学研究』第七号、二〇〇九年三月)。
(39) ホルカ・イリナ「「嵐」論――〈父性〉と〈家族〉のあり様」(『阪大近代文学研究』第七号、二〇〇九年三月)。
(40) 十川信介『鑑賞 日本現代文学 第四巻 島崎藤村』(角川書店、一九八二年一〇月)二五三頁。
(41) 高橋昌子「大正期の両性問題・恋愛論と『新生』」(『名古屋近代文学研究』一九八五年一一月)。
(42) 高橋昌子「大正期の両性問題・恋愛論と『新生』」(『名古屋近代文学研究』一九八五年一一月)。
(43) 家永三郎編『改訂新版 日本の歴史六』(ほるぷ出版、一九八七年六月)八三～八四頁。
(44) ここで利用したデータは『近代日本総合年表 第四版』(岩波書店、二〇〇一年)による。
(45) 山口村誌編纂委員会編『山口村誌 下巻』(一九九五年三月)五二九頁。
(46) 柏木恵子・若松素子「「親となる」ことによる人格発達――生涯発達的視点から親を研究する試み」(『発達心理学研究』第五巻第一号、一九九四年六月)。

第六章　『夜明け前』論
―青山半蔵の国学思想を中心として―

〈一〉『夜明け前』評価史

島崎藤村の『夜明け前』は一九二九（昭和四）年四月から一九三五（昭和一〇）年一〇月まで『中央公論』に、ほぼ年四回の割合で二八回掲載された長編小説である。第一部は一九三二（昭和七）年一月単行本として新潮社より、第二部は一九三五（昭和一〇）年一一月定本版「藤村文庫」の第二巻（第一巻は『夜明け前』第一部）として同じく新潮社より刊行された。

『夜明け前』の反響は大きく、連載中または連載が終わった後、多くの同時代評[1]が出された。その中で特に青野季吉の評が柔軟な作品読解を示して、大きな影響を残した。青野はその「島崎藤村氏の『夜明け前』を論ず」（『新潮』一九三二年二月）の中で、藤村を明治維新探究へと向かわしめた理由として、「氏は『新しい』日本と云ふものを、見直し度いと云ふ気持から、或る意味でその日本の基礎をするゐた維新へ眼を向けたのだ」と分析し、小説とその書かれた昭和初年代との関わりをその論の中で重視した。また、『夜明け前』の連載が終わった翌年に刊行された伊藤信吉の『島崎藤村の文学』（第一書房、一九三六年二月）は、多くのページを費やして『夜明け前』を論じた。伊藤は、『夜明け前』を「歴史的現実に肉薄しつつ、社会性と歴史性を確実に性格化した作品」[2]と見て、昭和初期のマルクス主義受容によって培われた批評意識に基づいて階級的な視点をこの小説に読もうとした。

しかし、本格的な『夜明け前』に関する研究は戦後になって始められた。戦後における『夜明け前』論は、作品世界を細かく分析する作品論やテクスト論、そして『夜明け前』とプレテキストとの厳密な対象を探る実証的な研究などが多く出され、大きな進展が遂げられてきた。そして、国学との関係についても様々な角度から研究されてきた。その中で、服部之総「青山半蔵―明治絶対主義の下部構造―」（『文学評論』五号、一九五四年一月）、芳賀登・後藤総一郎「対談『夜明け前』と幕末草莽の国学思想」（『ピエロタ』二〇号、一九七三年六月）、紅野謙介「「復古」の意味」（『日本近代文学』第三〇集、一九八三年一〇月）、芳賀登『「夜明け前」の実像と虚像』（教育出版センター、一九八四年三月）、小泉浩一郎「『夜明け前』の思想」（日本文学協会編『日本文学講座六』大修館書店、一九八八年六月）、高橋章則「『夜明け前』の「草叢」をめぐって」（『島崎藤村研究』一七号、一九八九年九月）、高橋昌子「『夜明け前』論―「自然」について―」（『名古屋近代文学研究』七号、一九八九年一二月）、同「二十世紀が封印したもの――『夜明け前』の平田学認識とその背景」（『日本近代文学』六一集、一九九九年一〇月）、同「『夜明け前』と長谷川如是閑の国学論・ファシズム論」（『島崎藤村研究』三〇号、二〇〇二年九月）、岡英里奈「和歌が生む〈葛藤〉―島崎藤村『夜明け前』における国学と政治―」（横浜市立大学大学院国際文化研究紀要編集委員会編『国際文化研究紀要』二〇一三年三月）、宮地正人『歴史のなかの『夜明け前』――平田国学の幕末維新』（吉川弘文館、二〇一五年三月）などがその代表的なものといえよう。

以上のように、これまでも『夜明け前』と国学との関係について様々な研究がなされてきたが、青山半蔵の国学思想の特徴や問題点が十分に明らかにされたとはいえないだろう。本章ではこれまでの先行論を踏まえて、作品とそれが執筆された昭和初年代との関わりを視野に入れつつ、作品に描かれた半蔵の国学思想を詳細に考察し、彼の考える「攘夷」とはどのようなものであったのか、本居宣長思想との相関、及び半蔵の「復古」の意味を検討し、作品の新しい読みを提示したいと考える。

〈二〉青山半蔵の「攘夷」

小説の中で主人公半蔵は平田篤胤歿後の門人として設定されている。半蔵は根が好学の人で、自分の学問の足りないのを嘆いている吉左衛門を父として馬籠本陣の家に生まれ、一一歳で『詩経』の手ほどきを受け、一三歳の頃、父吉左衛門に就いて『古文真宝』の訓読を受けた後、独学で『易』『書』や『春秋』の類にも通じるに至った好学の青年として出発する。そして、美濃中津川の蜂谷香蔵、浅見景蔵を学友とし、香蔵の姉の夫に当たる医者で平田派の国学にも詳しい宮川寛斎を師とするに至って、次第に国学に心を傾けていった。一八五六（安政三）年、半蔵は妻の兄寿平次と共に、青山家の遠祖相州三浦氏の遺族を、黒船上陸地点から遠くない相州区公郷村に訪ねる。そして、旅行の途次、平田鉄胤を訪ね、宿願の篤胤没後の門人としての入門を許される。半蔵二六歳のときであった。

一八六三（文久三）年二月、半蔵は、足利三代将軍木像梟首事件[3]（一八六三年二月）を起こした関係者の一人である先輩の暮田正香を自分の家に一夜匿った。彼はこの先輩の大胆さに驚き、「『物学びするともがら』の実行を思ふ心は、そこまで突き詰めて行つたかと考へさせられた。同時に、平田大人歿後の門人と一口には言つても、この先輩に水戸風な学者の影響の多分に残つてゐることは争へないとも考へさせられた」（第一部第六章の五）。半蔵は、武家の「攘夷」と国学者の「攘夷」を区別して考えていたが、それは半蔵が過激な攘夷に対して賛成していないことを窺わせる部分である。そして、同年四月の御嶽参籠の時、「攘夷」には二つの大きな潮流があり、水戸から流れて来たものと、本居・平田に源を発するものとに分かれていると、彼は改めて確認する。

先師と言へば、外国より入つて来るものを異端邪説として蛇蝎のやうに憎み嫌つた人のやうに普通に思はれてゐるが、『静の岩屋』なぞをあけて見ると、近くは朝鮮、支那、印度、遠くは西の阿蘭陀まで、外国の事物が日本に集まつて来るのは、即ち神の心であらうといふやうな、こんな広い見方をしてある。先師は異国の借物をかなぐり捨てて本然の日本に帰れと教へる人ではあつても、無暗にそれを排斥せよとは教へてない。（第一部第七章の三）

上の引用は御嶽神社に参籠した時、半蔵がそこでの夜に考えたことである。彼は平田篤胤の『静の岩屋』をあけてみ、先師が無闇に外国の事物を排斥せよと教えていないことに気づき、「一切は神の心であらうでござる」と思い、「攘夷」について自分なりの考えを固める。彼は尊王攘夷の過激派と違い、「新しい黒船と戦」いながら西洋を受け入れていく平田派の国学者として造形される。半蔵の国学思想に作者藤村自身の解釈が加えられているというのはしばしば指摘されてきたことだが、半蔵はそのモデルとされる父親の島崎正樹と違って、「攘夷」に関して比較的寛容な考え方を持っていた。よく知られているように、『新生』や『海へ』などにおいて、「父」は頑な攘夷主義者として語られてきた。[4]しかし、『夜明け前』では、半蔵は島崎正樹の言動（事実）に基づいて造形されながら、彼を極端な攘夷主義に結び付けないように描かれている。

ここで問題になるのは、半蔵のような国学者が現実的にいたのかということであろう。同じ平田国学の門人であっても半蔵と違う思想を持っている暮田正香の例から窺えるように、一口に平田国学といっても、各人それぞれの経験により受容の仕方も変わるので、半蔵のような国学者が現れるのはありえないことでもない。また、半蔵が武家の「攘夷」と国学者のそれを区別して考えていたと叙述されているが、歴史的事実として、尊王攘夷の過激派と違い、幕末における平田派の運動は全体として抑制がきいていたのである。[5]

また、芳賀登は「国学者の尊攘思想——大攘夷への道を中心として」（『季刊日本思想史』一三号、一九八〇年四月）の中で、幕末期の国学者の尊攘思想について、平田篤胤の門下に佐藤信淵の如き優れた洋学者もいたと指摘し、文久年間の政治情勢により国学者の一部は、武力攘夷から富国尊攘即ち「大攘夷」へと方向を転換したと述べている。[6]青山半蔵が「大攘夷」の考え方を持っていたとは考えられないが、ここからも国学者が全て頑な攘夷主義者でないことは確認できよう。

〈三〉「自然《おのずから》に帰れ」とは

よく知られているように、半蔵の国学思想を考える時、「自然《おのづから》に帰れ」がポイントの一つとなる。「この自然に帰れ、といふ風に、後から歩いて行くものに全く新しい方向を指し示したのが本居大人の『直毘の霊』だ」（第一部第十二章の四）という叙述から分かるように、半蔵は「自然に帰れ」の根拠を本居宣長の『直毘霊』[7]に求めている。『直毘霊』は宣長の古道説の代表的な著述で、『古事記伝』一之巻の最後に置かれている。この一之巻は宣長自身の『古事記』に対する見解と研究方法の説明に当てられているが、『直毘霊』は「『古事記』の説明というよりは、『古事記』研究を通じて最終的に汲み取った事柄、すなわち宣長自身の古道論を明らかにした文章である」[8]とされる。

『直毘霊』について、小説における叙述と本文を比較してみると、明らかに『直毘霊』の本文からとった内容もあるが、違うところも見られる。特に、「神の道とは、道といふ言挙げさへも更になかつた自然だ、とも教へてある」（第一部第十二章の四）という小説の叙述は、『直毘霊』の本文全体の中にそれに直接対応する文章を見つけることができない。「自然に帰れ」という表現も更に存在しない。そして、『直毘霊』では、「道」は「天地のおのづからなる道にもあらず、人の作れる道にもあらず、此の道はしも、可畏きや高御産巣日神の御霊によりて、（中略）天照大御神の受たまひたもちたまひ、伝へ賜ふ道なり、故是以神の道とは申すぞかし」[9]と記述される。これは『夜明け前』の叙述「神の道とは、道といふ言挙げさへも更になかつた自然だ」とかなり違っていることがわかる。

国学者としての大きな先輩、本居宣長の遺した仕事はこの半蔵等に一層光つて見えるやうになつて来た。（中略）大人が古代の探究から見つけて来たものは、「直毘の霊」の精神で、その言ふところを約めて見ると、「自然に帰れ」

と教へたことになる。より明るい世界への啓示も、古代復帰の夢想も、中世の否定も、人間の解放も、又は大人のあの恋愛観も、物のあはれの説も、全てそこから出発してゐる。（中略）半蔵等に言はせると、あの鈴の屋の翁こそ、「近つ代」の人の父とも呼ばるべき人であつた。（第一部第五章の二）

語り手は、本居を「「近つ代」の人の父とも呼ばるべき人であった」と評価し、本居宣長の思想を近代の人間性解放に結び付けようとしている。そして、本居宣長の思想が半蔵の国学思想に大きな位置を占めていることも読み取れる。しかし、「より明るい世界への啓示も、古代復帰の夢想も、中世の否定も、人間の解放も、又は大人のあの恋愛観も、物のあはれの説も」、なぜ全て「自然に帰れ」から出発しているのであろうか。

尾藤正英は「尊王攘夷思想の原型―本居宣長の場合―」（『季刊日本思想史』一三号、一九八〇年四月）の中で、「政治的に安定した秩序と、そのもとでの平穏な生活とが、人間の社会や社会生活のあり方について、宣長が描く理想であった。そして『道』とは、そのような理想を実現するための方法ないし手段であった」といっている。日本では、どうしてそのような理想的社会状態が実現されていたのかについて、尾藤はつづけて、「この『直毘霊』の全体としての論旨に即して考えるならば、その理由は、一つには、日本にのみ真実の『道』、すなわち『皇祖神の始め賜ひたもち賜ふ道』が、神々のはからいとして与えられていたからであり、また一つには、その『道』が『人はみな、産巣日神の御霊によりて、生れつるまにまに、身にあるべきかぎりの行は、おのづから知てよく為る物にしあれば』とされるような人間の本性に、よく合致したものであったからである、と考えざるをえない」と述べている。人間の本性に合致した生き方をするという意味では、宣長の考える「道」は小説に叙述される「人間の解放」に通じていると考えられよう。「人間の解放も、又は大人のあの恋愛観も、もののあはれの説も」「自然に帰れ」から出発している、という藤村のまとめ方は納得できよう。

藤村は「本居宣長」（初出不明、のち『桃の雫』に所収、一九三六年六月）の中で、「わたしは儒教風な男女関係の教に対して大胆に恋愛を肯定して見せた最初の人は明治年代の北村透谷だとばかり思つてゐたが、本居宣長の恋愛観に接した時に、この自分の考へ方を改めなければならなかつた。（中略）兎もあれ、あのルウソオと殆んど時代を同じくして、東西符節を合せたやうに『自然に帰れ』と教へた人が吾国にも生まれたといふことは、不思議なくらゐに思はれる」と述べ、宣長国学に近代に通じる部分を見出そうとしている。「封建社会の空気の中に立ちながら、実に大胆に恋といふものを肯定した」（第二部第十一章の二）宣長の恋愛観は、確かに革新的な要素を含んでいるといえよう。

しかし、半蔵の考える「古代復帰の夢想」や「中世の否定」はどうだろうか。前述した尾藤によると、宣長の考えでは、「習俗としての「道」が実現される場としての社会秩序は、貴賤上下の身分の差別が定まっていることによって、始めて成立するものであった」[10]という。半蔵の考える「自然に帰れ」それ自体は、すでに矛盾を孕んでいるといえる。封建思想への反抗として、宣長国学は人間の解放という近代に通じる要素を含んでいたが、しかし、古代復帰や中世の否定はむしろ近代思想と相反するものであろう。このようにして、「国学」は革新的な部分と保守的な部分を併せ持つものとして小説の中で捉えられているのである。

また、『夜明け前』執筆前の藤村の文章であるが、「前世紀を探求する心」（『東京日日新聞』一九二五年二月三〜五日、のち『春を待ちつつ』に所収）の中で、藤村は「私は前世紀のはじめに起つて来た保守的な精神を単に頑固なものとばかり見ずに、もつと別な方面から研究されたものを読みたい」と述べ、「国学」を「単に頑固なものとばかり見ずに」、それが持っている革新的な要素を見出そうとしている。藤村は半蔵の中に「国学」を理想化しているという指摘もあるが、[11]彼が「国学」に革新的要素を見出し、それを評価したことは確かである。他方、彼は「国学」の持つ保守的な部分について、ただ目を瞑っていただけなのであろうか。「国学」が二つの側面（革新的な面と復古的な面）を併せ持つことを理解したうえで、藤村は国学の持つ可能性を『夜明け前』で検討しようとしていたのではないだろうか。

〈四〉青山半蔵の「復古」

『夜明け前』の中で、半蔵は国学者の「復古」思想を「自然に帰る」という「新しき古」の発見として、『近つ代』に結びつけて考へる」(第一部第十一章の二)とされている。彼がたどり着いた解釈の仕方によれば、「古代に帰ることは即ち自然に帰ることであり、自然に帰ることは即ち新しき古を発見することである。中世は捨てねばならぬ。近つ代は迎へねばならぬ。どうかして現代の生活を根から覆して、全く新規なものを始めたい」(同上)。半蔵においては、「復古」思想は決して天皇(王)中心主義への回帰のみを意味しない。それ以上に、無辜の民を救済する、一種の社会変革の思想として捉えられていたと考えられる。

また、国学者の考える「復古」とはどのようなものかについて、半蔵が友人の香蔵から借り受けた「写本」の内容に仮託して集中的に語られる。

中津川の友人香蔵から半蔵が借り受けた写本の中にも、このことが説いてある。(中略)建武の中興は上の思召しから出たことで、下々にある万民の心から起つたことではない。だから上の思召しが少し動けば忽ち武家の世となつてしまつた。ところが今度多くのものが期待する復古は建武中興の時代と違つて、草叢の中から起つて来た。(中略)半蔵はこれを読んで復古の機運が熟したのは決して偶然ではないことを思つた。彼の耳に聞きつける新しい声は、実にこの写本の筆者の所謂「草叢の中」から来たことをも思つた。(第一部第十二章の六)

「写本」の書名については作中に示されていないが、高橋章則は「『夜明け前』の「草叢」をめぐって」(『島崎藤村研究』一七号、一九八九年九月)のなかで、その原型が小洲処士の『復古論』であることを指摘している。そして、近年の研究では、著者の「小洲処士」は平田延胤[12]のことで、延胤が匿名でそれを著したというのである。[13]半蔵の借りた写本の中に、「今度多くのものが期待する復古は建武中興の時代と違つて、草叢の中から起つて来た」（第一部第十二章の六）という内容が書かれ、そこから「下々にある万民」（同上）に歴史を動かす力があるというふうに読み取れる。しかし、作中の「草叢」は下層農民まで含まれていたのであろうか。

高橋昌子は「『夜明け前』論――農民へのまなざしについて」（『島崎藤村研究』一七号、一九八九年九月）の中で、この小説の「草叢」「下から」とは、幕末期のいわゆる〈草莽の国学〉運動に参加してゆくような庄屋、豪農層を指していると指摘しているが、「写本」の出典となる『復古論』が平田延胤によって書かれたものであることを考えれば、「写本」に出た「草叢」は本居宣長の本志を淵源とする復古運動の主体を指している、と理解するのが妥当であろう。そして、高橋昌子の指摘も納得できよう。

また、青野季吉は、半蔵は「下から」の力に目覚めると言っているが、それでいてその隷属百姓のことは具体的に描かれていない（「島崎藤村氏の『夜明け前』を論ず」、『新潮』一九三二年二月）と指摘しているが、しかしそれはむしろ作者の意図しなかったところであろう。藤村は、幕末期のいわゆる〈草莽の国学〉運動に参加してゆくような庄屋、豪農層の幕末維新期に果した役割を描くことに重点を置いたため、下層百姓のことを具体的に描かなかったのではないかと考える。否、馬籠の庄屋の息子に生まれた藤村は下層農民の実際については知らず、故に書けなかったのではないかということもあったのではないか。このことについて、伊藤信吉は、本陣、庄屋、問屋三役を勤める半蔵は、百姓や一般下層者と違う叢にいて、二つの叢の距りは、「人民への意思と人民の生活との距離である」と指摘し、二つの叢の距りを強調している。[14]しかし、藤村はそれほど両者をそれぞれ別物とみていたのであろうか。

斯様な話をして笑つた後で、河上君は其夜聞いたやうな音楽、左様いふ趣味、又それを聞きに集まる一部の階級の人達があることは認めるけれども、それが民衆の性質を表すものではないとの御話が出ました。それに就て私は一部の少数な最も進んだ人達があつてやがて時代といふものを導いて行くのではないでせうか、左様いふ人達が代表しないで誰が民衆の精神を代表するのでせうか、個人の力といふものが其様なに認められないでせうか、と左様いふ立場から大分同君に反対しました。（「音楽会の夜、其他　七」）

右の引用は藤村の紀行集『平和の巴里』[15]（佐久良書房、一九一五年一月）にある文章で、ドビュッシーの音楽会を聞いた後、藤村自身と河上肇との間で交された話についての記述である。引用からわかるように、藤村は「一部の少数な最も進んだ人達があつてやがて時代といふものを導いて行く」と考えていた。彼のこのような考え方は半蔵の造形に影響を与えていると考えられる。『夜明け前』の中で、半蔵は確かに下層農民と違う「叢」にいるが、「民衆の精神を代表する」人物として設定されているのではないか。彼の信奉する国学思想における人間性の解放や封建社会の否定などは、下層農民を含む一般民衆も望んでいたことであり、半蔵は「庄屋としては民意を代表する」ということも作中に強調されている。豪農層に属しても下層農民と様々な形で絡んでおり、彼らの利益を代弁する豪農が実際に存在したと考えることもできる。たとえば真の維新を標榜した自由民権運動[16]がその運動の初期は「豪農民権」と呼ばれるような反体制運動であったことなどを想起してみてもいい。

周知のとおり半蔵は、結局山林問題をはじめ、祭政一致の理想など民衆救済の方針で期待していた新政府に次々と裏切られていったのだが、それはまた平田一門の失望でもあった。夢破れた半蔵はついに発狂して座敷牢に入れられ、一八八六（明治一九）年に牢内で病死した。それでは、半蔵の狂死は何を意味するのであろうか。

前述した高橋章則は、「上から」の発想をもって「封建」体制を支えることを宣長学の本質と捉え、それと関連して、「『夜明け前』の半蔵が『庄屋』として村を支配する『上から』の人である側面と、『草叢』を代表して『下から』政治に関与するという両義者たるべく運命付けられたことから来る悲劇は、宣長の国学に『復古論』を継ぎ木した悲劇だった」[17]と指摘している。しかし、これまで見てきたように、宣長国学は革新的な側面を持っており、『復古論』の変革思想に通じているということを考えると、高橋の指摘は必ずしも当たっているとは言えないだろう。本論の論旨に即して考えれば、半蔵の分裂を彼の「復古」の理想と維新の現実との開きとして捉えるのが自然であろう。「わたしはおてんたうさまも見ずに死ぬ」という半蔵の悲痛な言葉は、「まことの維新」がいまだに実現されていないことを象徴するものと捉えられよう。そして、「半蔵を葬る鍬の響きは、彼の空転せざるをえなかった情念を鎮める弔いの声であるとともに、その『まこと』を踏みにじった『維新』や『文明開化』に対する抗議の声にほかならない[18]」のである。これは「(明治)維新」の延長上に築かれた、真の民衆の解放が実現されていない日本の近代(昭和初年代)に対する抗議の声にもなるといえよう。また、保守的な側面と革新的な側面を併せ持つ「復古」の理想を抱く半蔵の狂死は、「国学」の保守的側面の挫折をも暗示するという読み方もできよう。作者が意識したか否かにかかわらず、これは小説執筆当時の日本回帰の風潮への批判になるのではないかと考える。

〈五〉『夜明け前』の射程

『夜明け前』の連載が始まる前の年は、一八六八(明治元)年の戊辰戦争から数えてちょうど六〇年目に当たる一九二八(昭和三)年の「戊辰の年」であった。明治維新がいやが上にも人々に集団的に想起された年でもあった。この「戊辰の年」は、不況の深刻化がいっそう進む中で、普通選挙が初めて施行される一方で、治安維持法の改正、特別高等警察の設置など反体制運動(労働運動や小作争議)への弾圧強化が行われた年でもある。加えて、共産党員を多数検挙した三・一五事件や張作霖爆殺事件が勃発するなど、内外ともに多難な年であった。このような時代状況の中で、「大正末期以来の『幕末維新ブーム』が一段と高まっていった[19]」という。宮澤誠一はその著書『明治維新の再創造』(青木書店、二〇〇五年二月)の中で、「社会の変革を願う近代の人びとにとっては、明治維新はたんなる遠い過去の歴史的な出来事ではなく、たえず自分たちの立ち返るべき原点として、未来の指針を示す規範的意味を持ったいわば『生きられた歴史』

であった」[20]と指摘している。藤村の『夜明け前』執筆も近代日本の「立ち返るべき原点」としての明治維新を見直そうとした意図が込められていたと考えられよう。ここで興味深いのは、『夜明け前』の明治維新観は昭和初年代の「講座派」の捉える「明治維新」と似ている部分が多いということである。

周知のように、『日本資本主義発達史講座』全七巻（岩波書店、一九三二～三三年）の刊行などを契機にして、マルクス主義の経済学者や歴史学者の間で、明治維新の歴史的性格や日本資本主義の構造と土地所有の特質などをめぐって、いわゆる「日本資本主義論争」が展開された。明治維新の性格規定をめぐって相対立する二つの見解がなされ、一方は「ブルジョア革命」説をとり、他方は「絶対主義の成立」説をとった。一般的に前者が「労農派」、後者が「講座派」と呼ばれている。講座派の人々は、近代日本の封建的特質を強調するコミンテルンのテーゼを受けて、まずブルジョア民主主義革命を実現してから後直ちにプロレタリア革命を行うという二段階革命を主張した。

『夜明け前』の中で、藤村は本陣、庄屋及び問屋をつとめる青山半蔵の人物像を作り、下層農民の動きに目を配りながら庄屋（豪農）の立場から、下積みの人々にとって維新とは何であったかを描いた。明治維新が真の民衆解放を実現できなかったということを強調する点では、彼の捉える維新は昭和初年代の「講座派」の捉える「明治維新」と似ている部分が多いといえよう。ただ、藤村は講座派の明治維新観に接近しつつ、庄屋（豪農）の立場からという彼独自の視点で明治維新を見直そうとしたと考えるのが妥当だろう。同時代評の中に、藤村を明治維新探究へと向かわせしめたのは動揺極まりない現在への関心である（青野季吉「島崎藤村氏の『夜明け前』を論ず」、『新潮』一九三二年二月）という指摘があるが、半蔵の感じた時代の暗さは、そのままこの小説が執筆された昭和初年代の暗さと重なっていると言っても過言ではない。「昭和恐慌」で農民が一層困窮していった昭和初年代は未だ「夜明け前」だと、藤村は言いたかったのかもしれない。

また、「国学」の持つ可能性への検討もこの小説の執筆の大きな目的だと考えられる。明治初期に祭政一致を支えるイデオロギーとして優遇された「国学」は、まもなく「洋学」に圧され衰微していったが、二〇世紀になると、ナショナリズム隆盛の中で「国学」は新たに注視されるようになった[21]。『夜明け前』が執筆された昭和初年代には日本回帰の風潮が流行っていたことはよく知られている。そのような社会思想状況の中、藤村も「国学」に目を向け、その可能性を検討し、結局彼は『夜明け前』で半蔵の狂死を描いて、「国学」をもって時代の困難を乗り越えようとするのは無理だ、と言いたかったのだろう。作者が意識したか否かにかかわらず、これは小説執筆当時の日本回帰の風潮への批判になるのではないかと考える。「昭和維新」の理念を支えるものとして「王政復古」が持ち出されたことを考えると、半蔵の狂死が意味するものは大きいだろう。

注

（1）青野季吉「島崎藤村氏の『夜明け前』を論ず」（『新潮』一九三二年二月）、同「「夜明け前」を論ず」（「東京朝日新聞」一九三五年九月二九日～一〇月三日）、正宗白鳥「島崎藤村論――夜明け前を読んで」（『中央公論』一九三二年三月）、勝本清一郎「島崎藤村論――「夜明け前」完成を機会に」（『日本評論』第一巻第三号、一九三五年一二月）、徳田秋声「「夜明け前」読後の印象」（『新潮』一九三六年四月）などがその代表的なものといえる。また、藤村との対談、藤村を交えた座談会、合評会なども行われ、その主なものとして、島崎藤村・青野季吉「「夜明け前」を中心として　一問一答」（『新潮』一九三五年一二月）、島崎藤村・宇野浩二・室生犀星・勝本清一郎・幸田成友・山崎斌「島崎藤村と「夜明け前」を語る（座談会）」（『日本評論』日本評論社、一九三六年一月）、村山知義・舟橋聖一・林房雄・河上徹太郎・島木健作・阿部知二・小林秀雄・武田麟太郎「「夜明け前」合評会」（『文學界』一九三六年五月）などがある。

（2）伊藤信吉『島崎藤村の文学』（第一書房、一九三六年二月）、引用は『伊藤信吉著作集』第一巻（沖積舎、二〇〇二年一〇月）による。二〇七頁。

（3）この事件は足利氏に仮託して徳川討幕の意を表現したものといわれる。

（4）例えば、『新生』前篇の一一九章に「父が生前極力排斥し、敵視した異端邪宗の教の国に来て、反つて岸本は父を見る眼をさへ養はれた」という叙述がある。また、『海へ』の「地中海の旅」六のなかで父について、「外来のものと言へば極力排斥せられ敵視せられた程の強い古典の精神をもつて始終せられた」と記されている（引用はそれぞれ『藤村全集』第七、八巻〈筑摩書房、一九六七年五月、六月〉による）。

（5）中川和明は幕末における平田派の運動について、「（足利三代木像梟首事件が―引用者注）確かに過激であるが、平田派の運動はよく抑制がきいていたのであり、その一件は例外というべきであろう」と指摘している（中川和明『平田国学の史的研究』名著刊行会、二〇一二年五月、三九〇頁）。

（6）大攘夷を主張する国学者として、芳賀が取り上げたのは大国隆正である。そして、芳賀はその論文の中で、津和野藩の本学運動についても触れ、同藩では武力攘夷を否定し、大攘夷へと徐々に方向転換をしていったと指摘している。

（7）『夜明け前』では『直毘の霊』と表記されるが、一般的には『直毘霊』と書かれる。本論文では、テキスト引用でない場合は一般的表記の『直毘霊』を使う。また、西岡和彦によると、『直毘霊』は『古事記雑考』所収の『道テフ物ノ論』（一七六四年から一七六七年の間に成稿していたと思われる。宣長三五歳～三八歳、『古事記伝』自筆再稿本一之巻所収の『道云事之論』、そして『直毘』〈一七七一年〉脱稿、宣長四二歳を経て、『古事記伝』一之巻〈一七九〇年板行〉、宣長六一歳）に収められた書であり、『道云事之論』以降、内容や本文での文章構成においては、大した変更は見られない、という（中村幸弘・西岡和彦編『『直毘霊』を読む――二一世紀に贈る本居宣長の神道論』右文書院、二〇〇一年一一月、三一頁）。

（8）中村幸弘「『直毘霊』の書名と大意」（中村幸弘・西岡和彦編『『直毘霊』を読む――二一世紀に贈る本居宣長の神道論』右文書院、二〇〇一年一一月）三頁。

（9）『直毘霊』の本文引用は『日本の思想一五 本居宣長集』（筑摩書房、一九六九年三月）による。引用時、ルビは適宜省略した。

（10）尾藤正英「尊王攘夷思想の原型―本居宣長の場合―」（『季刊日本思想史』一三号、一九八〇年四月）。

（11）瀬沼茂樹『評伝　島崎藤村』（実業之日本社、一九五九年七月）二七六～二七七頁。

（12）平田延胤（一八二八年九月～一八七二年一月〈新暦では三月〉）は平田鉄胤の長男で、平田門の国学者である。

（13）『平田篤胤関係資料目録』（国立歴史民俗博物館、二〇〇七年三月）の「或藩人の論」（一―六三）の項に「王政復古のよって来る所以を述べたもの、『明治文化全集』所収「復古論」と同一、No.67が下書」と記されている。そしてNo.67（「千万年論」）の項に「王政復古の所以を述べたもの、「極々御密覧の事」とあり、No.63の下書」と書いてある。なお、藤村が参照したと思われる『復古論』は『明治文化全集　雑史篇』（一九二九年）に収められたものと推測される。

（14）伊藤信吉『島崎藤村の文学』（第一書房、一九三六年二月）、引用は『伊藤信吉著作集』第一巻（沖積舎、二〇〇二年一〇月）による。二〇九頁。

(15) 引用は『藤村全集』第六巻(筑摩書房、一九六七年四月)による。三〇七頁。

(16) 一般に、士族の民権運動は、総じて、人々の日常生活上の具体的な利害というよりも、観念的である「天下国家」志向という性格を強く帯びていたが、その後、豪農民権が台頭し、日常的利益の擁護という見地から、国会開設、地租軽減、地方自治などが求められた(坂本多加雄『明治国家の建設』中央公論社、一九九九年一月、二三四~二三七頁)。そこでは、地租軽減など下層農民の要求がある程度救い上げられたことがわかる。

(17) 高橋章則は「『夜明け前』の「草叢」をめぐって」(『島崎藤村研究』一七号、一九八九年九月)。

(18) 十川信介「夜明け前」(十川信介編『鑑賞日本現代文学四　島崎藤村』角川書店、一九八二年一〇月)二九三頁。

(19) 宮澤誠一『明治維新の再創造』(青木書店、二〇〇五年二月)一一八頁。

(20) 宮澤誠一『明治維新の再創造』(青木書店、二〇〇五年二月)二〇五頁。

(21) 高橋昌子「二十世紀が封印したもの――『夜明け前』の平田学認識とその背景」(『日本近代文学』六一集、一九九九年一〇月)。

補章　『夜明け前』の教材的価値
―戦後の国語教科書における藤村作品の教材化の状況と関連させて―

〈一〉問題提起

藤村作品が初めて教科書に採録されたのは一九〇二（明治三五）年の『中学帝国読本　全十冊』（武島又次郎編、金港堂）に載った藤村詩「二つの声」（『若菜集』より）である。これは『若菜集』が評判を取ったため教材化されたと思われる。それ以来、藤村作品は一〇〇余年にわたり教材として大きな位置を占めてきた。特に大正・昭和時代（戦前）の旧制中等学校読本には藤村作品が多く使われていた。橋本暢夫の調査によると、旧制中等学校の読本中、藤村の作品を採録した教科書は、ほぼ三二八種、一〇八四冊である（訂正本、改訂本も一種として数えている）という。そして、その採録状況について、詩教材[1]（三七編六二六回）、スケッチ・紀行文教材（四二編一九五回）及び感想・評論文教材（四五編三三七回）が多く、童話教材（「おさなものがたり」や「幼きものに」など童話三三編一〇六回）や小説教材（「嵐」や「夜明け前」など二〇編四九回）、消息文教材（一編五回）が少ないのが目に付く、と橋本は述べている。[2] また、教材としての藤村の詩と散文の果たした役割について、「藤村の生新な感情の高鳴りが生んだ優美な叙情のうたと「雲」（落梅集）に試みられ、「千曲川のスケッチ」に熟成した、リアルで綿密な観察に基づく文体は、制度的にも、実践的にも整備されてきた時代の文章教育に合致し、現代文教材の領域の拡充に大きな役割を果たした」[3]と橋本は高く評価している。

戦後、新制中学・高校の国語教科書においても藤村作品が多用された時期がある。後に詳しく分析するが、藤村作品は、戦後長い期間、夏目漱石や森鷗外、芥川龍之介等のそれに劣らないほど高校国語教科書に数多く採録されていた。[4]しかし、一九九〇年代以降採録された藤村作品は、その作品数にしても頻度にしても彼らの半分にも及ばなくなった。[5]藤村作品が高校国語教科書から徐々に消えていった原因はどこにあるのか。そして、藤村作品には教材としての可能性がまだ残っているのか。これらの問題について検討する必要があると考える。

藤村作品と国語教育との関わりを論じたものとしては、主に大河原忠蔵の「国語教育の観点から見た「初恋」「千曲川旅情の歌」」(『島崎藤村研究』二三号、双文社、一九九五年九月)と橋本暢夫の「島崎藤村作品の教材化の状況とその史的位置」(『中等学校国語科教材史研究』渓水社、二〇〇二年七月)などが挙げられる。大河原はその論文の中で、二編の藤村詩に関する先行研究を踏まえた上で、それぞれの詩で何を教えるかについて検討し、藤村詩の授業の現代的なあり方を提示したが、各時期の教科書・教授指導書を分析してその教材的価値を考察することまではしていなかった。橋本は、戦前・戦後の国語教科書における藤村作品の教材化の状況とその史的役割について論じたが、戦後に関しては教科書に採録された藤村作品の調査がほとんどで、採録作品の動向についての分析にはなお考察すべき点が数多く残されている。そこで、本補章ではこれらの先行研究を踏まえ、戦後の中学・高校の国語教科書における藤村作品の教材化の状況と関連させて、近年世界で注目されるようになってきたシティズンシップ教育の観点から「夜明け前」の教材的価値を検討してみたいと考える。

個々人の「参加」や「行動」を重視したシティズンシップの育成が世界的に議論されるようになったのは一九九〇年代である。若者の政治離れや、価値が多様化する中でのコミュニティや社会の結束の欠如に対する危機意識とグローバル化の進行への対応などがその背景となっている。[6]イギリスでは、一九九八(平成一〇)年にシティズンシップ教育に関する政策文書(通称「クリック・レポート」)が発表され、それに基づいて二〇〇二(平成一四)年から、中等教育段階でシティズンシップ教育が必修となった。「クリック・レポート」では、シティズンシップを構成する三つの要素として、「社会的道徳的責任」「共同体への参加」「政治的リテラシー」が挙げられている。そして、このうち特に重要視されているのが「政治的リテラシー」である。(7)

日本では、経済産業省が二〇〇六（平成一八）年に「シティズンシップ教育宣言」を出して、シティズンシップ教育を推奨した。一方、文部科学省は、「主権者としての自覚と社会参画の力を育む教育」を推進し、その一環として二〇一三（平成二五）年度より「中・高校生の社会参画に係る実践力育成のための調査研究」を実施している。また、政府の取組とは別に、独自にシティズンシップ教育を進めているところもある。お茶の水女子大学附属小学校、東京都品川区立小・中学校、京都府八幡市立小・中学校、神奈川県立高等学校などがその代表例といえる。お茶の水女子大学附属小学校では、二〇〇九（平成二一）年度から「小学校における『公共性』を育む『シティズンシップ教育』」と題して研究開発を行っている。そこでは様々な取組を通して「社会的価値判断力」「意思決定力」「社会を見る三つの目」を育むことが目指されている。(8)

このように、日本でも近年シティズンシップ教育に関する様々な取組が増えつつあるものの、その意味や定義についてのコンセンサスは、いまだに見いだせていないというのが現状だろう。(9)たとえば北海道高等学校教育経営研究会は、シティズンシップを構成する資質・能力を「政治や経済などの社会に関する知識、社会参加への意欲や規範意識、深く考え判断する力、自ら行動し課題を解決する力など、社会や他者とより適切な関係を築く能力や態度」(10)と捉えているが、概ね妥当な見解といえるのではないか。これらの資質・能力は、新しい学習指導要領で述べられた、学校教育において育成を目指す「生きる力」に含まれてもいる。(11)市民としての社会参加、社会性を育む教育については、これまで教科としては主に社会科（地理歴史科・公民科）がその役割を担ってきた。しかし、国政選挙における若者の投票率が低いところからも窺えるように、その役割は十分に果たされてきたとは言えない。社会科のみならず様々な教科や教育活動での指導を通じて公民的な資質を養うことこそ、今まさに問われてきている。もちろん、生徒の人間形成に大きな影響を与えてきた国語科もその役割の一端を担うべきだろう。

学習指導要領は、一九四七（昭和二二）年に初めて制定されてから、直近のものをも含めてこれまで大きな改訂[12]が九回行われた。これにより、教科書の形態も大きく変わってきた。教科書における教材の入れ替えは、教科書改訂時（三〜四年ごとに行うのが普通）と教科書新刊時（学習指導要領改訂に合わせることが多い）によく行われるが、特に新刊時において大幅に変更される。そこで本研究は、基本として学習指導要領改訂のあった時期ごとに考察を進めたいと思う。また、本研究に使用される教科書掲載作品のデータは、主に『教科書掲載作品　小・中学校編』（日外アソシエーツ、二〇〇八年一二月）と『教科書掲載作品一三〇〇〇』（同二〇〇八年四月）を参考にし、二〇〇六（平成一八）年以降のデータ（中学は二〇一六年まで、高校は二〇一八年まで）は論者自身が実際の教科書を調査して得たものである。

〈二〉戦後中学・高校国語教科書における藤村作品の教材化の状況

戦後初期（一九四六年〜一九五〇年）、中学・高校は主に文部省著作教科書を使っていた[13]。一九四七（昭和二二）年から新制中学が、一九四八（昭和二三）年から新制高校が発足した。旧制中等学校用の「中等国語」が一九四六（昭和二一）年三月から各学年三分冊で発行され、新制中学・高校用の「中等国語」と「高等国語」が一九四七（昭和二二）年に発行された。「中等国語」において、藤村教材は一年生で童話二編、「千曲川のスケッチ」（抄録）、エッセイ「菖蒲の節句」が、二年生で藤村詩「船路」が、三年生で「千曲川旅情の歌」が採録されていた[14]。「高等国語」において、一年生で「藤村詩集序」や藤村詩一〇編が、二年生でエッセイ二編が、三年生で小説「嵐」（抄録）が使用された[15]。文部省著作教科書は中学・高校の各学年必ず何らかの藤村作品を読むようにカリキュラムが設計されている。では、なぜ戦後、藤村作品がこれほど重用されたのであろうか。

藤村作品には戦前旧制中学校読本に長く使われてきた歴史があって、戦前・戦中を通して信頼される教材だったことや、そもそも藤村その人が戦時中（一九四三年）亡くなったものの、生前、日本ペンクラブの初代会長を務めたことからも窺えるように、日本を代表する文学者（文豪）の一人と目されていて、戦後もその影響が多分に残っていたことなどが考えられるが、しかし、ただそれだけでは当時の重用ぶりをとても説明できない。

高校一年生用教科書は「つひに新しき詩歌の時は来たりぬ」から始まる「藤村詩集序」が巻頭を飾っているが、これは象徴的である。このことに関して、佐藤泉は「藤村詩集自序は、自我の確立、個人の確立という近代的な価値観を語る文として教科書の頁上にクローズアップされたのである。編集サイドの関心は「新しき詩歌の時」ではなくして「新しき詩歌の時」に向けられていた。それまでの暗い夜の時代が過ぎ、今新しい夜明けを迎えるという新生のイメージゆえに、藤村の言葉が戦後教科書の扉を飾ることとなったのである」[16]（傍点は原文のまま）と分析している。また、佐藤は、「この詩人に期待されたのは前近代と近代を切断し、そこに暗黒の闇夜に対する黎明の予感、暗に対する明の鮮やかなコントラストを与えることだった。近代の幕開けを語ったこの作家の言葉を呼び出すことによって、戦後という時代は、いったん挫折した近代化の再スタートを再びみずみずしく彩ることができたのだ」[17]とも述べている。「近代の夜明け」を告げる藤村の言葉は、戦中という暗黒の時代を経て、新しい出発を迎える戦後という文脈の中でクローズアップされたのである。

一九四七（昭和二二）年から教科書検定制度が復活し、教科書の発行社が多くなり、国語教科書の種類も多様になった。五〇年代の国語教科書[18]に採録されている藤村作品は、詩、エッセイ、紀行文、小説など多岐にわたり、採録回数も多い時期であった。中学の場合では、詩八編二四回、小説（「嵐」や「桜の実の熟する時」の抄録）六編二五回、エッセイ・紀行文一〇編二九回、「千曲川のスケッチ」（抄録）二六回、童話一編一回である。高校の場合では、詩一九編一一一回、「藤村詩集序」一四回、小説六編三三回、エッセイ・紀行文九編一二回、「千曲川のスケッチ」（抄録）二回採録された。この時期の国語教科書には、文学教材が戦前の国語読本と比較にならないほど多量に採録されていた。それは五〇年代における文学教育熱の高まりと深く関わっていると思われる。井上敏夫は五〇年代の文学教育について、「太平洋戦争以後も、アメリカ指導による言語技能重視の国語教育が推進される一方で、それへの反動として文学教育が強調され、「言語教育と文学教育」のタイトルの下に、賑やかな論議が行われた。その結果、中学から高校へかけて、文学教育は、言語教育と分離して、別系統で指導されるべきであるという論も多く聞かれた[19]」と述べている。一九五二（昭和二七）年から一九五五（昭和三〇）年にかけて「言語編」と「文学編」とに分冊する国語教科書が多く現れた。[20]分冊教科書の登場から、当時の「言語教育」に対する「文学教育」への期待と隆盛を知ることができよう。なぜ「文学教育」が強調されたのかについて佐藤泉は、「当時、「文化国家」を目指してスタートした社会は、文学教育に対し戦後日本の再建に向けての多大な期待を寄せた。この時期の文学が大きく輝いて見えるのは、その社会的意欲にふちどられてのことだった[21]」と指摘した。五〇年代の教科書における藤村作品の重用もそれと無関係ではないと考えられる。近代的個人意識と市民社会の確立が課題とされた戦後のこの時代に、個人感情の解放を強く訴えた藤村詩、そして現実凝視を通じて個人の確立を目指した藤村の小説などが戦後教科書に多く使われることは自然な成り行きと言えよう。また、戦後、教科書検定制度が復活した際、各教科書発行社が自社の教科書を通しやすくするため、戦後初期の文部省著作教科書に重用された藤村の作品を積極的に採録したとも推測できる。

しかし、六〇年代以降、中学・高校の教科書に採録された藤村作品は徐々に減少していった。六〇年代の教科書は、中学の場合では、詩五編一七回、小説（「嵐」の抄録）一編五回、「千曲川のスケッチ」（抄録）四回、エッセイ二編二回、シナリオ（「夜明け前」）一編二回で、高校の場合では、詩六編三〇回、「藤村詩集序」四回、小説四編一九回、エッセイ・紀行文七編一二回、「千曲川のスケッチ」（抄録）一回である。七〇年代に入ると藤村作品の採録はさらに減少した。中学の場合では、詩三編五回、童話一編一回、シナリオ（「夜明け前」）一編二回にとどまっている。高校の場合では、詩五編二三回、「藤村詩集序」四回、エッセイ四編七回、「千曲川のスケッチ」（抄録）三回、小説一編二回である。「夜明け前」が高校国語教科書から消えていったのもこの時期からである。八〇年代の教科書は、中学の場合で、詩三編一二回（うち「初恋」八回）にとどまり、高校の場合では、詩七編五三回（うち「小諸なる古城のほとり」二八回）、「藤村詩集序」

一八回、エッセイ二編六回、「千曲川のスケッチ」（抄録）五回である。この時期の高校国語教科書における藤村作品の採録回数は、前期（七〇年代）に比べ大きく増加した傾向が見られるが、それはこの時期に同じ学年の国語教科書でも種類の異なるものを出す教科書発行社が多くなったことに関わっていたと思われる。また、八〇年代から中学では「初恋」、高校では「小諸なる古城のほとり」が定番化していく。九〇年代以降もこの傾向がほとんど変わっていないといえる。ここで問題になるのは、六〇年代から「夜明け前」以外の小説教材や散文教材がなぜ教科書から徐々に消えていったかということだろう。

その理由として、戦後第三期の学習指導要領で経験主義から系統主義への転換という流れが考えられ、そのような流れに伴い収録作品の精選及び横並び現象が始まったこと、そして藤村の代表作が大体長編小説で、教材化しにくいことなどが考えられる。しかし、むろん、それだけでは片付けられない。六〇年代以降、高度経済成長を経て日本社会が大きく変容し、若者たちの時代感覚が藤村小説に描かれた風俗と大きくかけはなれるようになっていったからであろう。たとえば「家」（一九一〇年〜一九一一年）の場合を見てみよう。戦後、日本国憲法の成立にともなって、「封建的家族制度」が法律上廃止されたが、多くの国民の中に、特に農業や自営業、また古い世代の人たちの間に「封建的家族制度」の考えが戦後もしばらく残っていた。[22]「封建的家族制度」批判をその主題とする藤村の「家」が五〇年代の高校の教科書に取り上げられた大きな理由はそこにあると思われる。しかし、五〇年代の末頃からは、日本経済の回復と高度経済成長をめざす政策によって、急速に日本社会の近代化・都市化・工業化が進み、農村も大きく変わっていった。家庭生活でも核家族化が進み、また女性の職場への進出にともない共働き夫婦や、母親である女性労働者も増大していき、「封建的家族制度」の考えも徐々に影を潜めていく。[23]そのような状況の中、「家」に束縛される感覚が薄れ、生徒たちの「家」への意識が小説の中に描かれた「家」とかなりかけ離れ出し、「家」の世界を理解できなくなったのであろう。

「春」[24]（一九〇八年）や「桜の実の熟する時」[25]（一九一四年〜一九一八年）の場合はどうであろう。両作は「青春」小説として知られてきたが、青年の悩みや成長を描いた小説として生徒たちに共感を持たせやすいということが従来教科書に採録されてきた大きな理由だと考えられる。しかし、高度経済成長期を経て日本社会がドラスティックに変容し、「青春」に関する社会意識も大きく変わっていった。竹内洋は「一九六〇年代後半は日本の高等教育がエリート段階からマス段階になった時期で」「大卒者のただのサラリーマン化が進行し（中略）ただのサラリーマン予備軍には専門知や教養知は必要としない」[26]と言い、三浦雅士は「一九七〇年代に入ると同時に、『青年』は『若者』という言葉に、『教養』は『知』という言葉に、ほとんど一挙に置き換えられてゆく」「青春が青年と対になって消えて行くのは当然である」[27]と指摘した。このようにして、「青春」や「青年」という概念が社会から次第に消えていく中で、一部に「春」や「桜の実の熟する時」を読んでも共感を覚えにくい生徒たちが出てくることはある意味当然であった。藤村が現代文学でなく古典と同じように扱われる傾向が出てきたと、大河原忠蔵が「島崎藤村『夜明け前』」[28]の中で述べていたが、若者たちの時代感覚が藤村作品の中に描かれた風俗とあまりにかけ離れてしまい、それが彼らを藤村文学から遠ざける一因になったのではないだろうか。

では、なぜ「夜明け前」だけは六〇年代でも高い頻度で採録されていたのだろうか。それは「夜明け前」が明治維新を取り扱う歴史小説であることと関わっていると思われる。明治維新は明治時代の「第二維新」、「大正維新」そして「昭和維新」などの運動からも分かるように常に後の時代の人びとに想起されていた。[29]その原因について、宮澤誠一は「社会の変革を願う近代の人びとにとっては、明治維新はたんなる遠い過去の歴史的な出来事ではなく、たえず自分たちの立ち返るべき原点として、未来の指針を示す規範的意味を持ったいわば「生きられた歴史」であった。その意味で、明治維新は、危機的な状況のなかで時代の課題に応えるために、近代日本の〈起源神話〉として再創造されつづけたのである」[30]と指摘している。一九六〇年代に一〇〇年を迎えた明治維新が注目を浴びていたこともよく知られている。そうした時代風潮の中、歴史小説として高く評価された「夜明け前」が生徒の興味・関心を引くことは想像に難くない。小森陽一は高校入学の年（一九六九年）に日本の近代を知るために『夜明け前』を読んだと語り、成田龍一は同じ一九六九年に明治維新について『夜明け前』で勉強しようと思って読んだと述べている。[31]このことからも「夜明け前」が当時いかに知的好奇心の強い若者たちの興味・関心を引いたかが窺えよう。しかし、その「夜明け前」も七〇年代の教科書には採録されなくなっていく。次節ではまずその理由を検討し、最終的には今なお生徒たちに読ませるに値すると考える「夜明け前」の教材的価値について論じたいと思う。

〈三〉『夜明け前』の教材化の状況とその教材的価値

（一）その採録状況

第六章で詳述したが、『夜明け前』は藤村晩年の大作で、二部全二八章よりなり、『中央公論』誌上に一九二九（昭和四）年四月から一九三五（昭和一〇）年一〇月まで年四回ずつ二八回にわたって連載された。人口に膾炙した「木曽路はすべて山の中である」から始まるこの小説は、藤村がその父親正樹をモデルにした主人公青山半蔵の生涯を描いた歴史小説である。木曽路馬籠宿青山家一七代の当主になった半蔵は、平田派の国学を学び、憂国の思想を抱いた青年であった。彼は本陣当主という地位のため、自分の欲する行動に赴くことができず、武士と農民との間に立って苦慮し煩悶することが多かった。彼はその立場にあって、農民たちの生活のためになんとかその微力を尽くそうとしたのである。大政奉還によって半蔵は自らの信ずる国学の理想が実現されることを期待した。しかし、彼を待っていたのは西洋文化を模倣した文明開化と明治新政府による人々への更なる圧迫であった。彼の期待は新政府によって次々と裏切られていった。すべてに絶望した半蔵はついに発狂し座敷牢に入れられ、一八八六（明治一九）年、五六歳を一期としてその悲劇的な生涯を閉じた。真の維新を望むにはあまりにも暗い気配が時代をおおっていたというのがこの長編の大筋である。

この「夜明け前」が初めて教科書に登場したのは『国語高等学校第二学年用一』[32]（教育図書、一九五〇年）である。以後、「夜明け前」は多くの教科書に採録され、二〇年余りに亘って教えられていたが、一九七〇（昭和四五）年、新しい高等学校学習指導要領が告示され、一九七三年から使用しはじめた教科書には登場しなくなった。[33] 表一は「夜明け前」を採録した教科書名、採録箇所及びその使用年度を一覧にしたものである。

表一

番号	教科書名	発行社	使用年度	採録箇所
一	国語高等学校第二学年用一	教育図書	一九五〇～五四	第二部第十三章第一節の後半と同第十三章第三節。
二	国語　高等二年　文学編全	教育図書	一九五二～五四	第二部第十三章第一節の後半と同第十三章第三節。
三	高等新国語一上	光村図書	一九五三～五六	第二部第一章（一部は省略）。
四	新高等国語総合一年全	教育図書研究会	一九五三～五五	「序の章」の全文。
五	「言語と文学三下」	秀英出版	一九五三～五九	「序の章」の全文。
六	総合高等国語二上	中等教育研究会	一九五四～五六	「序の章」（一部は省略）。
七	高等学校国語総合二上	昇龍堂出版	一九五五～六二	「序の章」最初の三節と第一部第一章第二節の前半。
八	高等学校国語二上（新版）	好学社	一九五六～六三	「序の章」の全文。
九	高等国語総合編二年下	中教出版	一九五六	「序の章」最初の二節。
一〇	総合高校国語三上	実教出版	一九五六	第一部第六章第四節の一部。
一一	総合新高等国語一全	教育図書研究会	一九五六	「序の章」の全文。
一二	総合新高等国語一全	教育図書研究会	一九五七～六二	「序の章」の全文。
一三	総合高等国語二　改訂版	中等教育研究会	一九五七～五九	「序の章」（一部は省略）。
一四	国語二高等学校　総合	中央図書出版社	一九五七～六三	第一部第一章第二節と第三節の一部：同第二章の第二節の前半部。
一五	国語三	秀英出版	一九五七～六四	「序の章」の全文。
一六	高等学校国語三　総合	角川書店	一九五八～六四	第一部第七章第三、四節（半蔵の王滝参籠の部分）。

一七	新編高等学校国語二	好学社	一九五九～六三	「序の章」の全文。
一八	国語新編三	秀英出版	一九六〇～六四	「序の章」の全文。
一九	現代国語二	三省堂	一九六四～七三	第二部第十四章第二節の一部（半蔵が家政改革と誓約書を持ち出された部分）：同第十四章第三節の後半と第四節（半蔵の万福寺放火事件）：「終の章」の第二節（一部は改訂、宗太が半蔵を縛る部分）。
二〇	現代国語二	日本書院	一九六四～七一	「序の章」最初の三節と第一部第三章第二節の大部分。
二一	高等学校現代国語二	好学社	一九六四～六六	「序の章」の全文。
二二	国語現代編三	秀英出版	一九六五～六七	「序の章」の全文。
二三	高等学校現代国語三	角川書店	一九六五～六七	第一部第七章第二、四節（半蔵の王滝参籠の部分）。
二四	高等学校現代国語二	好学社	一九六七～七〇	「序の章」の全文。
二五	現代国語三　改訂版	秀英出版	一九六八～七一	「序の章」の全文。
二六	高等学校現代国語三	日本書院	一九六八～七三	第一部第十二章第一節：「終の章」最初の二節（座敷牢が作られ、宗太が半蔵を縛る部分）。
二七	現代国語三　改訂版	実教出版	一九六八～七一	第一部第六章第五節の大部分（半蔵が暮田正香を匿う部分）と同第十章第三節の全文（水戸浪士の馬籠通行の部分）。
二八	高等学校現代国語三　改訂版	角川書店	一九六八～七一	第一部第七章第三、四節（半蔵の王滝参籠の部分）。
二九	高等学校現代国語二　改訂版	好学社	一九七一～七二	「序の章」の全文。
三〇	高等学校現代国語三　三訂版	角川書店	一九七二～七四	第一部第七章第三、四節（半蔵の王滝参籠の部分）。
三一	現代国語三　三訂版	明治書院	一九七二～七五	「序の章」の全文。
三二	高等学校現代国語二　改訂版	学校図書	一九七三	「序の章」の全文。

表一からわかるように、「夜明け前」は主に高校二年（一五冊）あるいは高校三年（一三冊）の教科書に配置されていた。それはこの教材の難しさ（例えば、文章が分かりにくいこと、歴史や思想問題と関わっていることなど）によると思われる。また、高校二、三年への配置は生徒の青年時代において決定的な影響を与えられる文学作品を提供するという意図も込められていると考えられる。

採録場面としては、「序の章」を含む箇所を採った教科書が二〇冊で、全体の三分の二を占めている。「序の章」に次いで、第一部第七章第三、四節に描かれた半蔵の王滝参籠の部分が四回教材化された。この部分はもっぱら角川書店発行の教科書に採録されており、父親の病気平癒を祈願するため王滝に参籠する主人公青山半蔵の心中に去来する思いを通して、時代の変動期に処して苦悶しながらも、誠実に生き抜いていこうとする半蔵の姿がよく描かれている。それが、この場面が教材化された主な理由であろう。

その他、第一部第六章に描かれた半蔵が暮田正香を匿う部分と、同第十章に描かれた水戸浪士の馬籠通行の部分を合わせて採録した教科書、また第二部第十四章に描かれた半蔵が誓約書を持ち出された部分と半蔵の万福寺放火事件、そして「終の章」に描かれた半蔵が座敷牢に送られる部分を合わせて採録した教科書もある。これらの箇所はストーリーが面白く、生徒の興味・関心を引きやすいので教材化されたと推測できる。

以上見てきたように教材化された場面は様々であるが、「序の章」を含む箇所が一番多かった。論者の考えでは、『夜明け前』を教材化する場合、「序の章」の全文を取り上げるのがもっとも効果的ではないかと思う。「序の章」は『夜明け前』の名高い部分の一つで、しかも比較的完結しているうえ、冒頭で強調された「一筋の街道」が作品全体を律している。(34) この「序章」だけでも、近代日本文学の中の代表的歴史小説の特質を十分窺うことができると考える。

（二）「夜明け前」が教科書から消えた理由

先にも述べたように、一九七〇年代以降の教科書に「夜明け前」は採録されなくなったわけだが、そもそもこの小説は、一般庶民にとって「明治維新」とは何であったかを生徒に考えさせる教材として注目されてきたと考えられる。半蔵は明治維新によって万民の幸福が期待される本当の近代社会の成立を望んでいたが、作中の「山林事件」が象徴するように、彼は最終的に明治新政府に裏切られた。妥協を知らない彼はついに発狂し座敷牢の中で寂しい生涯を閉じた。「夜明け前」を採録した教科書の指導書の「解説」の中に、「夜明け前」の主題の一つとしてしばしば取り上げられたのはこの「主人公青山半蔵の悲劇」である。また、教材に即して記されている「問題」の中に「夜明け前」という題名の意味に関するものが多く取り上げられているのは、小説のこの主題を生徒に考えさせるための設問と考えられよう[35]。こうした「夜明け前」の無辜の民を苦しめた明治維新に対する考え方は、戦後しばらく圧倒的優位性を占めていた、いわゆる「講座派」の捉える「明治維新」と似ている部分が多い。これも第六章の説明と重なるが、よく知られているように戦前の「資本主義論争」の下では、明治維新の性格規定をめぐって相対立する二つの見解があった。一方は明治維新を「ブルジョア革命」と捉え、他方は、それを「絶対主義の成立」と理解した。一般に前者が「労農派」、後者が「講座派」と呼ばれ、両派の論争は互いに歩み寄る姿勢をみせることなく、長年激しい対立を示したまま国家権力の弾圧の前に終熄した。「「戦後歴史学」は、敗戦後の混沌とした政治――社会情勢のなかで、マルクス主義史学の主導の下に成長してゆく。したがって、戦後の論争も、戦前の「資本主義論争」の遺産を継承する方向で始まった。とはいえ、そこでは、「講座派」理論が圧倒的優位を占め[36]」ていた。「講座派」的な歴史叙述において、明治維新はできそこないの革命であり、「天皇制絶対主義」を作り出した点で「歪んだ」近代の出発点（非市民革命）と表象されるものであった。そのような戦後の思想状況の中、『夜明け前』の教材的価値が注目された理由が理解できよう。

表二[41]

	一九四九～六二	一九六三～七二	一九七三～八一	一九八二～九三	一九九四～二〇〇六
島崎藤村	三六編・一七二回	一九編・六六回	一二編・三九回	一一編・八二回	七編・三九回
夏目漱石	五三編・一五七回	一九編・七一回	一五編・五九回	一六編・一四一回	二七編・一六四回
森鷗外	二四編・八三回	九編・四五回	九編・四四回	九編・八二回	一四編・七六回
芥川龍之介	二三編・六九回	一四編・四六回	九編・四一回	一四編・九八回	一三編・一〇三回

だが、一九五〇年代後半から始まった高度経済成長によって、その発展の理念として掲げた西欧社会に（幻想とはいえ）追いついたと考えたことにより、日本社会発展の絶対的な価値基準としてあった西欧社会を相対化することが可能となった。桜井哲夫は、「西欧社会の脱神話化と、その一方での日本社会の特殊性の発見、このことこそ、六〇年代のただなかに開始された一つの社会現象なのであった[37]」と論じた。こうした動向の中で、「日本社会の歴史的展開を「世界史の基本法則」を基準として、その法則からの乖離を日本の「後進性」として記述する機械論的思考に、本質的な疑問を持たせたのであった。（中略）歴史学の近現代史分野にあっても、疑う余地のないほどに通説化していた「絶対主義」説に対して疑問が投げかけられ、それがかつての勢いを失い、新たな分析視角が求められるようになり」、「一九六〇年代に入って「上からのブルジョア革命」説が提言された[38]」。そして、「六〇年代も末になると、「講座派」理論が公然と批判の対象とされるに至った[39]」。明治維新が一〇〇年を迎えた一九六八（昭和四三）年、政府主催の一連の「明治百年祭」が象徴するように、明治に築いた基盤があったからこそ戦後早く復興できたと、明治維新を再評価する動きが大きく広がったのである。七〇年代に入って明治維新の暗い面を描いた『夜明け前』教材が採録されなくなっていった背景には、おそらくこのような明治維新評価の見直し問題が多かれ少なかれ関わっていたと思われる。

また、『夜明け前』が教科書から消えた理由としては、今一つ、六〇年代から始まる教科書収録作品の精選と横並びの傾向がより顕著になってきたこととの関連が考えられる。阿武泉は「高等学校国語科教科書における文学教材の傾向」の中で、六〇年代と七〇年代の文学教材の傾向について「新しく戦後に登場した現役作家作品を積極的に採録する一方で、明治・大正の文豪、既成作家については作品の種類が減った――収録作品の精選、横並び現象が始まったのがこの時期といえよう」と述べ、この趨勢が八〇年代に引き継がれていった[40]と指摘した。表二は戦後の教科書に採録された著名作家の作品数と頻度数をまとめたものである。これを見ると、八〇年代初期までの採録状況として、時代を経るにしたがって、藤村のみならず、漱石や鷗外、芥川などの作品の採録回数や作品の種類が大きく減少していることがわかる。

ただ、六〇年代の教科書では藤村とともに漱石や鷗外、芥川の採録回数が大きく減じているが、七〇年代の教科書では漱石や鷗外、芥川作品の採録回数は六〇年代とあまり変わっていない。しかも、藤村作品の採録回数は七〇年代に入るとさらに減少している。なぜ漱石や鷗外等の作品の採録回数が七〇年代になってもさして減じていないかというと、それは七〇年代における個人主義に対する評価と関わっていると思われる。前述した佐藤泉は七〇年代の国語教科書を分析して、「戦後初期の国語教科書においても自由なる主体、自由なる個人という理念が、様々な語りの基底にあったことは見た通りである。それから二十年あまり後、七十年代の教材はエゴイズムを悪として描くにいたる[42]」と述べている。個人主義に関する言説の転回の表れとしては、個人主義批判と読み取れる夏目漱石『こころ』の採録回数が六〇年代（一九六三～七二年）の八回から七〇年代（一九七三～八一年）の二四回に増え、森鷗外『舞姫』は一五回から二六回に、芥川龍之介『羅生門』は六回から二一回に増えたことが挙げられる。[43]漱石『こころ』と鷗外『舞姫』の定番化は、六〇年代にその兆しを見せ、七〇年代で盤石になっていったのだが、[44]このようにして、「明治枠」に漱石・鷗外ががっちりはまっているようになり、藤村小説は採録しにくくなったと考えられる。

さらに二つ目の理由とも関連するが、「小諸なる古城のほとり」や「千曲川旅情の歌」など藤村詩の定番化現象からも幾分かは影響を受けていると思われる。というのは、七〇年代の教科書における藤村詩教材は、六〇年代に比べ減少したものの、五編・二三回採録されている。そして、八〇年代から中学では「初恋」、高校では「小諸なる古城のほとり」が定番化していく。六〇年代から国語教科書収録作品の精選、横並び現象が始まったと既述したが、その影響で同じ作家の作品を異なったジャンルで採録するのは難しくなったと推測され、藤村の場合、風俗や思想と距離をおく詩が選ばれるようになったのである。

ほかにもまだ七〇年代以降、原典尊重主義的思考が強まり、長編小説が教科書に採択されにくくなっていったなどという理由も考えられるが、おおよそ以上が『夜明け前』が教科書から消えていった理由であると考えられる。

(三)『夜明け前』の取り扱われ方と教材的価値

『夜明け前』はこれまで述べてきたような理由で教科書から消えていったわけだが、この小説には教材としての価値が今なお十分あると思う。これから五〇、六〇年代の教科書で『夜明け前』がどのように扱われたかを具体的に考察し、その教材的価値について検討してみたいと考えるが、先に記したように『夜明け前』は「序の章」を含む箇所がこれまで一番多く教材化されてきたので、まずはそれらの教科書を分析してみたい。

「序の章」を含む箇所を教材化した教科書二〇冊のうち、「序の章」の全文を採録したのは一五冊、一部分省略はあるものの、ほぼ全文を採録したのが二冊、「序の章」の第一、二節だけ採録したのが一冊、「序の章」の大部分と他の章の一部分を合わせて採録したのが二冊である。また、教科書を新刊あるいは改訂する際、「序の章」を採録し続けた発行社は、秀英出版(五冊)、好学社(五冊)、教育図書研究会(三冊)、中等教育研究会(二冊)などである。

教材の取り扱われ方を検討する際、教科書と指導書を併せて分析するのが有効だと思われるが、残念ながら「序の章」を含む箇所を教材化している教科書(二〇冊)に対応する指導書のうち、入手できたのはわずか七冊である。この七冊のうち、好学社発行の指導書五冊[45]、日本書院(一九六四年)そして明治書院(一九七二年)発行のそれぞれ各一冊である。

指導書の数は少ないが、これらの指導書の考察を通して、「夜明け前」の扱われ方がある程度は窺われるはずである。

好学社『高等学校国語二上（新版）』（一九五六年）の中では、単元「四　長編と短編」が設けられ、『夜明け前』は菊池寛の短編小説「形」、谷崎精二の論文「長編と短編」と並んで配置されている。『夜明け前』教材に対する指導書には、「序の章」に出てくる吉左衛門と金兵衛の性格について、作者がどの方面から明治維新を描こうとしているか、及び、「序の章」の長編小説の序章としての意義に関する設問が設けられている。

五〇年代に他の発行社[46]から出された「序の章」を含む箇所を採録した教科書を見てみると、関連する「問題」は、上述した三問のほか、当時の木曽路の生活、文体の特徴、「序の章」の描写の特色、そして『夜明け前』という題名の意味に関する問いが取り上げられている。

『夜明け前』を採録した理由については、『高等学校国語二上（新版）』（好学社、一九五六年）の指導書の記述をまとめてみると、藤村の代表的大作であること、その一部分をもって生徒に長編小説の特質を理解させ、それに興味を持たせるという注文に応じ得ることが挙げられる。また、『夜明け前』を読むことは「生徒の高等学校生活を通じての最ものりゆたかな読書体験の一つとなるであろう[47]」とも述べられている。この記述に関して具体的な説明は記されていないが、本作の読解を通して生徒に自分の生き方について考えさせることができると同指導書の筆者は考えているのであろう。『夜明け前』の学習の目標として、同指導書では、代表的な長編小説を読み長編小説の性格を学ぶこと、長編小説に対して興味と関心を持つことの二つが示されている。そして「指導の内容」の一部として、「序章にあらわれている時代と社会について調べる」及び「明治維新について話し合い、当時の青年達がその大きな社会変革をどう受けとったかを話しあう」という作業が求められている。例えば、佐本房之がこの好学社発行の教科書をテキストにして、一九五九年一〇月に実施した『夜明け前』の研究授業の記録の中に、学習目標の一つとして、「登場人物の生き方について考え、自分の生き方（社会、思想問題と自分との関わり合い）について考える態度を身につける[48]」という記述がある。これはこの「指導の内容」に即して考えた学習目標の応用であろう。

一九六〇年に告示された高等学校学習指導要領（一九六三年実施）では、科目編成が行われ、現代分野と古典分野が分けられた。『高等学校現代国語二』（好学社、一九六四年）、『高等学校現代国語二』（同一九六七年）、そして『高等学校現代国語二　改訂版』（同一九七一年）の中に、五〇年代に同社が発行した教科書に引き続き、『夜明け前』が採録され続けた。ここでは主に『高等学校現代国語二』（好学社、一九六四年）とそれに対応する指導書を参照し、『夜明け前』の取り扱われ方を分析する。

『高等学校現代国語二』（好学社、一九六四年）では、「夜明け前」が梶井基次郎の『城のある町にて』[49]と並んで一つの単元に配置されている。「夜明け前」に即して示された「問題」は、同社『高等学校国語二上（新版）』（一九五六年）の中に示された「問題」とほとんど変わりなく、ただ『夜明け前』という題名の意味と文体の特色に関する問題が付け加えられた。

『高等学校現代国語二』（好学社、一九六四年）の指導書を見てみると、単元設定の理由は、長編小説の性格を学ばせることや長編小説に対して興味と関心を持たせることなど、前記した『高等学校国語二上（新版）』（好学社、一九五六年）の指導書のそれとあまり変わりはないが、いくつか目新しい課題が取り入れられている。『夜明け前』を扱う単元が現代国語の教科書全体の中で占める位置、そして他の単元との関連が記載されているのである。つまり、系統と関連を打ち出しているということである。そこではまず現代国語全体の小説単元の構成は、「一面で短編小説から長編小説への展開を意図しているとともに、他面、文学発展の歴史という立場から捉えてみれば、日本の近代文学・現代文学においてもっとも典型的な近代小説がつくり出された大正期の文学から昭和期及び明治期の文学（中略）への展開を予定している[50]」と記され、続いてこの単元をもって「近代小説・現代小説の多様性を印象づけることをも考慮している[51]」と述べられている。言ってみれば、典型的な近代小説と現代小説（自然主義的リアリズムと心理主義）との対比、歴史小説と現代に題材をとった小説との対比などが意図されているのである。さらに、『夜明け前』に関しては、第一学年で学習した芥川龍之介の『鼻』及び第三学年に予定されている中島敦『山月記』との関連、そして東洋と西洋、伝統と近代というテーマと密接に関わる他の単元との関連を意識するよう記されている。このような系統主義を強く意識した考え方は、当時の教育思想の転換と深く関わっていると思われる。一九六〇年版高等学校学習指導要領は、戦後初期の経験主義から脱し系統を重視し出したのである。そのような背景の下、『高等学校現代国語二』（好学社、一九六四年）の指導書に、同類の他の教材との関連が打ち出されているのはある意味当然と言えるであろう。

また、高校国語教科書で長編小説を取り扱う難しさを承知しながら、あえて長編小説を選んだ理由については次のように述べられている。「この時期の生徒においてこそ、かれらの人生において最も決定的な役割をも果たしかねない、文学との運命的な出会いという出来事も起こりやすいのである。（中略）技術的な困難を排して長編小説が置かれなければならぬ必然性の一つは、そういうところにある[52]」という。それに加え、単元の目標として「小説の鑑賞に主眼を置くとともに、表現についての理解をも深め、小説を芸術の一分野に属するものとして丁寧に味わい、鑑賞する態度を養い、またそれを通じて広く人生・社会の問題について思索する能力をも養成する[53]」と記されている。これらの記述から、この単元では「小説の鑑賞」とともに、とくに生徒たちに「人生・社会の問題について」考えさせることが期待されていると言えよう。

明治書院『現代国語三　三訂版』（一九七二）は「序の章」の全文を教材化し、これをもって一単元を設けた。先に見た好学社の指導書と同じく、単元のねらいとしては長編小説の性格を理解させることが同教科書の指導書に示されている。また、人生の縮図である長編小説を読むことで人生や社会について深く考えることに役立つとも記されている。さらに、この単元の位置について、歴史小説としては森鷗外『最後の一句』や先の中島敦『山月記』、芥川龍之介『枯野抄』との、長編小説としては夏目漱石『明暗』との関連が論じられ、文体の面では梶井基次郎『路上』や川端康成『並み木』の自然描写との比較などが列記されている。

日本書院『現代国語二』（一九六四年）は「序の章」の最初の三節と第一部第三章第二節の大部分を教材化した。単元「五、近代の小説」の中に、『夜明け前』教材のほか、編者による「文芸史上の島崎藤村」と「近代の文章」が配置され、前者は『夜明け前』の持つ文芸的意義や島崎藤村の文芸史的意味について論じたもので、後者は『夜明け前』の文章が近代文章史上においていかなる位置にあり、いかなる意義を持つかを中心に近代文章史を概観したものとなっている。『現代国語二』（日本書院、一九六四年）の指導書では、単元設定の理由として、「文芸史上すでに定評をえた漱石・藤村・鷗外の三文豪を柱とする小説単元三つ[54]」を設定し、第二学年を藤村に充てると記されている。これも系統主義の色を帯びていることは言うまでもないであろう。だが、同指導書に記された「夜明け前」教材の取り扱われ方は、前述した『高等学校現代国語二』（好学社、一九六四年）や『現代国語三　三訂版』（明治書院、一九七二年）の指導書のそれと若干異なるところがある。そこには「「青山半蔵の悲劇」や「夜明け前の歴史」、また「国学の果たした役割」や「夜明け前の世界」を浮き彫りにすることはできなかった。そこで「夜明け前」を、その特色の一つである「街道の文芸」としてとらえてみた[55]」と記されているのである。そして、指導内容の中に、明治維新の意味を社会科日本史との関連において捉え、木曽街道については地理との関係を重視して概観することが盛り込まれているのだ。どちらも他の教科書指導書には見られなかった課題である。

これまでの考察から、「夜明け前」の「序の章」を含む箇所を学習させる意義をまとめてみると、大きく次の四つ分類されるように思われる。

（一）長編小説の性格を学び、短編小説との違いや歴史小説の特徴などについて理解を深めさせることができる。
（二）作中人物の性格・心理・思想を読み取り、人物の描き方について学習させることができる。
（三）明治維新の意味を歴史として捉え、作品の舞台である木曽街道について、地理とも関連させて学習させることができる。
（四）揺れ動く社会の中での人間のありようを提示した典型的作品として主人公の半生を追い、自身の生き方について考えさせることができる。

以上の四つの学習意義の中で（一）と（二）は他の文学教材でも代替できるであろうが、（三）と（四）に合致する教材はなかなか見出しにくいのではないだろうか。『夜明け前』はその二つの価値を併せ持つという意味で、かなり貴重な教材だと思うがどうか。例えば『夜明け前』の教え方として、主人公青山半蔵の生きる時間である幕末・明治や小説の舞台となる木曽街道などについて生徒に調べさせ、異なる時代や見知らぬ地域に関する知識を広め深めさせてもよいだろう。また、半蔵にとっての明治維新がどのようなものであったかをじっくりと考えさせ、生徒の持つ明治維新に関する知識を相対化することもできるかもしれない。さらに作者藤村が、幕末・維新時の政治の中心地であった京都や東京（江戸）ではなく木曽路を小説の舞台に選び、歴史の表舞台に出た人物ではなく「草叢の中から」歴史を描いたわけを生徒に問いかけ、「地方」の持つ意味や、名もなき一庶民が社会参加を企てることの是非などを論議させることもできよう。考えてみれば、これらこそが最初に述べた、まさしくシティズンシップ教育ではないだろうか。『夜明け前』が「クリック・レポート」に挙げられていたシティズンシップを構成する三要素を十分満たしているとまでいうことができるかは微妙だが、少なくともこれが文部科学省のいう「主権者としての自覚と社会参画の力を育む」教材であることだけは間違いないのではないか。

憂国の思想を抱いた主人公青山半蔵は、幕末から明治という歴史の転換期に理想を追求し、そのために思い煩わずにはいられなかった。彼の期待は結局明治新政府によって裏切られ、悲惨な最期を遂げたわけだが、このような彼の直向きな姿は、今また時代の転換期を生きている生徒たちの心をも必ずや打つに違いない。歴史を知り、国や社会に常に関心を持ち、そして働きかけようとする半蔵のような姿勢は、今の若者たちに欠けているとしばしばいわれるが、それはただ先例を知らないだけだと思う。時代に翻弄され悲惨な生涯を遂げた半蔵の人生を、長い時間をかけて見つめることで、生徒が自分の生き方について考えるきっかけを手に入れるのではないかと思う。これは必ずや若者の社会参加の意識を育成することに役立つであろう。

注

（1）ここでいう「編」は採録作品の数を数えるときに使い、「一編」は作品一つを表す。同じ作品が違う教科書に採録されても「一編」と数える。「回」は作品の採録の頻度数を数えるときに使い、ある作品が一種の教科書に採録されたら「一回」と数える。以下特別な説明がない場合、同じ意味で使う。

（2）橋本暢夫「島崎藤村作品の教材化の状況とその史的役割」（『中等学校国語科教材史研究』渓水社、二〇〇二年七月）。

（3）橋本暢夫「島崎藤村作品の教材化の状況とその史的役割」（『中等学校国語科教材史研究』渓水社、二〇〇二年七月）。

（4）新制中学・高校は戦後の学制改革でできたものである。旧制中学が修業年限五年（第二次世界大戦末期は四年）で、新制中学一年が旧制中学一年に、新制高校一年が旧制中学四年に相当する。

（5）本章の表二を参照のこと。

（6）中山あおい「今、なぜシティズンシップ教育か」（中山あおい、石川聡子等編『シティズンシップへの教育』新曜社、二〇一〇年一〇月）三〇頁。

（7）小玉重夫「政治的リテラシーとシティズンシップ教育」（日本シティズンシップ教育フォーラム編『シティズンシップ教育で創る学校の未来』東洋館出版社、二〇一五年三月）九頁。

（8）中山あおい「今、なぜシティズンシップ教育か」（中山あおい、石川聡子等編『シティズンシップへの教育』新曜社、二〇一〇年一〇月）二九頁。

（9）水山光春「世界に広がるシティズンシップ教育」（日本シティズンシップ教育フォーラム編『シティズンシップ教育で創る学校の未来』東洋館出版社、二〇一五年三月）三〇頁。

（10）北海道高等学校教育経営研究会編『高校生を主権者に育てる』（学事出版、二〇一五年一二月）五四頁。

（11）文部科学省『高等学校学習指導要領（平成三〇年告示）解説　国語科編』に、「「生きる力」をより具体化し、教育課程全体を通して育成を目指す資質・能力を、ア「何を理解しているか、何ができるか（生きて働く「知識・技能」の習得）」、イ「理解していること・できることをどう使うか（未知の状況にも対応できる「思考力・判断力・表現力等」の育成）」、ウ「どのように社会・世界と関わり、よりよい人生を送るか（学びを人生や社会に生かそうとする「学びに向かう力・人間性等」の涵養）」の三つの柱に整理」した、と記されている。

（12）戦後、学習指導要領の告示年（大きな改定のみに限定）とその適用期間をまとめると、次のようになる（便宜上、改定ご

との区別を「期」と名付けた)。第一期(一九四七年):一九四八年~一九五一年:第二期(一九五一年):一九五二年~一九六一年(高校は一九六二年):第三期(小中学は一九五八年、高校は一九六〇年):中学　一九六二年~一九七一年、高校　一九六三年~一九七二年:第四期(中学は一九六九年、高校は一九七〇年):中学　一九七二年~一九八〇年、高校　一九七三年~一九八一年:第五期(中学は一九七七年、高校は一九七八年):中学　一九八一年~一九九二年、高校　一九八二年~一九九三年:第六期(一九八九年):中学　一九九三~二〇〇一年、高校　一九九四年~二〇〇二年:第七期(中学は一九九八年、高校は一九九九年):中学　二〇〇二年~二〇一一年、高校　二〇〇三年~二〇一二年:第八期(中学は二〇〇八年、高校は二〇〇九年):中学　二〇一二年~二〇二〇年、高校　二〇一三年~二〇二一年:第九期(中学は二〇一七年、高校は二〇一八年):中学　二〇二一年以降、高校　二〇二二年以降。

(13)　教科書検定制が一九四七年復活した後、文部省は一九四八年、一九四九年度は国定と検定の混合を認めたが、一九五〇年度を最後に国定全廃の方針を明らかにした。

(14)　橋本暢夫「島崎藤村作品の教材化の状況とその史的役割」(『中等学校国語科教材史研究』渓水社、二〇〇二年七月)。なお、橋本が調査したのは旧制中等学校用「中等国語」か新制中学用「中等国語」か判明していない。論者は一九四六年発行の「中等国語」を実際に確認できていないが、一九四七年から発行した「中等国語」を調査した結果、『中等国語一(二)』の中にだけ「ノートの中から」という見出しの元に、「おもちゃは野にも畑にも」(童話集『ふるさと』より)「書籍」(童話集『おさなものがたり』より)「落ち葉」(『千曲川のスケッチ』の抄録)三編の藤村作品が収録されている(論者が調査したのは教科書研究センター所蔵の『中等国語一』(三分冊)、『中等国語二』〈四分冊〉、そして『中等国語三』〈四分冊〉である)。

(15)　橋本暢夫「島崎藤村作品の教材化の状況とその史的役割」(『中等学校国語科教材史研究』渓水社、二〇〇二年七月)。

(16)　佐藤泉『国語教科書の戦後史』(勁草書房、二〇〇六年五月)五五頁。

(17)　佐藤泉『国語教科書の戦後史』(勁草書房、二〇〇六年五月)五六頁。

(18)　戦後第三期の学習指導要領が実施されるまで国語教科書に大きな変化が見られないため、統計の便宜上、ここで使ったデータは、中学は一九四九年から一九六一年までの、高校は一九四九年から一九六二年までの教科書に採録された藤村作品数をまとめたものである。

(19)　井上敏夫「国語科教育における文学教育」(『国語科教育学研究　第九集』明治図書、一九八五年一〇月)六七頁。

(20)　幸田国広によると、「分冊教科書は、一九五二年から一九六一年までで中学用が一〇社二六種、高校用が六社二一種が発行されている」（幸田国広『高等学校国語科の教科構造―戦後半世紀の展開―』溪水社、二〇一一年九月、一一一頁）。
(21) 佐藤泉『国語教科書の戦後史』（勁草書房、二〇〇六年五月）一三頁。
(22) 渡辺洋三『日本社会と家族』（労働旬報社、一九九四年一〇月）二八頁。
(23) 渡辺洋三『日本社会と家族』（労働旬報社、一九九四年一〇月）二八頁。
(24) 「春」は『高等学校現代国語一』（清水書院、一九六三年）と『高等学校現代国語三 改訂版』（中央図書出版社、一九六九年）に採録された。
(25) 「桜の実の熟する時」は中学の場合では、『総合国語中学校用一上』（秀英出版、一九五四年）、『国語一 中学校用』（教育図書、一九五八年）に二回、高校の場合では『標準高等国語総合編三』（教育出版、一九五七年）、『近代の小説』（秀英出版、一九五七年）、『高等国語二』（清水書院、一九五七年）、『新版現代国語二』（三省堂、一九七四年）、『新版現代国語改訂版 二』（三省堂、一九七七年）などに五回採録された。
(26) 竹内洋『教養主義の没落――変わりゆくエリート学生文化』（中央公論新社、二〇〇三年七月）二〇六～二〇八頁。
(27) 三浦雅士『青春の終焉』（講談社、二〇〇一年九月）三三八頁。
(28) 大河原忠蔵「島崎藤村『夜明け前』」（増淵恒吉監修『国語教材研究講座 高等学校現代国語第一巻』有精堂、一九六七年）の中に、藤村文学が六〇年代の若者にどのように扱われたかについて詳しい言及がある。
(29) 宮澤誠一『明治維新の再創造』（青木書店、二〇〇五年二月）にこれらの運動について詳しい分析がある。
(30) 宮澤誠一『明治維新の再創造』（青木書店、二〇〇五年二月）二〇五頁。
(31) 加賀乙彦・成田龍一・井上ひさし・小森陽一「雑談会 昭和文学史 島崎藤村――『夜明け前』に見る日本の近代」（『すばる』一九九九年一〇月）。
(32) 使用開始年を指す。以下特別な説明がない場合、同じ意味で使う。
(33) 『高等学校現代国語二改訂版』（学校図書、一九七三年）は一九七三年に使用開始であるが、一九七〇年版高等学校学習指導要領の適用が学年順次であるため、それを前期（第三期）の教科書と考えるべきであろう。
(34) 「一筋の街道」が具体的に作品全体をどのように律しているかについて、十川信介「一筋の街道――『夜明け前』について」（『島崎藤村』筑摩書房、一九八〇年一一月）に詳しい分析がある。
(35) 『高等学校現代国語二』（好学社、一九六四年）の指導書の中に、この問題の解説として次のような内容が記されている。「「夜明け」とは「王政復古によって自らの信奉する国学の理想が実現される」そういう近代社会の成立する状況をさし、「夜明け前」とは、そういう近代社会が成立するためには、その前夜においてあまりにも多くの苦悩と犠牲と混迷と彷徨が強いられるものであるということを、暗示的に示した言い方に他ならない」、という。

(36) 佐々木寛司「明治維新論争の今日的地平」(『日本史研究』第三一七号、一九八九年一月)。引用は田中彰編『幕末維新論集一　世界の中の明治維新』(吉川弘文館、二〇〇一年一二月)による。

(37) 桜井哲夫『思想としての六〇年代』(講談社、一九八八年六月)一六五頁。

(38) 佐々木寛司「明治維新論争の今日的地平」(『日本史研究』第三一七号、一九八九年一月)。引用は田中彰編『幕末維新論集一　世界の中の明治維新』(吉川弘文館、二〇〇一年一二月)による。

(39) 佐々木寛司「明治維新論争の今日的地平」(『日本史研究』第三一七号、一九八九年一月)。引用は田中彰編『幕末維新論集一　世界の中の明治維新』(吉川弘文館、二〇〇一年一二月)による。

(40) 阿武泉「高等学校国語科教科書における文学教材の傾向」(『国文学　解釈と教材の研究』學燈社、二〇〇八年九月)。

(41) この表のデータは論者が『教科書掲載作品一三〇〇〇』(日外アソシエーツ、二〇〇八年四月)を参考にしてまとめたものである。なお、データをまとめるとき、「藤村詩集序」のように、同じ作品が「新しき詩歌の時」などの題名で教科書に採録された場合、一編の作品と見た。また、「千曲川のスケッチ」の場合、教科書に採録された部分は全て同じではないが、同じ『千曲川のスケッチ』からとったものなので、一編の作品と数えた。

(42) 佐藤泉『国語教科書の戦後史』(勁草書房、二〇〇六年五月)一七六頁。

(43) ここで使用したデータは論者が『教科書掲載作品一三〇〇〇』(日外アソシエーツ、二〇〇八年四月)を参考にしてまとめたものである。

(44) 阿武泉「高等学校国語科教科書における文学教材の傾向」(『国文学　解釈と教材の研究』學燈社、二〇〇八年九月)。

(45) 一九五九年使用開始の教科書の指導書は一九五六年のそれと内容が同じである。一九六七年使用開始の教科書の指導書は一九六四年のそれと違いはあるが、「夜明け前」教材に関する部分はほとんど変わらない。また、一九七一年使用開始の教科書の指導書は一九六七年のそれとほとんど同じである。

(46) 表一の四番から一八番まで(一〇番と一四番、一六番を除く)一二冊の教科書を調査した。

(47) 『高等学校国語二上(新版)』(好学社、一九五六年)の指導書による。

（48）佐本房之「「夜明け前」指導の記録」（『文学教材の学習指導―文学教育の課題を求めて―』文化評論出版、一九七四年三月）。

（49）教科書に採録されたのはこの小説の第一章に相当する「ある午後」のほぼ全文である。この部分は長編小説の一部分の抄録という性格のものではなく、完結することのできる短編小説一編として収録されたのだ、と同教科書の指導書に記されている。

（50）『高等学校現代国語二』（好学社、一九六四年）の指導書による。

（51）『高等学校現代国語二』（好学社、一九六四年）の指導書による。

（52）『高等学校現代国語二』（好学社、一九六四年）の指導書による。

（53）『高等学校現代国語二』（好学社、一九六四年）の指導書による。

（54）『現代国語二』（日本書院、一九六四年）の指導書による。

（55）『現代国語二』（日本書院、一九六四年）の指導書による。

終　章

『破戒』（一九〇六年三月）の中に、「社会」と書いて「よのなか」と読ませる事例（ルビ）が多くみられる。藪禎子はこの小説の中に使われた「社会」と「社会《よのなか》」と「世の中」に注目して、「「社会《よのなか》」は、「社会」と「世の中」を相対化し、それを総合的、構造的に追おうとする書き手の意志を明らかに示すものと読めてくる。」と指摘している。そして更に、藪は「『社会』が、個人を前提とし、個人を起点としているのに対し、『社会《よのなか》』が、これを逆に封じるものとして据えられているのは間違いない。『社会』が、異議申し立てないし反逆をそれ自身の中に孕んでいるのに対し、『社会《よのなか》』は、その不可能性を既定の事実としている。」と述べ、「『社会』という標語の新しげな流行にかかわらず、現実には何も変わってはいず、依然として『世の中』レベルを超えるものでないことを、藤村は、『社会《よのなか》』という表記にアイロニーを込めて託した」(1)と分析した。藤村は、「社会」を「よのなか」とルビふる程に鋭く認識していた(2)のである。

藤村は『破戒』のなかで、被差別部落民瀬川丑松の悩みを描き、「世の中」の力がいかに強いかを書き表した。丑松は結局、生徒や同僚の前で自分の身分を告白し、謝罪する。そして、テキサスへ新天地を求める。彼は先輩の猪子蓮太郎に憧れながら、蓮太郎のように「社会《よのなか》」と戦う道を歩まなかった。それはなぜだろうか。おそらくこの丑松像の作り方に作者藤村の生き方が投影していると考えられる。

第一章でも書いたことだが、蓮太郎の人物像に北村透谷のイメージが強く帯びていることはすでに多くの評者に指摘されてきたことである。藤村が透谷の「厭世詩家と女性」（『女学雑誌』一八九二年二月六日）を読むことをきっかけに透谷との交遊をはじめたことは、よく知られる。藤村は『春』『桜の実の熟する時』のような自伝的小説や多くの随筆の中で、透谷から文学的、精神的感化をいかに深くうけたことを語り続けた。『春』の中で描かれたように、藤村は常に透谷の継承者を自認していた。しかし、彼はそう自認しながら、自分が透谷とちがう道を歩むことを、早くも透谷が自死した翌年に書いた文章に表している。「聊か思ひを述べて今日の批評家に望む」（『文学界』二九号、一八九五年五月）においてである。この評論の結末部に「活きたる厭世家は死せる楽天家に勝れり」「活きたる俗人は死せる理想家に勝れり」「活きたる人は死せる神に勝れり」という叙述があるが、これを書いた時、藤村の念頭にあったのはおそらく「自死した透谷」に対して、自分はどのような状況にあろうと「生き抜く」のだという覚悟を持っているという自覚であった。ところが、この評論文を詩文集『夏草』（一八九八年一二月）に収録する際、藤村は上述の表現を削除した。自分の考えが余りに露骨に出ているので、恥ずかしく思い消したのではないかと考えられなくもない。藤村が透谷の生き方からうけた影響について、柳田泉はその受け方には二つの面があり、「一はひたすら透谷を学んで、その跡をふんでいくこと、他の一つは、他の生き方を手本とは見るが、それに鑑みてその反対に出て、それと同じ結果になることを避けることである。(3)」と指摘している。

また、藤村詩の分析を通して猪野謙二は、「藤村にあっては、もはや、彼の手に負えぬ社会的矛盾との素朴直接的対決は、最初から避けられている。(4)」と指摘した。そして、大井田義彰はその収録小説のほとんどは『破戒』の刊行の前に執筆されたものである、藤村最初の短編集『緑葉集』（一九〇七年一月）における女性像を分析して、藤村がいつの時点で透谷を乗り越えて自分流の生き方を確立したかを検討した。大井田によれば、「老嬢」（『太陽』一九〇三年六月）では「夏子に悲劇的な結末を与えることで、己の中の透谷を乗り越えようとした藤村にも又そこを離れては何等確固たるものは見出せなかった」が、「水彩画家」（『新小説』一九〇四年一月）になると、「「新しき智慧」に比肩し得る唯一のものとして、自己の拠点として、伝吉の母に象徴される、己の中の生活者の資質の動かし難いことだけは明確に知り始めていたのである。[5]」とした。つまり、「水彩画家」は藤村が自分流の生き方を確立したことを示す作品だといえる。そして、『破戒』になって彼は自分の戦い方を発見した。十川信介の指摘したように、「藤村が描いたのは、（中略）孤独な自由の中で涙する彼（丑松―引用者注）の戦わざる敗北である。しかしこの予想された敗北を通じて、藤村は「社会《よのなか》」の力を確認するとともに、以後の自分の戦い方をも発見した。それは、蓮太郎―透谷流のいさぎよさを持たず、丑松流の衝動や感傷も持たず、「社会《よのなか》」のうちに沈潜して、自分自身の中にも生きているその体質をみつめて行く、曖昧な、だが彼にふさわしい方法であった。[6]」ということになる。

『春』は、藤村自身を含む『文学界』同人に材を取ったもので、いわゆる自伝的小説である。この小説は藤村の花袋に対する降伏状であった[7]、という中村光夫の有名な説がある。しかし、『春』は身辺から材をとったからといって、その「社会性」が後退したと指摘するのは果たして妥当であろうか。『春』は自我に目覚め、「個」の確立を目指しながら、「不調和な社会」に阻まれて煩悶する青年たちの姿を描いた作品である。藤村はそこで近代日本の根底に関わる問題に取り組んだのである。彼は「世の中」というレベルを超えるものでない日本の現実を変えることの困難さを認識して、「個人」の力の増長で「社会《よのなか》」が変えられると期待したのではないかと思われる。真の「社会」の前提となる「個人」の自立に彼は目を向けたのである。藤村は、『破戒』に劣らぬ社会性を『春』に持たせるつもりだったと思う。彼は相変わらず「社会《よのなか》」と向き合っていた。ただ、その戦い方を変えただけなのだ。

『家』になって、藤村はさらに沈潜して、自分をめぐる「家」に視野を限定した。「屋外で起つた事を一切ぬきにして、すべてを屋内の光景にのみ限らうとした。」という藤村の創作手法を引き合いに出して、この小説の社会的歴史的観点の欠落を批判する意見が多く出された。本論の第三章で考察したように、三吉の「新しい家」の不成立をもたらした要因の一つは、近代に憧れながら旧家の倫理に囚われていた三吉の矛盾である。藤村は北村透谷の「革命にあらず、移動なり」という認識に立って、三吉を批判した。『家』は社会性・歴史性が足りないどころか、作者は日本近代の根底にある問題に照明を当てたといってよいのではないか。

また、作者は三吉の「新しい家」建設の苦闘をリアルに描いて、女は内、男は外という近代家族の持つ、性別役割分担の問題点を提示したと考える。それに、この小説はお雪を「教育」しようとする三吉を描いて、「家庭」（近代家族）における男の女に対する支配を垣間見させた。それは作者が意識していないことかもしれないが、近代家族の深層に触れている。一九八〇年代以降、近代家族についての研究が大きな進展を遂げ、「家庭」における男の女に対する支配や性別役割分担の問題点が徐々に明らかにされてきた。日本近代家族の萌芽期に書かれた『家』はすでにその問題を提示している。こうしてみると、この小説の持つ射程は長いと言わざるえないだろう。

一九一三（大正二）年四月、藤村はフランスへの旅に出た。いわゆる「新生事件」が起こり、身を海外に隠す必要を感じたのが、その目的の一つであった。そして、もう一つの目的は「かねての課題だった「黒船」の正体の追及」だった。[8]「黒船」、つまり西洋（ヨーロッパ・アメリカ）の技術や思想、文化を自分なりに理解したかったのである。第三章で触れたように、彼は「黒船」（初出不明、『後の新片町より』所収、一九一三年四月）のなかで、「吾儕はもつと黒船の正体を見届けねばならぬ。そして夢を破らねばならぬ。吾儕は事々物々現代の西洋に接触しつつあるとはいへ、まだ間接たることを免れない。」と書いている。渡仏は彼の宿願を果したといえる。香港やシンガポールなどの植民地での見聞やフランスでの体験は藤村に東西文化の比較に向かわせた。『平和の巴里』（一九一五年）、『戦争の巴里』（一九一五年）、そして『海へ』（一九一八年）などに見られる文明批評はその成果の一つである。そして、「カトリックの支配するフランスでの生活は、（藤村に—引用者注）伝統と創造との関係を反省させ、「自己を正しく判断する力と批評する力」の欠如を痛感させた。これらの考えは、わが国における「国粋」とは何か、という問題意識に発展し、明治維新や父の生涯をも含む「十九世紀日本の考察」として晩年の最大の課題となる。[9]」という。

『新生』は「告白小説」の典型と目されていたが、その書かれた時代や社会と深く関わっていた。岸本のデカダンス（頽廃的生き方）は彼一人の問題ではなく、当時の社会である程度共通している問題であった。そして、岸本が節子を「精神が独り立ちのできる」女性に育てようとする考えは、『青鞜』を代表とする当時の女性解放の思想の反映といえる。

また、この小説は必ずしも明るいとはいえない節子の未来を暗示して終わったが、これは女性の自立がいかに困難であったかを伝えようとしていたのではないかと思う。

一九二七（昭和二）年一月に発行された藤村最後の短編小説集『嵐』の中に、関東大震災（一九二三年）の後の社会を描いた小説（『子に送る手紙』、『食堂』）や、女性問題にとりくんだ作品（『ある女の生涯』、『三人』）が収められている。本論で取り上げたこの短編集の表題作『嵐』は典型的な私小説といわれるが、しかし第四章で考察したように、この作品は当時はやっていた「児童中心主義」、「母性保護論争」、そして武者小路実篤らの「新しき村」の運動などと深く関わっていた。そして、今日でも多くの課題を抱えている父親の子育てへのかかわりに関して、一〇〇年近く前に執筆されたこの小説は「育メン」を主人公とすることで、さまざまな問題を提起していたのである。

晩年の大作『夜明け前』になって、藤村はそれまでの作品に見られない、広い視野で、日本近代の始まりとされる明治維新の検討にとりくんだ。小説の中で、藤村は本陣、庄屋及び問屋をつとめていた自分の父親像を借りて「青山半蔵」なる人物を形象し、下層農民の動きに目を配りながら庄屋（豪農）の立場から、下積みの人々にとって維新とは何であったかを描いた。藤村は講座派の明治維新観に接近しつつ、庄屋（豪農）の立場からという彼独自の視点で明治維新を見直そうとした。また、「国学」の持つ可能性への検討もこの小説の執筆の大きな目的だと考えられる。『夜明け前』が執筆された昭和初年代は日本回帰の風潮が流行っていたことはよく知られている。そのような社会思想状況の中、藤村も「国学」に目を向け、その可能性を検討し、結局彼は『夜明け前』で半蔵の狂死を描いて、国学をもって時代の困難を乗り越えようとするのは無理だ、と言いたかったのだと思われる。作者が意識したか否かにかかわらず、これは小説執筆当時の日本回帰の風潮への批判になるのではないかと考える。

以上見てきたように、「社会《よのなか》」との向き合い方には変化があるが、藤村は常に「社会《よのなか》」に目を向けていたのだ。彼はリアリストとして、日本近代の抱えている諸問題に真摯にとりくんできた。その小説は現代にも通じるさまざまな問題を提起し、今日にもひらかれたテクストといえる。差別問題やジェンダーの問題、格差問題、ナショナリズムの問題などが解消されるどころか、むしろますます深刻になりつつある問題もある現代においてこそ、藤村文学を読むべきではないかと考える。それで、その一例として補章では藤村文学と日本の国語教育との関わりを取り上げて論じた。『夜明け前』教材は一九五〇年代と六〇年代の多くの高校国語教科書に採録されていたが、七〇年代の教科書にほとんど使われなくなった。明治維新評価の見直し問題との関わり、六〇年代から始まる教科書収録作品の精選と横並びの傾向がより顕著になったこととの関連、そして高校教科書における「小諸なる古城のほとり」の定番化現象から受けた影響などがこの教材が教科書から消えていった主な理由だと考えられる。しかし、この教材のもつ教材的価値は大きいと思う。補章で述べたように、明治維新を取り扱う『夜明け前』を生徒に学ばせることで日本の近代について深く考えさせること、そして庶民の苦しみに同情を寄せ、憂国の思想を抱いた主人公の生き方を見つめ、自分の生き方（社会、思想問題と自分との関わり合い）について考えさせることなどの点で、『夜明け前』は今日注目されているシティズンシップ教育に大きく貢献できる貴重な教材だと考える。

このようにして、本書は藤村文学の「社会性」という視点から藤村文学を読み直そうとした。「自意識上の相剋」か「社会的抗議」かと長年議論されてきた『破戒』、私小説の源流の一つと言われる『春』、社会的歴史的視点が欠落していると批判されていた『家』、私小説の典型と評された『新生』と短編小説「嵐」、そして晩年の大作『夜明け前』を取り上げて論じてきた。差別の問題、個人の自立の問題、「家」の問題、女性解放の問題、子育ての問題、そして歴史の問題など日本近代の抱えている諸問題に真摯にとりくんできた藤村文学の「社会性」と「個」との葛藤（相剋）を浮き彫りにしようとした。こうして従来とちがう藤村文学の読み方を提出できたのではないかと考える。

注

（1）藪禎子「『破戒』論――「社会《よのなか》」の視点から」（平岡敏夫・剣持武彦編『島崎藤村――文明批評と詩と小説』双文社、一九九六年一〇月）。

（2）藪禎子「『破戒』論――「社会《よのなか》」の視点から」（平岡敏夫・剣持武彦編『島崎藤村――文明批評と詩と小説』双文社、一九九六年一〇月）。
（3）柳田泉「透谷と藤村」（『藤村全集』第三巻付録月報、筑摩書房、一九六七年一月）。
（4）猪野謙二「透谷から藤村へ――「藤村詩集」を中心に」（『季刊日本文学』一九四九年七月、原題は「日本近代文学の主体―透谷から藤村へ―」）。引用は猪野謙二『島崎藤村』（有信堂、一九六三年九月）による。
（5）大井田義彰「『緑葉集』の女性―「老嬢」から「水彩画家」へ―」（『学芸国語国文学』一九八三年三月）。
（6）十川信介「二つの破戒」（『文学』一九七二年一月、のちに『島崎藤村』〈筑摩書房、一九八〇年一一月〉に所収）。引用は同著書による。
（7）中村光夫「風俗小説論――近代リアリズムの発生」（『文芸』一九五〇年二月、のち『風俗小説論』〈河出書房、一九五一年三月〉に所収）。
（8）十川信介「島崎藤村の人と作品」（十川信介編『鑑賞日本現代文学　島崎藤村』角川書店、一九八二年一〇月）二九頁。
（9）十川信介「島崎藤村の人と作品」（十川信介編『鑑賞日本現代文学　島崎藤村』角川書店、一九八二年一〇月）二七～二八頁。

主要参考資料

辞書・事典類

『教科書掲載作品一三〇〇〇』（日外アソシエーツ、二〇〇八年四月）。

『教科書掲載作品　小・中学校編』（日外アソシエーツ、二〇〇八年一二月）。

『近代日本総合年表（第四版）』（岩波書店、二〇〇一年）。

『日本近代文学大事典』第一巻（講談社、一九七七年一一月）。

『日本大百科全書』（小学館、一九八六年三月）。

『平田篤胤関係資料目録』（国立歴史民俗博物館、二〇〇七年三月）。

『平凡社大百科事典』第六巻（平凡社、一九八五年三月）。

『広辞苑（第六版）』（岩波書店、二〇〇八年一月）

雑誌等特集

『島崎藤村研究』一号―四八号（一九七六年一〇月―二〇二一年九月）。

「特集　島崎藤村の再検討」『解釈と鑑賞』（一九九〇年四月）。

「特集　島崎藤村　生誕一三〇年」（『解釈と鑑賞』二〇〇二年一〇月）。

「特集　思想史としての島崎藤村の文学」（『ピエロタ』二〇号、一九七三年六月）。

「特集　透谷と藤村―北村透谷没後七〇年を記念して―」（『国文学』一九六四年六月）。

「特集　島崎藤村と日本の近代」（『国文学』一九七一年四月）。

「特集　島崎藤村」（『媒』一九九一年七月）。

著書・論文・記事等

青野季吉「島崎藤村氏の『夜明け前』を論ず」（『新潮』一九三二年二月）。

青山なを『明治女学校の研究』（慶應通信、一九七〇年一月）。

赤川学「恋愛という文化／性欲という文化」（服藤早苗等編『恋愛と性愛』早稲田大学出版部、二〇〇二年一一月）。

秋定嘉和『近代と被差別部落』（解放出版社、一九九三年三月）。

東栄蔵『「破戒」の評価と部落問題』（明治図書、一九七七年九月）。

阿武泉「高等学校国語科教科書における文学教材の傾向」（『国文学』二〇〇八年九月）。

安保則夫「序章　日本近代化と部落問題」（領家穣編『日本近代化と部落問題』明石書店、一九九六年二月）。

家永三郎編『改訂新版　日本の歴史六』（ほるぷ出版、一九八七年六月）。

五十里文映「未熟な〈感情〉、成熟な〈理知〉――明治二十八年における調和的風潮と島崎藤村」（『稿本近代文学』二〇〇六年一二月）。

伊狩弘『島崎藤村小説研究』（双文社出版、二〇〇八年一〇月）。

伊狩弘「『夜明け前』の考察―二つの疑問―」（『島崎藤村研究』二〇二一

年九月)。

石原千秋「〈家〉の文法」(前記『解釈と鑑賞』一九九〇年四月)。

一條忠衛「過去一箇年に於ける我国婦人思想界の回顧」(『婦人公論』一九一九年一一月)。

出原隆俊「蓮華寺の鐘—『破戒』読解の試み—」(『京都大学　国語国文』一九八七年一月)。

出光公治「島崎藤村『家』論—「新しい家」の可能性—」(『島崎藤村』二〇〇七年一〇月)。

伊東一夫『島崎藤村研究——近代文学研究方法の諸問題』(明治書院、一九六九年三月)。

伊東一夫・垣田時也・剣持武彦・水谷昭夫編『島崎藤村—課題と展望—』(明治書院、一九七九年一一月)。

伊藤信吉『島崎藤村の文学』(第一書房、一九三六年二月、のち『伊藤信吉著作集』第一巻〈沖積舎、二〇〇二年一〇月〉に所収)。

伊藤整「近代日本人の発想の諸形式」(『思想』一九五三年二月、三月)。

井上勝生『幕末・維新』(岩波新書、二〇〇六年一一月)。

井上敏夫「国語科教育における文学教育」(『国語科教育学研究　第九集』明治図書、一九八五年一〇月)。

井上敏夫著、浜本純逸編『国語教育史研究』(渓水社、二〇〇九年九月)。

猪野謙二『島崎藤村』(有信堂、一九六三年九月、初版は一九五四年一二月、要書房より刊行)。

岩見照代「島崎藤村『家』—もう一つの〈イエ〉—」(『日本文学』一九八八年二月)。

岩見照代「節子というテクスト——『新生』のセクシュアリティ」(『日本近代文学』一九九五年一〇月)。

上野千鶴子『近代家族の成立と終焉』(岩波文庫、二〇二〇年六月、初版は一九九四年三月、岩波書店より刊行)。

宇佐美毅「『破戒』——作品の〈統一的把握〉という制度」(前記『解釈と鑑賞』一九九〇年四月)。

宇野憲治「島崎藤村—旅と人生—」(『島崎藤村研究』四六号、二〇一九年九月)。

梅沢利彦・山岸嵩・平野栄久編『文学の中の被差別部落像—戦前篇—』(明石書店、一九八〇年三月)。

瓜生清「藤村の新時代意識と『春』」(『福岡教育大学紀要　第一分冊　分科編』一九九九年二月)。

瓜生清「島崎藤村『新生』論—照応する表現構造とその帰趨の意味をめぐって—」(『福岡教育大学紀要　第一分冊　文科編』二〇一一年二月)。

江種満子「『新生』ノート——フランスに行くまで」(『日本近代文学』一九九三年一〇月)。

江種満子「誘惑と告白——『新生』のテクスト戦略」(関礼子等編『男性作家を読む——フェミニズム批評の聖術へ』新曜社、一九九四年九月)。

大井田義彰「『緑葉集』の女性—「老嬢」から「水彩画家」へ—」(『学芸国語国文学』一九八三年三月)。

大井田義彰「『家』の時間—父との邂逅—」(『文芸と批評』一九八六年三月)。

大井田義彰「『新生』における〝花〟と〝雨〟」(『媒』一九八八年三月)。

大井田義彰「『春』におけるコミュニケーションの問題」(『媒』一九九一年七月)。

大井田義彰「島崎藤村『春』」(『解釈と鑑賞』一九九二年四月)。

大井田義彰「江戸・東京の青山半蔵――『夜明け前』ノート」（平岡敏夫・剣持武彦編『島崎藤村――文明批評と詩と小説』双文社出版、一九九六年一〇月）。

大井田義彰「主題としての〝狂気〟――「ある女の生涯」論序説」（下山嬢子編『日本文学研究論文集成三〇　島崎藤村』若草書房、一九九九年四月）。

大井田義彰「丑松と職業――『破戒』論」（福岡女子大学国文学会編『香椎潟』二〇一二年三月）。

大河原忠蔵「島崎藤村『夜明け前』」（増淵恒吉監修『国語教材研究講座　高等学校現代国語第一巻』有精堂、一九六七年）。

大田正紀『近代日本文芸試論――透谷・藤村・漱石・武郎』（桜楓社、一九八九年五月）。

大津山国夫『武者小路実篤研究――実篤と新しき村』（明治書院、一九九七年一〇月）。

岡英里奈「和歌が生む〈葛藤〉――島崎藤村『夜明け前』における国学と政治」（横浜市立大学大学院国際文化研究紀要『国際文化研究』二〇一二年三月）。

岡義武「日露戦争後における新しい世代の成長（上）」（『思想』一九六七年二月）。

小田切秀雄「『破戒』――日本近代文学の基本的意味」（『藤村全集』第二巻付録月報、筑摩書房、一九六六年一二月）。

落合恵美子『近代家族とフェミニズム』（勁草書房、一九八九年一二月）。

海妻径子『近代日本の父性論とジェンダー・ポリティクス』（作品社、二〇〇四年三月）。

加賀乙彦・成田龍一・井上ひさし・小森陽一「雑談会　昭和文学史　島崎藤村――『夜明け前』に見る日本の近代」（『すばる』一九九九年一〇月）。

柏木恵子・若松素子「「親となる」ことによる人格発達――生涯発達的視点から親を研究する試み」（『発達心理学研究』第五巻第一号、一九九四年六月）。

片岡良一『自然主義研究』（筑摩書房、一九五七年一二月）。

勝本清一郎「『春』を解く鍵」（『文学』一九五一年三、四月）。

加藤理『「児童文化」の誕生と展開――大正自由教育時代の子どもの生活と文化』（港の人、二〇一五年三月）。

金子明雄「島崎藤村『新生』を読むことをめぐって―テクストに折り返されたスキャンダルと文学のあわい―」（『立教大学日本文学』二〇一六年一月）。

亀井勝一郎『島崎藤村論』（新潮社、一九五三年一二月）。

亀井秀雄「藤村における「自然」―ゴロテスク芸術の観点から―」（『一冊の講座　島崎藤村』有精堂、一九八三年一月）。

柄谷行人『日本近代文学の起源』（講談社、一九八〇年八月）。

川島秀一「『新生』論（一）――〈旅立ち〉から〈帰還〉まで」（『日本文芸論集』一九八五年一〇月）。

川端俊英『『破戒』とその周辺』（文理閣、一九八四年一月）。

川端俊英『『破戒』の読み方』（文理閣、一九九三年一〇月）。

川端俊英『『破戒』と人権』（文理閣、二〇〇三年三月）。

川端俊英「『破戒』の今までとこれから――自費出版一一〇周年に寄せて」（『部落問題研究』二〇一七年五月）。

川村邦光「〝処女〟の近代――封印された肉体」（井上俊・上野千鶴子等編

『セクシュアリティの社会学』岩波書店、一九九六年二月)。

河盛好蔵『藤村のパリ』(新潮社、一九九七年五月)。

北川鉄夫「解説：明治の文芸作品と部落問題」(『部落問題文芸・作品選集』第一巻、世界文庫、一九七三年三月)。

北原泰作「『破戒』と部落解放運動」(『文学』一九五四年三月)。

北原泰作「日本近代文学に現われた部落問題」(『文学』一九五九年二月)。

木下尚江「福沢諭吉と北村透谷」(『明治文学研究』第一巻第一号、一九三四年一月。小田切秀雄編『明治文学全集二九 北村透谷集』(筑摩書房、一九七六年)所収)。

熊谷かおる「『家』と高瀬家」(『島崎藤村研究』四七号、二〇一〇年九月)。

栗原悠「島崎藤村「嵐」における〈ユーモア〉の志向とその帰趨——松尾芭蕉評価を補助線として」(名古屋大学大学院人文学研究科附属超域文化社会センター『unCture: 超域的日本文化研究』二〇二一年三月)。

栗原悠「島崎藤村の創作における〈ロマン〉の退潮——一九一〇—二〇年代の寿貞評価言説を起点として」(『島崎藤村研究』二〇二一年九月)

黒川みどり「近代「国民国家」と差別」(『部落解放研究』一三五号、二〇〇八年)。

黒川みどり『近代部落史—明治から現代まで—』(平凡社、二〇一一年二月)。

黒古一夫『北村透谷論——天空への渇望』(冬樹社、一九七九年四月)。

黒田俊太郎「歴史と歴史文学—服部之總「青山半蔵」を読む—」(『島崎藤村研究』二〇一四年九月)。

剣持武彦『藤村文学序説』(桜楓社、一九八四年九月)。

剣持武彦編『島崎藤村『夜明け前』作品論集成』一—四(大空社、一九九七年一一月)。

高榮蘭「「テキサス」をめぐる言語圏——島崎藤村『破戒』と膨張論の系譜」(金子明雄・高橋修・吉田司雄編『ディスクールの帝国——明治三〇年代の文化研究』新曜社、二〇〇〇年四月)。

幸田国広『高等学校国語科の教科構造—戦後半世紀の展開—』(溪水社、二〇一一年九月)。

紅野謙介「夜明け前」(有精堂編集部編『近代小説研究必携』第一巻、有精堂、一九八八年三月)。

紅野謙介「「青春」という仮構—島崎藤村『春』をめぐって—」(佐藤泰正編『文学における二十代』笠間書院、一九九〇年二月)。

紅野謙介『書物の近代——メディアの文学史』(筑摩書房、一九九二年一〇月)。

紅野謙介「『新生』における戦争—島崎藤村の「創作」と国民国家—」(『日本文学』一九九五年一一月)。

紅野謙介「女の会話／男の会話——『家』における会話の技法」(平岡敏夫・剣持武彦編『島崎藤村——文明批評と詩と小説』双文社、一九九六年一〇月)。

小嶋秀夫「母親と父親についての文化的役割観の歴史」(根ヶ山光一編『母性と父性の人間科学』コロナ社、二〇〇一年一二月)。

小玉重夫「政治的リテラシーとシティズンシップ教育」(日本シティズンシップ教育フォーラム編『シティズンシップ教育で創る学校の未来』東洋館出版社、二〇一五年三月)。

小谷汪之『歴史と人間について——藤村と近代』(東京大学出版会、一九九一年八月)。

小仲信孝「『家』の治癒力」(『日本近代文学』一九九五年一〇月)。

小林明子『島崎藤村——抵抗と容認の構造』（双文社出版、二〇一二年一〇月）。

小林輝行「大正期の家庭と家庭教育」（『信州大学教育学部紀要』No.42、一九八〇年三月）。

小森陽一「自然主義の再評価」（日本文学協会編『日本文学講座六　近代小説』大修館書店、一九八八年六月）。

小山静子『良妻賢母という規範』（勁草書房、一九九一年一〇月）。

小山静子『子どもたちの近代—学校教育と家庭教育—』（吉川弘文館、二〇〇二年八月）。

坂本多加雄『明治国家の建設』中央公論社、一九九九年一月。

桜井哲夫『思想としての六〇年代』（講談社、一九八八年六月）。

佐々木寛司「明治維新論争の今日的地平」（『日本史研究』第三一七号、一九八九年一月。田中彰編『幕末維新論集一　世界の中の明治維新』（吉川弘文館、二〇〇一年一二月）に所収）。

佐々木雅發『島崎藤村—『春』前後—』（審美社、一九九七年五月）。

笹淵友一『小説家　島崎藤村』（明治書院、一九九〇年一月）。

佐本房之「『夜明け前』指導の記録」（『文学教材の学習指導—文学教育の課題を求めて—』文化評論出版、一九七四年三月）。

佐藤泉『国語教科書の戦後史』（勁草書房、二〇〇六年五月）。

佐藤泰正「透谷から藤村へ、あるいは藤村から透谷へ」（『島崎藤村研究』二〇〇二年九月）。

島崎楠雄『父藤村の思い出』（藤村記念館、二〇〇二年八月）。

島村輝「「世間」を生きる女たち—島崎藤村『緑葉集』における女性像—」（前記『日本文学研究論文集成三〇　島崎藤村』）。

下山嬢子『近代の作家　島崎藤村』（明治書院、二〇〇八年二月）。

新保邦寛『独歩と藤村——明治三〇年代文学のコスモロジー』（有精堂、一九九六年二月）。

鈴木啓子「両性具有の模索——島崎藤村『家』を読む」（『島崎藤村研究』二〇一八年九月）。

鈴木昭一『『夜明け前』研究』（有精堂、一九八七年一〇月）。

鈴木裕子「解説」（『日本女性運動資料集成　第一巻　女性解放思想の展開と婦人参政権運動』不二出版、一九九六年五月）。

関谷由美子『漱石・藤村——〈主人公〉の影』（愛育社、一九九八年五月）。

関谷由美子「『家』—〈永続〉の信仰—〈御先祖〉という思想」（『島崎藤村研究』二〇二一年九月）。

関良一『考証と試論——島崎藤村』（教育出版センター、一九八四年一一月）。

瀬沼茂樹編『近代文学鑑賞講座　第六巻　島崎藤村』（角川書店、一九五八年九月）。

瀬沼茂樹『評伝島崎藤村』（実業之日本社、一九五九年七月）。

相馬庸郎『日本自然主義論』（八木書店、一九七〇年一月）。

高阪薫『藤村の世界——愛と告白の軌跡』（和泉書院、一九八七年三月）。

高橋敏夫「新たな戦争、新たな格差社会の『破戒』へ——『破戒』と『破戒』をめぐる議論を今、読みなおす意義」（『部落解放』二〇〇六年六月）。

高橋昌子『島崎藤村—遠いまなざし—』（和泉書院、一九九四年五月）。

高橋昌子『藤村の近代と国学』（双文社出版、二〇〇七年九月）。

田中榮一「『嵐』」（前記『解釈と鑑賞』二〇〇二年一〇月）。

高森邦明『近代国語教育史』（鳩の森書房、一九七九年一〇月）。

滝藤満義『島崎藤村—小説の方法—』（明治書院、一九九一年一〇月）。

竹内洋『教養主義の没落――変わりゆくエリート学生文化』（中公新書、二〇〇三年七月）。

千田洋幸『読むという抗い―小説の射程―』（渓水社、二〇二〇年九月）。

十川信介『島崎藤村』（筑摩書房、一九八〇年一一月）。

十川信介編『鑑賞日本現代文学　島崎藤村』（角川書店、一九八二年一〇月）。

友重幸四郎「『家』論―「破壊したい」ということ―」（『島崎藤村研究』二〇〇七年一〇月）。

中川和明『平田国学の史的研究』（名著刊行会、二〇一二年五月）。

中島国彦「春への道――成立過程とモチーフをめぐって」（『日本文学』一九七七年九月）。

永渕朋枝「透谷の読者―藤村『春』が出るまで―」（『京都大学文学部国語国文』二〇〇三年三月）。

永渕朋枝『無名作家から見る日本近代文学――島崎藤村と『処女地』の女性達』（和泉書院、二〇二〇年三月）。

中丸宣明「『家』論―物語を紡ぐ女たち―」（『国語と国文学』二〇二一年四月）。

中村幸弘・西岡和彦編『『直毘霊』を読む――二一世紀に贈る本居宣長の神道論』（右文書院、二〇〇一年一一月）。

中村光夫『風俗小説論』（河出書房、一九五一年三月）。

中山あおい「今、なぜシティズンシップ教育か」（中山あおい、石川聡子等編『シティズンシップへの教育』新曜社、二〇一〇年一〇月）。

中山弘明『戦間期の『夜明け前』――現象としての世界戦争』（双文社出版、二〇一二年一〇月）。

中山弘明『溶解する文学研究　島崎藤村と〈学問史〉』（翰林書房、二〇一六年一二月）。

夏目漱石「現代日本の開化」（一九一一年八月和歌山で行なった講演、のち『朝日講演集』〈一九一一年一一月〉に所収）。

成田龍一『〈歴史〉はいかに語られるか――一九三〇年代「国民の物語」批判』（日本放送出版協会、二〇〇一年四月）。

成田龍一『大正デモクラシー』（岩波新書、二〇〇七年四月）。

成田龍一『近現代日本史と歴史学』（中公新書、二〇一二年二月）。

西川長夫「国家イデオロギーとしての文明と文化」（『思想』一九九三年五月）。

西川祐子『近代国家と家族モデル』（吉川弘文館、二〇〇〇年一〇月）。

『日本近代文学大系一五　藤村詩集』（角川書店、一九七一年一二月）。

『日本の思想一五 本居宣長集』（筑摩書房、一九六九年三月）。

『日本文学研究資料叢書　島崎藤村』（有精堂、一九七一年二月）。

『日本文学研究資料叢書　島崎藤村Ⅱ』（有精堂、一九八三年六月）。

野間宏「『破戒』について」（岩波文庫『破戒』所収、一九五七年一月）。

芳賀登「国学者の尊攘思想――大攘夷への道を中心として」（『季刊日本思想史』一三号、一九八〇年四月）。

橋浦史一「『新生』論――その「構想」の特色について」（『信州大学教養部紀要』一九八三年二月）。

橋本暢夫「島崎藤村作品の教材化の状況とその史的役割」（『中等学校国語科教材史研究』渓水社、二〇〇二年七月）。

尾藤正英「尊王攘夷思想の原型―本居宣長の場合―」（前記『季刊日本思想史』一三号）。

平石典子『煩悶青年と女学生の文学誌』（新曜社、二〇一二年二月）。

平岡敏夫「『破戒』試論」（大東文化大学『東洋研究』二三号、一九七〇年六月)。

平岡敏夫『日露戦後文学の研究』上・下(有精堂、一九八五年五月、七月)。

平野謙『島崎藤村』(五月書房、一九五七年一一月、初版は一九四七年八月、筑摩書房より刊行)。

平野謙『芸術と実生活』(岩波文庫、二〇〇一年一一月、初版は一九五八年、講談社より発行)。

ひろたまさき『差別の視線—近代日本の意識構造—』(吉川弘文館、一九九八年一二月)。

広津和郎「藤村覚え書」(『改造』一九四三年一〇月)。

藤岡加世子「藤村にみる国際性——『新生』を中心に」(『島崎藤村研究』二〇一五年九月)。

藤澤秀幸「『春』—「芸術の春」をめぐって—」(『解釈と鑑賞』一九九〇年四月)。

部落解放研究所編『部落問題概説』(解放出版社、一九七六年四月)。

北海道高等学校教育経営研究会編『高校生を主権者に育てる』(学事出版、二〇一五年一二月)。

細川正義『島崎藤村文芸研究』(双文社出版、二〇一三年八月)。

堀場清子『青鞜の時代』(岩波新書、一九八八年三月)。

ホルカ・イリナ『島崎藤村　ひらかれるテクスト』(勉誠出版、二〇一八年三月)。

正宗白鳥「文芸時評」(『中央公論』一九二六年一〇月)。

正宗白鳥『自然主義盛衰史』(六興出版、一九四八年一一月)。

三浦雅士『青春の終焉』(講談社、二〇〇一年九月)。

水野永一『大江礒吉考——新資料による実像追及』(ほおずき書籍、二〇〇八年四月)。

水本精一郎『島崎藤村研究——小説の世界』(近代文藝社、二〇一〇年一二月)。

水山光春「世界に広がるシティズンシップ教育」(前記『シティズンシップ教育で創る学校の未来』)。

宮澤誠一『明治維新の再創造』(青木書店、二〇〇五年二月)。

三好行雄編『島崎藤村必携』(学燈社、一九六七年七月)。

三好行雄・相馬庸郎・佐藤泰正・十川信介・猪野謙二『シンポジウム日本文学一五　島崎藤村』(学生社、一九七七年八月)。

三好行雄編『漱石書簡集』(岩波文庫、一九九〇年四月)。

『三好行雄著作集　第一巻　島崎藤村論』(筑摩書房、一九九三年七月)。

武者小路実篤「藤村の嵐をよむ」(『改造』一九二六年一〇月)。

文部科学省『高等学校学習指導要領(平成三〇年告示)解説　国語科編』。

柳田泉「透谷と藤村」(『藤村全集』第三巻付録月報、筑摩書房、一九六七年一月)。

柳父章『翻訳語成立事情』(岩波新書、一九八二年四月)。

藪禎子「透谷評価の跡をめぐって」「透谷評価のあと(続)」(『藤女子大学文学部紀要』一九六三年三月、一九六六年七月)。

藪禎子『透谷・藤村・一葉』(明治書院、一九九一年七月)。

藪禎子「『破戒』論——「社会《よのなか》」の視点から」(前記『島崎藤村——文明批評と詩と小説』)。

山口村誌編纂委員会編『山口村誌　下巻』(一九九五年三月)。

山田有策『制度の近代——藤村・鷗外・漱石』(おうふう、二〇〇三年五月)。

山本敏子「日本における〈近代家族〉の誕生——明治期ジャーナリズムに

おける「一家団欒」像の形成を手がかりに」(『日本の教育学――教育史学会紀要』一九九一年一〇月)。

『与謝野晶子評論著作集』全二二巻(龍渓書舎、二〇〇一年二月~二〇〇三年九月)。

吉田精一『自然主義の研究』上・下(東京堂、一九五五年一一月、一九五八年一月)。

吉田精一『島崎藤村(吉田精一著作集第六巻)』(桜楓社、一九八一年七月)。

劉暁芳『島崎藤村小説研究』(北京大学出版社、二〇一二年一〇月)。

我妻栄等編『旧法令集』(有斐閣、一九六八年一一月)。

和田謹吾『島崎藤村』(翰林書房、一九九三年一〇月、初版は一九六六年三月、明治書院より刊行)。

渡部直己『日本近代文学と〈差別〉』(太田出版、一九九四年七月)。

渡辺廣士「島崎藤村を読み直す』(創樹社、一九九四年六月)。

渡辺洋三『日本社会と家族』(労働旬報社、一九九四年一〇月)。

あとがき

「島崎藤村」と出会ったのは、ほぼ一〇年前、中国の武漢市にある華中師範大学外国語学院日本語科大学院（修士課程）に在学している時であった。この時、二〇一二年の九月から「楚天学者（特別招聘教授）」として本大学院に赴任し、「近代文学史」と「戦後文学史」の講義と演習を担当するようになった筑波大学名誉教授の黒古一夫先生の授業で、初めて『破戒』を読む機会を得た。『破戒』読み、この島崎藤村の初長編がそれまで私の知らなかった「部落（差別）問題」をテーマとしていたこともあり、また日本にそのような「差別」があることを初めて知って驚くと共に、島崎藤村という作家に強い関心を持つようになった。そして、修士論文のテーマを決めるとき、黒古先生にご相談に乗っていただき、「島崎藤村『破戒』論―同時代作家と比較しながら、その部落問題認識を中心に―」に決めた。その結果、主査李俄憲先生と副査黒古先生のご指導のもとで約八万字の修論を書き上げることができた。

院生修了後、湖北省恩施市の湖北民族大学で日本語教師の仕事をするかたわら、藤村作品を読み続けた。そして、藤村文学には、『破戒』のテーマとなっている「部落（差別）問題」と似た「社会性」が全ての作品に流れていることに気づき、今後はこの藤村文学における「社会性」に注目して研究を進めていこうと思った。幸いなことに、二〇一八年度の「国費留学生」に合格し、伝統ある東京学芸大学の大井田義彰教授の下で博士後期課程を過ごすことになった。研究留学生としての半年間を含めた三年半の留学をさせていただき、そこで近代文学研究の方法をより確実に身につけ、日本の歴史や社会についての理解を深めることができた。とりわけ、藤村研究者でもある大井田先生の親切でかつ適切なご指導をいただき、研究の楽しさを味わったことは、一生の財産になったと思っている。

本書は東京学芸大学大学院連合学校教育学研究科に提出した博士論文をもとに「加除修正」したものである。主指導教授の大井田先生をはじめ、国語科教育学専門の戸田功先生、社会心理学専門の杉森伸吉先生、民俗学・古典文学研究者の石井正己先生、そして日本近代文学研究者の一柳廣孝先生から親切なご指導をいただき、深くお礼を申し上げたい。

そして、華中師範大学時代から続く長年にわたる黒古先生のお励ましとご指導に対して、感謝してもしきれない気持ちでいる。私を藤村研究に導いていただき、本書の出版に際しても、全体を通して見ていただき、大変お世話になった。

また、修士時代の指導教授李俄憲先生、島崎藤村学会の先生方、高瀬資料館長の熊谷かおる氏、高田一夫先生を初めとする読書会「近代文学研究会」のメンバーの皆様、および友人や大井田ゼミ、石井ゼミの諸先輩・後輩にも感謝しなければならない。

本書の特徴は、『破戒』から『夜明け前』までの藤村の代表小説を考察し、明治維新によって成立した「近代（国家）」において「いかに生きるか」を考えなければならなかった「個」と「近代社会」とはどのような関係にあったのか、そしてそれは藤村文学の中の「社会性」とどのような関係にあったのかという視点から藤村文学を捉え直そうとしたところにある、と考える。文学離れが叫ばれて久しい。島崎藤村離れはなおさらである。しかし、差別問題やジェンダーの問題、ナショナリズムの問題などが解消されるどころか、むしろますます深刻になりつつある問題もある現代においてこそ、藤村文学を読むべきではないかと主張したい。この目的が達成されたかどうかは、読者の方々のご判断に任せたいと思う。

最後に、博士論文を単行本として刊行してくださるアーツアンドクラフツの小島社長に心より感謝いたします。

二〇二一年二月二一日

陳　知清

陳知清（ちん・ちせい、Chen Zhiqing）
1988年、中国・南陽市生まれ。2018年10月、国費留学生として来日、2019年4月、東京学芸大学大学院連合学校教育学研究科に入学し、指導教員大井田義彰教授のもとで、2022年3月博士後期課程修了。博士（学術）。現在、湖北民族大学（中国・湖北省）日本語科専任教師。日本近代文学専攻。
主要論文に「島崎藤村「嵐」論―「子育て」の視点から―」（『学芸国語国文学』52号、2020年3月）、「島崎藤村「夜明け前」の教材的価値―戦後国語教科書における藤村作品の教材化の状況と関連させて―」（『学校教育学研究論集』42号、2020年10月）、「島崎藤村『夜明け前』論―青山半蔵の国学思想を中心として―」（『島崎藤村研究』48号、2021年9月）、「島崎藤村「初恋」の教材的価値」（『学校教育学研究論集』44号、2021年10月）などがある。

島崎藤村《しまざきとうそん》
――「個」と「社会」の相剋を超えて

2022年3月31日　第1版第1刷発行

著　者◆陳《ちん》　知清《ちせい》
発行人◆小島　雄
発行所◆有限会社アーツアンドクラフツ
東京都千代田区神田神保町2-7-17
〒101-0051
TEL. 03-6272-5207　FAX. 03-6272-5208
http://www.webarts.co.jp/
印刷　シナノ書籍印刷株式会社

落丁・乱丁本はお取り替えいたします。
ISBN978-4-908028-71-7　C0095